일러두기

1. 번역에 쓰인 원전은 2013년 중국 장강문예출판사에서 출간한 '이월하 문집' 제1판을 사용했다.
2. 맞춤법과 띄어쓰기는 한글 맞춤법과 외래어 표기법에 따랐다.
3. 한자는 우리말로 표기하고, 꼭 필요한 경우에만 괄호 속에 원음을 병기해 이해하기 쉽도록 했다.
   예 : 다이곤多爾滾(도르곤)
4. 인명과 지명은 우리말로 표기했다. 단, 이미 굳어진 표현은 원지음을 존중했다.
   예 : 나찰국羅刹國(러시아). 이후에는 '러시아'로 표기
5. 본문 중의 괄호 안에 뜻을 풀이한 것은 모두 옮긴이의 설명이다.

【제왕삼부곡 제1작】

康熙大帝

강희대제 3

중국 최고지도부가 선택한 최고의 역사소설

얼웨허 역사소설
홍순도 옮김

더봄

강희대제 3권

개정판 1판 2쇄 발행 2015년 9월 15일
개정판 1판 3쇄 발행 2015년 10월 20일

지은이 얼웨허(二月河)
옮긴이 홍순도
펴낸이 김덕문

펴낸곳 더봄
등록번호 제2015-000072호
주소 서울특별시 중구 을지로 12길 28, 207호(저동2가, 저동빌딩)
대표전화 02-2264-0148 **팩스** 02-2264-0149
전자우편 thebom21@naver.com
블로그 blog.naver.com/thebom21

ISBN 979-11-86589-03-8 04820
ISBN 979-11-86589-00-7 04820(전12권)

책값은 뒤표지에 있습니다.

15세 무렵의 강희제

오배를 물리치고 직접 통치를 시작하던 시기의 모습이다. 만주족의 전통적인 관모와 예복 차림에 장화를 신은 채 문방사우를 곁에 둔 학자의 자세를 취하고 있다. 청나라라는 정복왕조에 대한 한족들의 공감과 지지를 얻기 위해 의도적으로 그린 것으로 보인다.

오배鰲拜

1614(?)~1669. 만주족인 과이가瓜爾佳 일족으로, 젊은 시절 청 태종 홍타이지를 섬기며 수많은 전장에서 공을 세웠다. 순치제의 고명대신顧命大臣으로 강희제 초기에 섭정 역할을 하며 무소불위의 권력을 휘둘렀다. 별칭은 '만주제일용사'이다.

색니索尼

청나라 개국공신. 순치제의 고명대신이다.
손녀가 강희제의 정실황후인 효성인황후이다.

1부 탈궁초정奪宮初政

31장

오배와의 협상

오배는 날이 점점 어두워지자 안달이 나기 시작했다. 시간이 흐를수록 불안감은 더해갔다. 그는 개선가를 부르면서 돌아올 측근들을 치하하기 위한 진수성찬을 마련해 놓고 있었다. 그러나 그 상은 식어버린 지 오래였다. 반포이선도 영롱하고 앙증맞은 옥잔을 손에 잡은 채 이리저리 돌리면서 생각에 잠겨 있었다. 제세 역시 뒷짐을 지고 벽에 걸려 있는 서예 작품에 시선을 두고 있었다. 태감인 갈저합은 그나마 여유가 있었다. 태필도와 둘이서 소곤거리면서 무슨 얘기를 나누고 있었다.

"반 대인은 어떻게 생각하오?"

오배가 더 이상 참지 못하고 물었다.

"이쯤 되면 누구라도 와서 소식을 전해줘야 하는 것 아니오? 왜 아무도 안 오는 거지?"

반포이선은 이맛살을 찌푸리고 깊은 생각에 잠겨 있다 오배가 묻자 잠시 머뭇거리다가 입을 열었다.

"셋째가 오늘 백운관에 간다는 사실은 황궁의 우리 측 조 태감이 보내온 소식입니다. 또 서화문을 지키던 유금표도 나가는 것을 직접 확인했고요. 잘못될 리가 없습니다. 그러나…… 반나절이 넘도록 아무 소식도 없는 것이나 유금표도 행방불명이 된 것을 보면 분명 무슨 일이 있는 것이 확실한 것 같습니다."

반포이선이 자리에서 일어서면서 말을 이었다.

"날이 어두워지면 우리한테는 불리합니다. 그러니 사람을 보내 정확한 상황을 알아보게 하는 것이 좋겠습니다."

반포이선의 말에 제세가 얼굴을 돌려 반포이선과 오배를 번갈아 바라봤다. 태필도와 갈저합도 하던 말을 멈추고 정색을 하면서 오배를 쳐다봤다. 오배의 시선은 태필도에게 쏠렸다.

태필도는 오배가 자신을 쳐다보자 황급히 입을 열었다.

"오 대인, 아우이신 목리마 대인이 무예에 일가견이 있는 최고 실력의 친위 병사들을 이끌고 갔으니 조금만 더 기다려보시죠."

태필도의 말에 제세가 나섰다.

"이기면 당연히 두말할 것 없이 좋습니다. 그러나 만약 실패하더라도 아주 깨끗하고 철저하게 지면 그것도 불행 중 다행이라고 할 수 있습니다. 왜냐하면 누가 시켜서 한 일인지 모를 테니까요. 우리는 무작정 발뺌만 하면 됩니다. 그러면 불똥은 튀지 않을 것입니다. 그러나 문제는 이것도 아니고 저것도 아닌 경우입니다. 그러면 진짜 골치가 아플 겁니다. 무엇보다 안타까운 것은 목표는 백일하에 드러났으나 상대를 제거하는 데는 실패했다는 사실입니다. 이럴 때는 또다시 다른 작전을 펴야 하죠."

"맞았어, 바로 그거야!"

반포이선이 바로 찬성을 하고 나섰다.

"태필도 대인! 그대는 병부의 고관입니다. 그러니 병부의 날인이 찍힌 공문을 순천부로 보내서 그들에게 병사들을 백운관에 보내도록 하세요. 그쪽에 큰 도둑이 들었다고 하면 되지 않습니까?"

"그건 안 됩니다!"

태필도가 뭐라고 대답하기도 전에 제세가 큰 소리로 말했다.

"순천부의 사람들 중에서 누군가가 셋째를 알아보는 날에는 그야말로 큰일이 납니다!"

반포이선이 제세의 말에 껄껄 웃음을 터트렸다.

"만약 일이 생기면 모든 책임을 다 순천부에 덮어씌워버리면 되지 않겠습니까?"

그러자 태필도가 반박하고 나섰다.

"그들은 병부에서 내려온 공문서 같은 것을 잘 챙기는 부류들입니다. 나중에 자기네가 덮어쓰게 되면 그걸 가지고 나한테 와서 따질 겁니다. 그러면 대책이 없어집니다."

태필도의 말에 오배도 공감을 표했다. 그는 '원숭이도 나무에서 떨어질 때가 있다더니, 반포이선이 오늘 그 꼴이 났구나!' 하고 지레짐작했다.

그러나 반포이선은 오배와 태필도의 태도에는 전혀 개의치 않았다. 갑자기 "흥!" 하고 가벼운 콧방귀를 뀌더니 손에 들고 있던 옥잔을 내려놓았다.

"내가 그 정도도 예상하지 못하고 말할 것 같습니까? 순천부에 공문을 보낼 때 도둑을 잡으라고만 하면 되는 겁니다. 누가 도둑인지는 모르게 돼 있잖습니까? 정말 우리 뜻대로 셋째를 못 알아보면 더 좋습니다. 셋째가 도둑인 줄 알고 잡아들인다면 더할 나위 없이 좋습니다. 그렇게 안 된다고 해도 나중에 순천부에서 찾아오면 우리 역시 할 말이 있는 겁니다. 당신들에게 '도둑을 잡아 황제의 신변을 보호하라고 그랬지, 엉뚱하게 황제를 잡고 도둑을 도와주라고 했느냐'고 억지로 밀어붙이면 됩니다. 그러면 자기네들이 입이 열 개라도 변명을 할 수가 없게 될 것이 아니겠습니까? 이건 정말 우리로서는 절호의 상책입니다. 어때요? 그래도 내가 머리가 나쁜 사람인가요?"

반포이선의 말을 들은 오배는 거의 넋이 나갔다. 연신 "좋아! 좋아!"라는 말을 반복했다. 반포이선의 전략이 너무나 절묘했던 것이다. 그가 태필도를 쳐다보았다.

"태필도, 그대가 가서 이번 일을 처리하고 오시게. 모든 책임은 내가 떠안을 것이니!"

태필도는 그래도 잠시 주춤했다. 오배가 책임을 떠안는다고는 했지만 만약에 문제가 생겨 추궁이 들어오면 일차적인 책임은 자신이 져야 할 것이 분명했기 때문이었다. 그러나 그는 곧 대답을 하고 말았다.

"예, 그러죠."

태필도가 돌아서다 말고 갑자기 뭔가 생각난 듯 오배를 향해 덧붙였다.

"지금은 워낙 늦은 시각입니다. 병부의 도장을 책임지고 있는 담당자가 자리에 없을지 모릅니다. 그러니 오 대인께서 친히 명령문을 적어주시면 제가 병부를 거치지 않고 곧바로 순천부로 달려가겠습니다. 그런 식으로 병사들을 내놓으라고 하는 것이 훨씬 빠를 것 같습니다."

오배는 태필도의 의중을 알아챘다. 혹시 있을지 모르는 불리한 결과에 대해서 오배 자신이 책임지겠다고 했으나 사건의 전개가 아직 오리무중이므로 그것을 마냥 믿을 수만은 없다는 얘기였다. 때문에 오배에게 반드시 글로 써서 증거를 남기도록 하려는 수법이었다. 괜히 혼자 희생당하지 않겠다는 생각이었다. 오배는 그런 태필도의 의중을 간파했으나 전혀 일리가 없지도 않다고 생각하고는 통쾌하게 대답했다.

"좋소, 그렇게 하지!"

오배가 주위의 하인들에게 붓과 종이를 가져오도록 했다.

바로 그때 문지기가 들어오더니 두 손을 공손히 맞잡고 아뢰었다.

"밖에 태의원의 호궁산 어른이 찾아왔습니다!"

"만나지 않겠어!"

오배가 신경질적으로 손을 홱 저었다. 겁에 질린 문지기가 "예!" 하는 소리와 함께 밖으로 나가려고 했다. 그러자 반포이선이 문지기를 도로 불러 세웠다.

"이리로 와 봐!"

이어 반포이선이 오배 쪽으로 얼굴을 돌리면서 말했다.

"내가 알고 있기로는……, 이 사람은 평서왕의 사람입니다. 셋째와의 관계도 무난한 것 같습니다. 안타깝게도 우리하고는 아직까지 그리 밀접한 왕래가 없었습니다. 계급으로 따지면 이 친구는 확실히 별 볼 일이 없습니다. 그러나 결코 만만한 사람이 아닙니다. 만만하지 않은 사람이 만만하지 않은 시국에 만만하지 않은 장소를 방문했다면 반드시 뭔가를 가지고 온 것이 아닐까요?"

오배가 방금 전까지와는 달리 머리를 끄덕여 보였다. 이내 반포이선이 문지기에게 명령했다.

"들여보내!"

호궁산이 씩씩하게 걸어 들어왔다. 두루마기 자락을 날리면서 가슴을 쭉 편 채였다. 그는 방 한가운데 서서 우선 오배에게 인사를 올렸다. 그런 다음 나머지 사람들에게도 차례로 가볍게 읍揖을 했다. 그의 태도는 침착했다.

"여러분들이 이렇게 한자리에 계시니까 오히려 더 잘됐네요. 사실은 소인 호궁산이 백운관의 일로 여러 대인들에게 상의드릴 일이 있어서 이렇게 왔습니다."

오배로서는 호궁산을 만나는 것이 두 번째였다. 첫 번째는 색액도의 집에서 잠깐 마주쳤다. 당시 그는 호궁산이 무술을 좀 하게 생겼다고 생각했다. 그러나 별로 긴 얘기는 나눠보지 않았었다. 그는 이번에는 말을 좀 시켜보고 싶다는 생각이 들었다. 그러나 서두르지 않았다. 그저 눈앞에 서 있는 이 못생기고 '만만치 않은 사람'을 아래위로 훑어보기만 했다.

호궁산이 내뱉은 '백운관'이라는 단어는 오배에게는 듣기만 해도 가슴이 벌렁거릴 정도의 단어였다. 그것은 그를 초조하고 불안한 상태로 몰아넣었다. 그러나 그는 태연한 척 담담한 미소를 지었다.

"말씀 많이 들었네. 백운관의 일이라니? 도대체 그 일이 무엇이기에 우리와 상의를 한다는 건가?"

호궁산도 오배를 훑어봤다. 짙은 붉은색 두루마기를 입고 검은색 비단으로 만든 신발을 신은 모습이 이색적이었다. 또 한 손으로는 새카맣고 윤기가 흐르는 염주를 돌리고 있었다. 가능하면 멋진 자태를 보이려고 애쓰는 흔적이 역력했다. 하지만 의자의 등받이에 걸쳐진 다른 한 손은 불끈 쥐고 있었다.

호궁산은 한눈에 오배의 불안한 마음을 읽었다. 자신에게 무슨 볼일이 있냐는 말에 마른웃음을 지으면서 쉽게 대답을 하지 않은 데는 다 이유가 있었다. 오배가 초조한 어조로 덧붙였다.

"이 자리에 있는 사람들은 하나같이 나라의 중신들이야. 나와 개인적으로 친한 친구들이기도 하고. 할 말이 있으면 주저하지 말고 해보게."

"그러겠습니다."

호궁산은 나지막하나 힘과 무게가 느껴지는 자신감 넘치는 목소리로 말했다. 곧 호궁산의 말소리가 대청 안에 메아리쳤다.

"목리마 어른이 잡혀 있습니다. 목숨이 경각에 달려 있습니다!"

호궁산다운 단도직입적인 화법이었다. 태필도를 비롯해 제세, 갈저합은 이 한마디에 모두들 사색이 된 채 숨도 제대로 쉬지 못했다. 반포이선도 몸을 흠칫 떨었다. 하늘이 무너진대도 눈 하나 깜빡하지 않을 자신이 있노라고 은근슬쩍 자신의 수양을 자랑하던 그의 모습이 아니었다. 호궁산은 그 미세한 변화들을 놓치지 않았다.

처음부터 멍하니 있던 오배는 역시 대단한 인물이었다. 이내 반박을 했다.

"목리마는 누가 뭐래도 명색이 어전시위야. 무공 실력 또한 누구 못지않아. 게다가 친병을 거느리고 도둑 몇 명을 잡으러 갔어. 그런 자리에서 되려 도둑에게 잡히다니? 말도 안 돼! 별 볼 일 없는 태의가 누구 앞이라고 감히 망언을 함부로 내뱉나?"

호궁산 역시 질세라 큰 소리로 맞대응을 했다.

"여기는 조정의 묘당廟堂이 아닙니다. 예의와 격식을 갖춰야 하는 중요한 자리도 아닙니다. 그래서 너나 할 것 없이 사복 차림을 하고 있습니다. 그런데 무슨 태의인 주제니 뭐니 하면서 따질 게 있습니까. 진짜 사람들이 보면 입을 막고 웃습니다, 웃어요! 상다리 부러지게 진수성찬을 차렸으면서 먹지도 못하고 얼굴에 수심이 가득한 분들이 말은 번지르르하게 잘하시는군요."

"뭐야!"

갈저합이 자리에서 벌떡 일어났다. 거침이 없을 뿐 아니라 말에 여과도 없는 호궁산의 태도에 화가 난 것이다.

"꺼져! 꺼지라고! 더 이상 듣고 자시고 할 것도 없어!"

"당신은 뭐하는 사람이오?"

호궁산이 도전적인 눈매로 갈저합을 노려봤다.

“내가 만나러 온 사람은 오배 대인이지 당신 같은 무식한 사람이 아니오! 나는 평소 누구하고 얘기를 잘 안 하오! 이래 봬도 명나라의 홍광弘光(명나라 마지막 황제인 숭정제의 뒤를 이은 남명南明의 황제), 청나라의 예친왕 다이곤이나 평서왕 오삼계처럼 쟁쟁한 사람들만 상대하고 다니던 사람이오. 이러고 있으니까 우습게 보이는 모양인데, 그쪽 생김새도 나보다 별반 나을 게 없으니 까불지 마시오!”

사실 호궁산이 말한 세 사람은 대단한 인물들이었다. 셋 가운데 오삼계만 오배와 직급이 비슷했을 뿐 나머지 두 사람은 역사의 한 페이지를 장식한 황제 또는 그에 버금가는 인물들이었다. 좌중에서 이 사실을 모르는 사람은 아무도 없었다. 그들은 호궁산이 셋의 이름을 아무렇지도 않게 입에 올리자 솔직히 조금 놀랐다. 특히 갈저합은 창피하고 멋쩍은 정도가 영 말이 아니었다.

호궁산은 누구 하나 도전을 해오는 사람이 없다는 사실을 확신하고는 성큼성큼 진수성찬이 차려진 탁자 앞으로 가서 앉았다. 이어 공작새의 모양으로 장식한 요리에 젓가락을 가져갔다. 그 다음에는 거침이 없었다. 대뜸 공작새의 머리 부분을 뜯어 입에 넣고는 질겅질겅 씹어 먹기 시작했다. 게다가 의자에 거의 드러눕다시피 기대어 앉은 채 다리를 꼬고 입을 크게 움직이면서 안하무인격으로 먹어댔다. 그러면서 연신 엄지를 내둘렀다.

“맛 한번 끝내주는군! 음식은 원래 나눠먹는 거요, 이렇게.”

호궁산이 또 젓가락이 휘어질 정도로 음식을 집어서 입에 가득 쑤셔 넣었다.

오배와 반포이선은 잠시 시선을 교환했다. 그러더니 오배가 ‘옥호춘’玉壺春이라는 술을 잔에 철철 넘치게 따라 호궁산에게 건네줬다. 처음으로 웃음도 살짝 지어보였다.

"영웅을 알아보지 못하고 실례가 많았소이다!"

호궁산은 오배의 얼굴은 제대로 쳐다보지도 않았다. 하지만 술을 받아 꿀꺽 단숨에 마셔버리는 것은 잊지 않았다. 그가 말했다.

"그러면 그렇지! 오배 대인은 큰일을 할 분입니다. 그렇게 속 좁은 졸장부가 아니죠!"

호궁산이 먹다 남은 뼈다귀를 보란 듯 땅바닥에 아무렇게나 집어던졌다. 놀랍게도 뼈다귀는 그대로 청석青石에 꽂혔다. 동시에 견고한 돌이 둘로 쩍 갈라졌다. 오배는 그 모습을 보고 경악을 금치 못했다. 그는 애써 어색한 웃음을 지어냈다.

"무공 실력이 실로 대단하십니다."

반포이선도 그제야 가까이 다가왔다.

"호 선생, 우리는 초면이 아니죠?"

반포이선이 술 한 잔을 따라 정중하게 건넸다. 호궁산은 사양하지 않고 단숨에 잔을 비웠다.

"호 선생……."

오배가 호궁산이 연이어 술 석 잔을 비우는 모습을 보고 나서야 입을 열었다.

"내가 호 선생을 믿지 못해서가 아니오. 정말 궁금한 것은 내 동생 목리마가 진짜 잡혔는가 하는 것이오. 오백 명도 더 되는 병사들을 거느리고 갔는데도 그렇다는 말이오?"

"병력만 가지고는 장담을 못합니다. 도둑을 잡으러 갔다가 도둑한테 얻어맞고 오는 경우가 예로부터 허다했거든요!"

호궁산이 탁자보를 잡아당기더니 입을 쓱 닦았다. 이어 나무에 머리를 부딪쳐서 죽은 태감의 몸에서 찾아낸 편지를 꺼내줬다.

오배는 불빛을 빌려 편지를 읽어봤다. 내용이 심상찮은지 얼굴이 갈수록 굳어져만 갔다. 반포이선도 다가와 편지를 건네받았다. 틀림없이 눌모가 직접 쓴 편지였다.

편지에는 무공이 뛰어난 어떤 노인이 화살에 맞아 죽었다는 내용이 서두에 적혀 있었다. 또 셋째 삼촌인 목리마는 적들에게 잡혀있다는 소식 역시 전했다. 반면 '셋째'인 강희가 잡혔다는 내용은 없었다.

"호 선생……."

반포이선이 눈빛을 반짝이면서 물었다.

"호 선생이 보기에 지심도에 갇혀 있는 사람들은 대체 어떤 사람들이었습니까?"

호궁산이 닭다리를 뜯으면서 아무렇지도 않게 대답했다.

"내가 산고점을 자주 드나들어서 잘 압니다. 주인 하계주를 포함해 몇몇 법 없이도 살 친구들만 갇혀서 오도 가도 못하고 있었습니다. 도둑이 누군지는 몰라도 그 안에는 없는 것 같았습니다. 느낌이 확실히 그랬습니다."

"그런데 그들은 왜 내 동생 목리마를 죽이지 않았소?"

정곡을 찌른 오배의 질문이었다. 그는 살기가 번뜩이는 두 눈을 흰자위가 보이도록 이리저리 굴리고 있었다. 그의 생각은 틀리지 않았다. 만약 강희가 산고점 사람들 무리에 섞여 있지 않았다면 그들은 목리마를 죽이고 도망을 갔어야 했다. 그런데 목리마도 죽이지 않고 도망도 가지 않았다. 오배는 그 사실이 어쩐지 석연치가 않았다.

"목리마 어른이 값이 좀 나가게 생겼으니 그러겠죠!"

호궁산이 기름기가 번드르르하게 묻은 입으로 대답했다.

"그 친구들의 속셈은 모르기는 해도 자신들 편인 명주와 목리마를 맞바꾸자는 뜻이 아닐까요?"

놀라운 말들이 거침없이 쏟아져 나오는 자리였다. 주위는 갑자기 적막감이 흐를 정도로 고요해졌다. 이때 제세가 침묵을 깨고 굳은 얼굴로 자신의 의견을 피력했다.

"호 선생은 어쩌면 그렇게 모르는 게 없소이까? 누가 보내서 온 사람이오?"

"셋째 밑에서 일하는 위 군문이 부탁해서 왔소!"

호궁산이 생각해 볼 필요도 없다는 듯이 대답했다.

"셋째라고요?"

오배가 다급히 물었다.

"셋째라니, 어느 셋째 말이오?"

"에이, 나보다 더 잘 알면서 왜 모르는 척을 하시오!"

호궁산은 그야말로 여유만만했다.

"셋째는 바로 첫째, 둘째의 동생이 아닙니까! 대문 밖에 넷째도 왔는데, 들어오지 않겠다고 해서 기다리라고 했습니다만……. 오 대인과 여러분들이 늘 입에 달고 다니는 셋째를 내가 한번 불러봤다고 해서 문제될 것은 없겠죠?"

당황한 오배 등은 정말이지 할 말을 잃고 말았다. 그래도 역시 좌중의 막내인 갈저합은 행동대원다웠다. 다짜고짜 호궁산의 멱살을 거머쥐었다.

"그런 것은 토대체 어디서 들었소? 당신은 도대체 누구요?"

호궁산이 별 웃기는 자식 다 본다는 식으로 갈저합을 째려봤다. 이어 갈저합의 왼쪽 무릎 안쪽을 손가락으로 한 번 꽉 집었다가 놓았다. 그 한 수에 갈저합은 맥없이 풀썩 땅바닥에 쓰러지고 말았다. 호궁산이 다가가 그를 부축해 일으켜 주면서 능청을 떨었다.

"존귀하신 대인께서 이런 큰절까지 다 하시다니요! 공연히 그렇게까지 할 것은 없어요. 괜히 별 볼 일 없는 태의원 호궁산이 놀라서 졸도하겠습니다!"

호궁산은 따끔하게 혼을 내줬다고 생각했는지 고통에 눈물까지 흘리는 갈저합의 등을 툭 쳤다. 혈을 풀어주는 동작이었다. 제세는 갈저합이 눈물을 흘리는 모습을 보고는 놀라지 않을 수 없었다. 그러나 호궁산의 능청스러움에 터져 나오는 웃음을 참기는 어려웠던 모양이었다. 남들이 다 알도록 헛기침을 해대고 난리법석을 피웠다.

역시 반포이선은 눈치가 빨랐다. 아무리 해봤자 호궁산에게 더 이상의 것을 바란다는 것이 무리라는 사실을 깨달았다.

"호 선생이 보기에 이 일은 어떻게 하면 마무리가 잘 될 것 같소?"

"대인은 머리가 좋은 사람이니까 장황하게 설명할 필요는 없을 것 같습니다. 한마디로 명주와 목리마를 맞바꾸는 수밖에는 없습니다."

"명주는 이미 죽었소."

반포이선이 안색을 바꾸면서 차갑게 대답했다.

"그러면 목리마 어른도 죽는 것 외에는 다른 뾰족한 수가 없고요!"

호궁산이 일어서서 기지개를 켜면서 말을 이었다.

"잘 알았습니다. 넷째가 밖에서 기다리고 있으니, 나는 그만 가봐야겠습니다."

"잠깐, 잠깐만!"

반포이선은 호궁산이 일어서서 그대로 돌아서려고 하자 다급해졌다. 얼른 그의 앞을 가로막고 나섰다.

"호 선생, 농담 한마디 한 건데 뭘 그러십니까. 명주와 목리마를 서로 맞바꾸는 것 외에 다른 방법은 없겠어요?"

"그러면 그렇지. 머리 좋기로 소문난 오 대인과 반 대인이 설마 '명주는 이미 죽었소' 라고 말할 만큼 미련한 짓을 했을 리가 있겠습니까?"

호궁산이 다시금 자리에 앉았다.

"시간도 없고 저쪽에서 곤욕을 치르는 목 어른도 괴로울 겁니다. 그러니 우리 괜히 서로 떠보고 그러지 말고 통쾌하게 끝냅시다."

"지금 당장 명주를 넘기는 것은 좀 걱정스러운데……, 어떻게 하지?"

오배가 잠시 머뭇거리다 한참 후 겨우 핵심을 짚었다.

오배의 말에 호궁산이 대청마루가 떠나가라 껄껄껄 웃었다. 마치 한밤중에 야산에서 들려오는 이름 모를 맹수의 울음처럼 소름끼치는 소리였다.

"과연 난세에 태어난 영웅답습니다. 오 대인의 용단에 탄복했습니다!"

호궁산이 웃음을 멈춘 다음 다시 말을 이었다.

"오 대인이 믿을 만한 사람을 딸려 보내면 되지 않겠습니까? 내가 앞에서 걷고 그 사람이 명주를 데리고 뒤에서 따라오면 됩니다. 그러다 내가 수작을 부릴 것 같으면 뒤에서 단칼에 베어 버려도 되고요. 어려울 것이 뭐가 있습니까?"

호궁산의 시원스러운 말에 반포이선과 오배가 재빨리 시선을 교환했다. 오배가 두 눈을 껌뻑거리면서 승낙의 의사를 표했다.

바로 그때였다. 중문이 활짝 열리더니 갈저합이 열 몇 명의 병사들을 거느리고 나타났다. 저마다 눈부신 장검을 빼든 채 기세등등한 모습이었다. 문 앞에 떡하니 버티고 서 있으면서 위압적인 분위기를 연출했다. 갈저합이 두 손을 맞잡은 채 도발을 했다.

"호 선생은 무예가 뛰어나다고 들었소. 그러니 그냥 가시지 말고 몇 수 가르쳐 주시고 가세요. 선생이 없어도 목리마 어른은 얼마든지 구해 낼 수 있으니까요!"

갈저합의 엉뚱한 말에 좌중의 사람들은 깜짝 놀랐다. 하나같이 어안이 벙벙해졌다.

호궁산 역시 전혀 뜻밖의 일인지라 잠시 머뭇거렸다. 그러다 이내 미소를 지었다.

"사내대장부가 이미 지난 일을 가지고 뭘 그럽니까? 지금 나한테 보복을 하겠다는 겁니까?"

호궁산이 등짐을 진 채 여유만만하게 실내를 거닐었다. 그의 두 발이 닿는 곳마다 청석이 소리 없이 갈라졌다.

오배는 갈저합이 호궁산의 상대가 되지 않을 것이라고 판단했다. 아니 전부 다 한꺼번에 덤벼도 이긴다고 자신하기 어려웠다. 괜히 상대의 성질을 건드려 위기를 자초할 필요는 없었다. 그가 벌컥 화를 내면서 호통을 쳤다.

"이 자식이 건방지게! 어디서 배운 돼먹지 못한 짓이야. 썩 꺼지지 못해? 호 선생은 귀한 손님이야!"

오배의 호통에 갈저합의 얼굴이 벌겋게 달아올랐다. 반포이선이 그런 모습을 안쓰럽게 쳐다보다 그에게 다가갔다.

"남자가 그까짓 일을 가지고 속 좁게 그러지 마시오. 그대가 몇 사람 인솔해서 같이 명주를 데리고 가시오. 가서 뒷처리를 잘 하고 오시오!"

"그래야죠!"

호궁산이 반포이선의 말에 맞장구를 친 다음 오배를 향해 덧붙였다.

"반 대인이 말씀을 잘 했습니다. 남자가 복수를 하고자 하면 십 년 후에 해도 늦지 않다는 말이 있지 않습니까? 그러니 갈저합 대인도 너무 감정적으로 나올 것 없이 잘 생각해 봐야 할 것입니다!"

오배가 손을 내저었다.

"그러면 그렇게 하시오!"

바로 이같은 과정을 통해 인질을 맞바꾸는 지심도에서의 장면이 연출된 것이었다. 갈저합이 병사들에게 화살을 호궁산에게 마구 발사하라는 명령을 내린 것 역시 마찬가지였다. 그는 여전히 호궁산에게 한이 맺혀 있었다.

위동정 일행은 거의 2경二更(밤 9시~11시)이 다 돼서야 겨우 산고점의 뒷일을 마무리했다.

그들은 목리마와 병사들이 물러간 뒤에야 비로소 화살을 수십 발 맞고 물에 가라앉은 사용표의 시신을 건져낼 수 있었다. 그의 몸에는 어디나 할 것 없이 화살이 빽빽이 꽂혀 있었다. 또 두 손은 배에 꽂힌 화살을 꽉 움켜쥐고 있었다. 물속에서도 한동안은 몸부림을 쳤을 모습이 어렵지 않게 그려졌다.

목자후가 비통한 심정으로 땅에 꿇어앉아 사용표의 몸에 꽂힌 화살을 하나하나 뽑아냈다. 오차우 역시 시선을 사용표의 시신에 고정시킨 채 멍하니 넋을 잃고 바라보기만 했다. 노새 등은 온몸이 마비되는 듯한 고통에 몸부림쳤다.

사용표의 얼굴은 평화로웠다. 하지만 반듯하게 누운 그는 전혀 움직이지 않았다. 사람들은 그제야 사용표가 영원히 살아 돌아올 수 없다는 사실을 인정할 수밖에 없었다.

목자후가 노새와 넷째를 데리고 큰절을 올렸다. 그 옆에서는 하계주가 어린애처럼 발버둥을 치면서 엉엉 울고 있었다. 노새도 눈물을 비 오듯 흘리는 하계주의 모습을 보고는 참았던 눈물을 왈칵 쏟아냈다.

"스승님, 다 저 때문이에요! 제가 한 발만 일찍 도착했어도……."

목자후와 넷째도 크게 다르지 않았다. 아쉬움과 비통함에 무너지는 가슴을 안고 사용표의 시신 앞에 꿇어앉아 한 덩어리가 돼 울부짖었다. 명주 역시 들것에 누운 채로 소리 없이 눈물을 흘렸다. 위동정이라고 해서 가슴이 아프지 않을 리 없었다. 몇 년 전 서하 시장에서 우연히 만난 이후 서로 아끼면서 살아온 세월을 떠올리고는 비통함에 몸을 부르르 떨었다. 오차우는 큰절을 올리면서 구슬프게 흐느꼈다.

"아저씨…… 이제는…… 이제는…… 다시 뵐 수 없는 건가요?"

누가 말리지 않으면 슬픔의 눈물은 멈출 것 같지가 않았다. 급기야 위동정이 이대로는 안 되겠다는 듯 좌중을 위로하고 나섰다.

"우리는 아직 이렇게 울고 있을 때가 아닙니다. 우선 원수부터 갚읍시다. 그런 다음 다시 영전에 찾아와서 마음껏 울어봅시다."

위동정의 말에 사람들은 그제야 천천히 눈물을 거두기 시작했다.

위동정은 서둘러 땅을 파고 사용표를 묻었다. 이어 밤길에도 개의치 않고 오차우와 하계주를 데리고 북경성 안으로 내달렸다.

말을 달리는 내내 누구 하나 먼저 입을 여는 사람이 없었다. 그들이 지나치던 곳의 주변은 이자성이 청나라 병사들과 수차례 교전을 벌인 지역이었다. 때문에 인가라고는 찾아볼 수가 없었다. 그저 달빛 아래 드러나는 시커먼 언덕과 불에 타서 파괴된 집들만 듬성듬성 보일 뿐이었다. 때문에 더욱 스산하게 다가왔다. 저 멀리 어디에선가 사원의 종소리가 바람을 타고 들려왔다. 처량한 기분을 더욱 진하게 느끼도록 해주는 소리였다. 철갑으로 무장한 말도 그 기분을 아는지 두껍게 얼어붙은 서리를 짓밟으면서 묵묵히 앞을 향해 달려갔다. 오차우는 자신도 모르게 차가운 밤하늘을 바라보면서 조용히 시 한 수를 읊었다.

나지막한 목소리였으나 시의 내용은 비감했다. 사람의 마음을 울컥하게 만들었다. 그 순간 위동정은 갑자기 가슴이 뜨거워지는 것을 느꼈다. 뭔가 말하고 싶은게 있었지만 끝내 입을 열지는 않았다.

이윽고 일행은 호방교에 자리 잡은 위동정의 집으로 돌아왔다. 그들은 그제야 한숨을 돌렸다. 모두들 길고도 긴 악몽에서 깨어난 듯한 표정이었다. 너무나도 길고도 길었던 하루 동안의 악전고투를 떠올리면 그럴 만도 했다. 위동정은 오차우와 하계주의 잠자리를 봐준 다음 잠시 쉬다 호궁산을 찾아 나서려 했다. 하지만 그가 이미 어디론가 떠나버렸다는 사실을 깨닫고는 바로 생각을 접었다.

그는 대신 자신의 방으로 오차우를 부를까 말까를 곰곰이 생각했다. 다른 사람들과는 달리 이날 평생 처음으로 살벌하기 이를 데 없는 장면을 목격한 그가 아직도 두려움과 불안에 떨면서 잠을 이루지 못할까봐 우려했기 때문이었다. 그가 그런 생각을 하고 있을 때였다. 밖에서 문지기가 들어오더니 조용히 위동정에게 귓속말을 전했다.

"색 대인과 웅 대인께서 오셨습니다. 대청에서 기다리고 계십니다!"

위동정은 오차우를 부를 생각은 버리고 옷을 대충 걸친 다음 밖으로 나왔다.

웅사리가 의자에 앉은 채 벽에 걸린 그림을 감상하고 있었다. 그는 위동정을 보자 몸을 앞으로 살짝 굽혀 인사를 건넸다.

"오늘 자네 덕분에 하마터면 죄수복 한번 입어볼 뻔했네그려!"

위동정이 웅사리의 농담에 화답했다.

"저로서는 웅 대인과 함께 감방에 갇혀 보는 것도 꽤나 재미있을 것 같은데요?"

위동정이 이어 색액도에게 무릎을 꿇어 인사를 올리려 했다. 그러자 위동정과 어느새 막역한 사이가 된 그가 황급히 말리고 나섰다.

"호신, 우리끼리는 이런 것 하지 말자고!"

세 사람은 화기애애한 분위기 속에서 얘기를 나누었다.

"호신, 오늘 많이 놀랐을 거야. 심신이 피곤할 거라고 생각해. 그래서 다음에 올까 하다가 그래도 오늘 오는 것이 낫겠다 싶어 이렇게 왔네."

웅사리가 심각한 얼굴로 덧붙였다.

"내일 폐하께서 부르실 텐데, 백운관의 일을 물으시면 어떻게 대답하지?"

"백운관에서 있었던 일은 비밀에 부치는 것이 낫지 않을까 싶습니다."

위동정이 머리를 숙이고 한참을 생각하다 천천히 덧붙였다.

"폐하께서는 아직은 오배와 얼굴을 밝힐 단계가 아니라고 생각하고 계십니다. 제 생각에는 아직 오배를 안 만나시는 것이 나을 듯 싶습니다. 폐하께서 오배를 안 만나시면 당연히 두 분을 부르실 필요가 없지 않을까요?"

"그렇기는 하네."

색액도가 미간을 찌푸리면서 말을 이었다.

"문제는 폐하께서 오배와 우리 둘을 한꺼번에 보자고 하시면 어떻게 하나 이거지."

위동정이 즉각 대답했다.

"제 생각에는 당분간 폐하께서는 아무도 안 만나실 것 같습니다. 요즘 늘 '한 발 물러서서 멀리 보기'라는 말을 하시는 것을 보면 무리를 해서 제대로 익지 않은 참외를 따려고 하시지는 않을 것 같습니다."

웅사리가 무슨 말인지 알겠다는 듯 머리를 끄덕였다.

"하지만 각별히 신경을 쓰는 것도 나쁘지는 않지"

"네, 그럼요"

위동정은 황급히 대답하고는 덧붙였다.

"이번 일을 통해 저는 두 가지 느낀 점이 있습니다."

"그래요? 그게 뭐요?"

색액도가 궁금하다는 듯 차 한 모금을 마시면서 물었다.

"뭔지 어서 말해 보게."

"색 대인의 집이 얼마 전에 샅샅이 수색을 당했습니다. 게다가 이 일은 오 선생님이 백운관으로 옮기고 얼마 있지 않아 일어났습니다. 그런 것을 보면 오배가 지금 어지간히 서두르고 있다는 사실을 알 수가 있습니다."

웅사리와 색액도가 연신 머리를 끄덕였다. 위동정이 더욱 자신있게 말을 이었다.

"이번에도 도둑을 잡는다는 명분을 내세웠습니다. 그러나 사실은 오 선생님보다는 폐하를 겨냥한 것이 틀림없습니다. 이로 미뤄 볼 때 오배는 황궁을 탈취하려는 마음이 분명 있습니다. 하지만 그 마음에 비해서는 힘이 모자란 것 같습니다. 궁중에서는 감히 어떻게 해볼 수가 없기 때문에 밖에 있는 백운관을 택한 겁니다."

"대단히 명쾌한 분석이야!"

웅사리가 흥분하면서 손뼉을 쳤다. 최대의 칭찬이었다.

"계속 말해 보게!"

"오배가 지금 안팎으로 군사력을 거머쥐고 있는 것은 사실입니다. 밖에서 힘깨나 쓰고 있습니다. 또 오배라고 하면 목숨이라도 내놓을 장군들이 내무부를 장악하고 있습니다. 그러나 지금 내무부 총관은 태황태후마마의 특별지시로 올라온 사람입니다. 때문에 아직 내무부 총관에게는 오배의 말이 권위가 서지 않습니다. 따라서 궁 안에서는 그래도 아직 폐하께서 대부분의 병력을 장악하고 있다고 해도 과언이 아닙니다. 하나 걱정스러운 것이 있다면 상주문들이 일일이 오배의 손을 거친다는 사실입니다. 이건 정말 조심해야 될 것 같습니다. 더구나 오배는 지금 사실상 궁 안의 중추 부서인 건청궁관방乾清宮關防, 경사보병통령아문京師步兵統領衙門, 순방아문 등과 병부도 장악하고 있다고 봐야 합니다. 권력이 막강하죠. 다행히 구문제독은 저와 아주 사이가 좋습니다. 때문에 폐하께서 출궁만 하지 않으신다면 적어도 반년 동안은 무사하실 거라고 자신합니다. 만약 자주 출궁을 하신다면 오늘 산고점에서 있었던 일들이 자주 발생하겠죠…….”

“그러면 자네 생각에는 어떻게 하는 것이 좋을 것 같나?”

웅사리가 두 손을 무릎 위에 올려놓은 채 몸을 앞으로 숙이면서 물었다.

“제 생각에는 폐하께서 잦은 출궁을 하지 않으시는 것이 급선무입니다. 그러나 꼭 필요할 때는 움직이셔야 합니다. 그럴 때는 임기응변할 수 있는 능력을 더 키우셔야 할 것 같습니다!”

색액도가 위동정의 말을 받았다.

“구문제독 자리를 다른 사람이 차지하지 않도록 잘 지켜야 해. 호신은 철인거지로 불리는 그 제독과 친한 사이니까 필요에 따라서는 오배의 명령을 거부할 수 있어야 해. 또 오배가 군대를 마음대로 쥐락펴락하지 못하게 해야 해.”

“구문제독과는 아직 그 정도의 교분을 쌓았다고 할 수는 없습니다.”

위동정이 약간은 밝아진 얼굴을 하고 말을 이었다.

“그리고 이렇게 중요한 일을 시키면서 아무 대가 없이 그냥 시킬 수는 없을 것 같습니다.”

“그게 무슨 소리인가?”

색액도가 농담만은 아닌 듯한 위정동의 말을 진지하게 받았다.

“자네에게 이런 영악함이 있는 줄은 몰랐네. 이것도 오 선생에게서 배운 것인가?”

위동정이 대답했다.

“오 선생은 학문만 가르치지 이런 것은 안 가르쳐 줍니다. 학문을 닦다 보면 그 속에서 유용한 것들을 많이 깨닫게 된다고 말씀하시기는 했죠.”

“맞는 말이야!”

웅사리가 끊임없이 머리를 끄덕였다. 그는 사실 정통 도학가로 손색이 없는 사람이었다. 오차우의 '잡탕'식의 학문과는 완전히 추구하는 바가 달랐다. 그러나 근래에는 강희도 오차우를 높이 평가하는 듯해서 되도록 오차우와는 논쟁을 하지 않으려 했다. 하지만 오늘 위동정의 말을 쭉 듣고 보니 그게 아니었다. 오차우의 주장도 자신과 잘 맞아떨어지는 부분이 없지 않았던 것이다. 그는 기분이 좋아졌다.

"또 하나 결코 간과할 수 없는 것이 있지. 바로 통주通州, 풍대豊臺, 밀운密雲, 천진天津 등이 북경으로 들어올 수 있는 관문이라는 사실이네. 희봉구喜峰口 또한 대단한 요충지야. 따라서 그쪽도 힘이 있는 사람이 지켜야 해. 이 일은 우리가 알아서 할 테니, 자네는 열심히 폐하 곁을 지키는 조자룡趙子龍 노릇을 잘 하게!"

만주족들은 기본적으로 《삼국연의》를 단순한 소설로 보지 않았다. 수준 높은 병서로 인식했다. 이 점에서는 저잣거리의 야사 정도로밖에 치부하지 않는 한족들과는 분명히 달랐다. 색액도 역시 그랬다. 어려서부터 교육을 받아오면서 조자룡을 무척이나 존경하게 됐다. 위동정은 농담 섞인 웅사리의 말을 적당히 받아들이면서도 자신에게 색액도가 존경하는 바로 그 조자룡이 되라고 권하는 말이 너무나 잘 다가왔다.

"명심하겠습니다!"

세 사람은 몸을 뒤로 젖히면서 크게 웃었다. 웅사리와 색액도는 이후에도 한참 얘기를 나누다 날이 희뿌옇게 밝아올 때쯤에야 자리를 떴다.

32장

역신逆臣과의 기싸움

다음 날 아침 어느 누구도 예측하지 못한 일이 발생했다. 강희가 잠에서 깨기 무섭게 장만강을 시켜 오배를 불러오게 한 것이다. 그것도 단독 면담을 하겠다는 의중인 듯했다.

장만강은 황제의 뜻을 전하기 위해 '병가'를 핑계로 집에서 쉬고 있는 오배를 찾아갔다. 그는 아침을 먹고 있었다. 장만강은 어쨌든 '병가' 중인 사람이었기 때문에 성지를 전할 때의 모든 의식을 접어두고 그냥 선 채로 말을 전했다.

"폐하께서 부르십니다."

오배는 깜짝 놀라는 기색을 보였다. 강희가 부르리라고는 전혀 예상을 못했으니 그럴 수 있었다. 그는 한동안 멍한 표정을 짓다 입속에 들어있던 음식을 재빨리 삼키면서 가슴을 진정시켰다.

"무슨 일이라는 것은 말씀하시지 않으셨소?"

"오 대인께 아뢰겠습니다만."
장만강이 침착하게 말을 이었다.
"소인은 잘 모르겠습니다."
"여봐라! 은 오십 냥을 가져와 용돈으로 드리도록 하라!"
오배는 강희와 장만강이 꽤나 관계가 밀접하다는 사실을 모르지 않았다. 그럼에도 대놓고 물었으나 아무런 정보도 건지지 못했다. 말하자면 무심코 실수를 한 셈이었다. 그가 장만강에게 적지 않은 돈을 찔러준 것은 바로 이런 민망한 실수를 만회하려는 속셈과 무관하지 않았다.
"먼저 가시게. 나는 조금 있다가 바로 따라가겠소!"
오배가 장만강이 완전히 돌아가기를 기다렸다 하인에게 지시했다.
"어서 가서 반 대인에게 이리로 좀 건너오라고 전하라!"
오배의 집에서는 전날 저녁 그의 측근들이 모여 밤새도록 비밀회의를 연 바 있었다. 회의는 날이 거의 밝아서야 끝이 났다. 때문에 그의 측근들은 집으로 돌아가지 않고 손님방으로 각자 흩어져 잠을 청하고 있었다.
반포이선을 비롯한 제세, 눌모, 갈저합 등이 정원 뒷방에서 눈을 붙이고 있다가 오배가 하인을 시켜 부르자 바로 벌떡 일어났다. 제일 먼저 반포이선이 나타났다.
"오 대인, 무슨 급한 일이라도 있습니까?"
오배가 희미한 웃음을 머금었다.
"어제 저녁에 한 반 대인의 말이 빗나갔어요. 아침 일찍 셋째한테서 나를 보자는 전갈이 왔소!"
"그래요?"
반포이선은 이상하다는 듯 고개를 갸우뚱거렸다. 이어 한참을 골똘히 생각에 잠겨 있다 천천히 입을 열었다.

"그냥 보자고 했을 가능성이 높습니다. 그러니 걱정하지 말고 가 보십시오. 설마 오 대인을 난감하게 하는 질문이야 하겠습니까?"
오배가 여전히 걱정에 잠긴 채 반응이 없자 한마디 덧붙였다.
"지금으로서는 굿이나 보고 떡이나 먹는 수밖에 없습니다. 그가 우리한테 얼굴을 붉히지 않으면 우리도 마땅히 어떻게 할 수는 없는 상황입니다."
"알겠소!"
오배는 그제야 감을 잡은 모양이었다. 그리고는 관복을 잘 차려입고 궁으로 향했다.
오배가 황제를 접견해야 할 장소는 건청궁이었다. 갈저합과 아사합이 그 건청궁의 돌계단 앞에서 당직을 서고 있었다. 오배는 그들을 힐끔 쳐다보고는 바로 안으로 들어가 무릎을 꿇으며 강희에게 인사를 올렸다. 강희 옆에는 장만강이 버티고 서 있었다.
강희는 오배가 들어오자 손에 들고 있던 노란 종이를 슬쩍 감췄다. 그러면서 평온한 어조로 말했다.
"일어서게."
강희가 덧붙여 명령했다.
"자리를 마련해 드려라!"
오배는 태연하게 태사의에 앉으면서 머리를 들어 강희를 똑바로 바라봤다.
두 사람이 이렇게 자리를 잡고 만나는 것은 무려 4개월 만이었다. 강희는 오배가 몇 달 보지 못한 사이에 눈에 띌 정도로 달라져 있었다. 우선 키가 훌쩍 컸고 또 혈색이 너무 좋아 보였다.
강희가 먼저 입을 열었다.
"요새 건강은 괜찮은가?"

"폐하께서 염려해주신 덕분에 노신은 건강하옵니다."

오배가 의자에서 고개를 앞으로 숙이면서 대답하고는 다시 한마디 덧붙였다.

"다만 근래에 편두통이 심심치 않게 발작해 걱정이옵니다."

오배는 아무래도 뒤가 켕겼다. 그래서 스스로를 '노신'으로 낮춰 불렀다. 강희에게 안하무인으로 대하던 얼마 전의 기세등등한 태도와는 사뭇 달랐다.

"자네가 떠맡아야 할 나라의 대사가 산적해 있네. 각별히 몸조심하도록 하게."

강희가 오배의 건강을 염려해주는 듯하면서 다시 장만강에게 말했다.

"지난번 서장西藏(티베트를 일컬음)의 달라이 라마가 보내온 천마天麻와 산삼이 있지? 그걸 오 대인에게 갖다 주게."

"예!"

장만강은 강희가 말한 물건들을 미리 준비해 둔 모양이었다. 명령이 떨어지자마자 바로 가지고 왔다.

오배는 노란 비단 보자기로 싼 상자를 두 손으로 받아들었다. 이어 의자에서 일어나 연신 은혜에 감사드린다는 인사를 하고는 다시 자리에 앉으면서 물었다.

"무슨 중요한 일이라도 있으신지요?"

"뭐 특별한 일은 없네."

강희가 담담하게 덧붙였다.

"이것은 절강성의 순무巡撫가 보내온 상주문이네. 자네가 이렇다 할 의견을 첨부하지 않았기 때문에 한번 물어보려고 하는 것 뿐일세."

오배는 갑자기 몸과 마음이 홀가분해졌다. 마치 천 근이나 되는 바위 밑에 깔려 있다 빠져나온 기분이 그럴까 싶었다. 별것 아닌 일 때문에 보자고 했다는 말은 확실히 그에게는 복음에 가까웠다.

강희가 말한 상주문은 명나라의 유신遺臣들인 황종한黃宗漢, 이철李哲, 오치손伍稚遜 등이 주동이 돼 항주杭州에서 무슨 명사名士대회를 연다는 것을 주 내용으로 하고 있었다. 또 그들이 쓴 시들을 오려서 붙인 것일 뿐이었다. 황종한 등이 청풍명월을 노래할 목적으로 모인다고는 했으나 간혹 눈에 거슬리는 부분이 없지 않아 황궁에까지 올려 보낸 듯했다.

오배는 상주문이 낯설지 않았다. 이미 읽어본 것이었다. 그러나 마땅히 뭐라고 의견을 정리할 수가 없어 입장 표명을 미루던 중이었다. 그러다 그게 그대로 강희의 손에 넘어간 모양이었다.

오배가 마른기침을 했다. 당신이 읽어봤다면 아예 당신이 알아서 처리하면 되는 것 아니냐는 생각이 들었던 것이다.

"이 사람들은 정말 구제불능인 것 같사옵니다. 명나라의 원로 유신들 가운데서 그나마 우리 대청제국을 위해 기여한 사람은 홍승주 한 사람밖에 없다고 생각하옵니다."

"그러나 홍승주는 죽어서도 욕을 사발로 얻어먹고 있어. 남경 사람들이 올해 설에 대문에 내다 붙인 대련對聯들의 대부분이 홍승주를 비난하고 욕하는 것이었다고 하네. 내용이 그렇다는 거야."

오배가 강희의 말에 슬며시 반문했다.

"이건 결코 간과할 수 없는 중대한 일이옵니다. 폐하께서는 혹시 무슨 좋은 방안이라도 있사옵니까?"

"짐에게 좋은 방법이 떠오르지 않으니까 이렇게 자네를 부른 것이 아닌가?"

강희가 약간 화를 내면서 오배처럼 반문을 했다. 오배는 잠시 당황하다 생각을 가다듬은 다음 대답했다.

"이 사람들은 명나라에서 인정을 받던 사람들이옵니다. 말하자면 혜택을 받은 사람들이죠. 때문에 우리가 강압적으로 나가면 자존심 때문에라도 우리를 거부할 것이옵니다. 싸움에서 이긴 사람이 술상을 마련해놓고 진 사람을 찾아가 화해를 요청하면 진 사람은 자존심 때문에 버티기 마련이옵니다. 그러다 승자 쪽에서 계속 잡아당기면 못 이기는 척하고 술상 앞에 마주 앉게 됩니다. 바로 이런 경우와 같사옵니다. 우리도 그렇게 하면 되지 않을까 하옵니다."

"구체적으로 어떻게 잡아당겨야 한다는 거지?"

강희가 의문을 표하면서 뭔가에 골몰하는 모습을 보였다. 잠시 후 오배가 입을 열었다.

"그들에게 우리 청나라에 귀부歸附한 젊은 선비들과 함께 시험을 보라고 하면 응하지는 않을 것이옵니다. 이미 과거시험이나 진사시험에 합격했던 사람들이니까요. 그러나 이대로 방치해두면 반드시 조정을 비난하고 다닐 것이옵니다. 분명히 나쁜 영향을 끼칠 것 같사옵니다."

그러자 강희가 몸을 앞으로 숙이면서 말했다.

"내가 걱정하는 것도 바로 그 부분이야. 진짜 의리 있는 사나이들은 정작 거들떠보지도 않으면 어떻게 하느냐 이거지. 우리 쪽에서 적극적으로 나갔을 때 넘어오는 사람은 속된 말로 써먹을 가치조차 없는 사람들이야. 이미 의지를 상실한 사람들이지. 그들은 그런 사람들과는 차원이 달라도 한참 달라."

"그러니까 특별대우를 해줘야 하옵니다!"

오배가 주저 없이 자신의 생각을 털어놓았다.

"특별히 그들만을 위한 시험을 보는 것이 어떨까 하옵니다. 자존심을 지켜주면서 인재를 기용하자는 얘기이옵니다."

강희는 오배의 말을 넋 놓고 듣다 그만 순간적으로 상대가 자신의 숙적이라는 사실조차 까마득히 잊어버리고 말았다. 그의 말에 본질을 꿰

뚫는 혜안이 있었던 것이다. 확실히 그런 점에서는 노련하기로는 둘째가라면 서러워할 오배다웠다. 강희는 자신도 모르게 건청궁 북문의 통로를 응시하면서 나지막하게 중얼거렸다.

"그게 뜻대로만 되면 얼마나 좋을까……."

"시험에 합격하면 자연스럽게 우리에게 동화될 것이옵니다. 그렇지 않으면 낙방해서 지방에 내려간다고 해도 누구를 원망할 여지가 없지 않겠사옵니까!"

"그래, 그래 맞아!"

강희가 흥분한 듯 탁자를 탁! 치면서 자리에서 벌떡 일어났다. 그러나 이내 얼굴색이 도로 어두워졌다. 그가 한숨을 내쉬었다.

"하지만 아직은 때가 너무 이른 것 같아."

오배가 갑자기 분위기를 싸늘하게 만들어버린 강희를 노려봤다. 동시에 자신이 말을 너무 많이 한 것 같다는 생각을 했다. 공연히 속마음을 들킨 것이 아닌가 하는 후회도 했다.

이때 강희가 담담하게 다시 말을 이었다.

"대만臺灣이 아직 평정되지 않고 있어. 게다가 각 지방의 제후들은 서로 딴살림을 차리겠다고 아우성이야. 이런 내우외환이 계속되는 한 명나라의 원로 유신들은 독이 될 수도 있어. 이런 사람들은 평화로운 시대에는 귀부하려고 하지만 난세에는 권력을 뒤집어엎으려 할 수도 있지. 아무튼 각별히 조심해야 해."

두 사람은 한바탕 꿈속에서 노닐다 갑자기 냉엄한 현실로 돌아온 듯 침묵을 지켰다. 강희가 한참 후에 입을 열었다.

"자네도 피곤할 텐데 그만 가서 쉬게. 나머지 일은 다음에 만나서 상의하지!"

오배는 속으로 냉소를 머금었다. 그러나 내색하지는 않았다. 그가 자리에 앉은 채 두 손을 맞잡고 인사를 했다.

"그러면 노신은 이만 물러가겠사옵니다!"

오배는 말을 마치자 바로 자리를 떴다.

강희는 멀어져가는 오배의 뒷모습을 한참이나 바라봤다. 갑자기 밀려오는 상실감이 가슴을 후벼 팠다.

"아무튼 인재는 인재야! 정말로 애석하군."

강희는 곧 네 사람이 둘러메는 가마를 타고 양심전 앞에 도착했다. 마침 기다리고 있던 소마라고가 소리 높여 외쳤다.

"폐하께서 돌아오셨사옵니다!"

강희가 평소와는 약간 다른 소마라고의 태도에 순간적으로 머리를 갸웃했다. 뭔가 이상한 낌새를 챈 것이다. 가장 먼저 유모 손씨가 반색을 하면서 마중을 나왔다. 그제야 강희는 태황태후가 미리 와서 자신을 기다리고 있다는 사실을 알았다.

태황태후는 소마라고가 강희의 시중을 들게 되면서부터 눈에 넣어도 아프지 않을 재롱둥이를 잃어버린 셈이 되었다. 당연히 몹시 적적해 했다. 강희는 그 사실이 너무나 가슴이 아팠다. 나중에는 손씨를 태황태후에게 보내주는 배려를 했다.

다행히 손씨는 태황태후의 비위를 잘 맞췄다. 급기야 두 사람은 신분의 차이도 망각한 채 늘 붙어 다니게 됐다. 어떨 때는 태황태후가 어린애처럼 손씨에게 옛날 얘기를 해달라고 조르기도 했다.

강희는 태황태후가 도착해 있다는 사실에 기분이 금방 좋아졌다. 바로 발걸음을 재촉해 궁전 안으로 들어갔다. 이어 태황태후에게 가까이 다가가 인사를 올렸다.

태황태후가 강희의 행동을 말렸다.

"아이고, 착한 내 새끼. 이 할미한테는 그런 거 필요 없어! 특별한 일이 있어서 온 것은 아니야. 그저 황제가 오배를 만나러 갔다고 하기에 걱정스러워서 달려왔을 뿐이야. 쯧쯧, 날씨도 추운데 옷을 그렇게 가볍게 입고 다니다니. 감기 들면 어떻게 하려고!"

소마라고가 태황태후의 말이 끝나기 무섭게 잽싸게 강희에게 달려와서는 미리 준비해뒀던 털조끼를 걸쳐줬다. 태황태후는 근래 들어 부쩍 키가 크고 늠름해진 강희를 대견스레 바라보면서 감격했다. 급기야는 눈물까지 글썽거렸다. 그녀는 강희가 행여 눈치라도 챌까봐 급히 손수건으로 눈물을 닦은 다음 얼굴을 돌려 손씨에게 물었다.

"황제의 모습을 한번 잘 보게. 누구를 닮았나?"

손씨도 이미 과거의 '유모 손씨'가 아니었다. 때문에 자꾸만 침침해지는 눈을 비비면서 강희를 바라보았다. 그녀가 천천히 대답했다.

"제가 보기에는 할아버지인 태종 폐하와 똑같은 것 같사옵니다."

태황태후는 손씨의 말에 가벼운 한숨을 내쉬었다.

"할아버지에서부터 아버지를 거쳐 지금의 황제까지 흘러왔어도 삼대가 꼭 찍은 듯이 닮았어. 그러나 선제도 이 나이 때에는 우리 황제처럼 저렇게 성숙해 보이지 않았네!"

태황태후는 자신의 말에 스스로 빠져드는 것 같았다. 지난 추억도 아련히 떠오르는 듯했다. 결국에는 눈물을 흘리고 말았다. 그러자 소마라고가 황급히 화제를 돌렸다.

"폐하께서 그런 복장을 하고 계시니 꼭 과거시험 치르러 가는 선비 같사옵니다!"

강희는 소마라고의 한마디에 순간적으로 방금 오배와 나누었던 대화를 떠올렸다. 그는 싱긋 미소를 머금었다.

"내가 과거시험을 본다고 해도 합격을 한다는 법은 없지 않겠어?"

태황태후는 끊임없이 강희의 눈치를 살피고 있었다. 그런데 별로 이상한 구석은 보이지 않았다. 아니 오히려 기분이 썩 괜찮아 보였다. 그녀는 그제야 안도의 한숨을 몰아쉬었다. 오배와의 사이에 무슨 일이 없었다는 사실을 미뤄 짐작할 수 있었으니까.

태황태후는 정말 단순하게 강희의 얼굴을 보러 왔으므로 이미 목적을 달성했다고 할 수 있었다. 그래서인지 더 이상 지체할 필요가 없다는 듯 바로 자리에서 일어났다.

"밖에 돌아다닐 때는 각별히 조심해야 하네. 자네는 황제이기 때문에 금쪽보다 소중한 몸이야. 내일 위 군문을 시켜 금으로 만든 자명종을 오육일에게 선물로 가져다 주도록 하게. 또 색액도의 본부인이 세상을 떴다고 하니 거기도 한번 가보고!"

강희는 연신 머리를 끄덕였다. 태황태후의 말을 잔소리로 듣지 않는 것 같았다.

"그렇지 않아도 색액도 대인에게는 조위금으로 이미 금 오백 냥을 보냈습니다."

태황태후가 만족스런 표정을 지어보였다.

"우리는 이만 가볼게. 아침은 준비하지 말라고 해. 소마라고가 사람을 시켜 우리한테 와서 가져가. 황제가 잘 좀 챙겨 먹도록 하라는 말이야!"

태황태후가 마지막에 손자의 식사까지 살뜰하게 챙긴 다음 자리를 떴다. 그러자 강희가 소마라고를 흘겨보았다.

"아무튼 못 말리겠군. 무슨 큰일이라도 났다고, 그 사이를 못 참아 태황태후마마께 알렸어. 노인네가 극성인 줄 모르는 것도 아니면서."

소마라고는 옆에 아무도 없자 굳이 격식을 차리지 않았다.

"폐하께서 약속을 안 지키시니까 그런 것 아니겠사옵니까? 오늘은 원래 아무도 만나지 않으시겠다고 하지 않았사옵니까. 그런데 갑작스레 다른 사람도 아닌 오배를 만나시겠다고 하니 제가 놀라지 않을 수 있었겠사옵니까? 하마터면 간 떨어질 뻔했사옵니다."
소마라고의 말에 강희가 일부러 어깨를 으쓱했다.
"자네가 어제 한 말이 일리는 있어. 하지만 명색이 천자가 돼 가지고 그까짓 일로 겁에 질려 대신을 못 만난다면 되겠나? 상대가 날 우습게 여기고 더욱 기어오르려고 할 것 아닌가!"
"그렇더라도 미리 귀띔은 해주셨어야죠."
소마라고가 일부러 입을 뾰로통하게 내밀었다.
"위동정도 옆에 없사옵니다. 또 주위에 도움이 될 만한 사람이 전혀 없었는데……. 폐하께서도 너무 방심하신 것이옵니다!"
소모자가 찻잔을 들고 들어온 것은 강희가 소마라고와 격의 없는 대화를 나누고 있을 때였다. 강희가 찻잔을 입으로 가져가다 불현듯 뭔가 생각나는 것이 있는 듯 멈칫 했다. 지난번 어차고에서 누군가가 눌모를 곤경에 빠뜨리게 했다던 소마라고의 말이 떠올랐던 것이다.
"자네 이름이 뭔가? 원래는 어차고에서 일했나?"
소모자는 차를 내려놓고 나가려다 황제가 자신을 부르자 화들짝 놀랐다. 황급히 쟁반을 겨드랑이에 끼고 한 발 물러나 꿇어앉으면서 아뢰었다.
"소인, 본명은 전희신錢喜信이라고 하옵니다. 그러나 사람들이 그저 부르기 좋게 소모자라 하옵니다. 원래는 어차고에서 일하고 있었사옵니다. 그러나 폐하께서 배려해주신 덕분에 소마라고 누님께서 지금의 일자리를 만들어 주셨사옵니다."
"자네에게는 소모자라는 이름이 더 어울리는 것 같군."
"예, 폐하."
소모자가 머리를 조아리면서 크게 대답했다.
"소인, 오늘부터 정식 이름을 소모자로 바꾸겠사옵니다. 성은 소, 이름은 모자라고요!"

강희의 옆에 있던 소마라고가 소모자의 순발력과 재치 넘치는 대답에 그만 참지를 못하고 웃음을 터트렸다. 이어 황급히 소모자의 옷자락을 잡아당기면서 주의를 줬다. 그에 아랑곳하지 않고 강희가 또다시 물었다.

"자네 모친의 병세는 좀 어떠신가? 효심이 대단하다던데! 나는 효성이 지극한 사람을 제일 좋아하지."

"황제폐하의 염려 덕분에 많이 좋아지셨습니다."

소모자는 남의 가정사까지 소소하게 기억해주는 강희의 세심한 배려에 감격하지 않을 수 없었다. 하마터면 눈물을 흘릴 뻔했다.

"열심히 일하도록 해. 그러면 나중에 내가 내무부에 말해서 더 좋은 일자리를 구해줄 테니. 그때 가서 돈을 많이 받게 되면 나쁜 손버릇도 저절로 고쳐질 거야."

"폐하께서 기분 좋으실 때마다 용돈을 조금만 주시면 좋겠사옵니다. 그러면 소인은 폐하의 곁을 떠나지 않고 계속 여기서 일할 수 있을 텐데……."

소모자의 얼굴에 바로 화색이 돌았다. 기대감에 들뜬 표정이었다. 그가 커다란 두 눈을 깜박이면서 계속 말을 이어나갔다.

"세상의 모든 신들이여, 우리 폐하를 굽어 살펴 주시옵소서. 부디 우리 폐하를 대복대수大福大壽하게 하시고 영세태평永世太平하게 하시옵소서. 만민으로부터 칭송도 받게 해주시옵소서!"

소모자가 다소 과장된 손동작으로 하늘을 우러러보면서 계속 빌었다. 차를 나르면서도 어디서 주워들은 것은 많은 듯했다. 실제로도 그랬다. 그것들의 일부는 저잣거리의 찻집에서, 일부는 조정의 신하들이 황제에게 아뢸 때 뒤에서 듣고 머리 속에 새겨둔 것들이었다. 강희는 숨도 쉬지 않고 단숨에 수많은 단어들을 입에 주워담는 소모자의 모습에 웃음을 참지 못했다. 결국에는 목 너머로 삼키려던 찻물을 도로 내뿜고 말았다. 소마라고도 겨우 참아냈다.

두 사람의 모습에 오히려 어정쩡해진 소모자가 물었다.

"폐하, 소인이 뭘 틀리게 말했사옵니까?"

"아니야, 아닐세!"

강희는 아주 즐거운 표정이었다.

"자네의 소원대로 될 걸세. 소마라고, 어서 가서 은자 오십 냥을 가져다 소모자에게 상으로 줘!"

소모자는 고맙다는 인사를 수도 없이 올린 다음 밖으로 나갔다.

"정말 재미있는 친구야. 머리도 똑똑한 것 같아 보이니 자네가 신경을 좀 써주게!"

소마라고가 허리를 굽히면서 대답했다.

"예, 폐하."

"아, 그리고……."

강희가 잠시 머뭇거리더니 덧붙였다.

"며칠 있다가 시간을 내서 자네가 직접 취고에게 좀 갔다 와야겠어. 가족관계나 명주와의 관계도 잘 알아 와서 나한테 보고하게."

백운관의 산고점이 불에 탄 사건이 있은 이후 강희와 오배의 관계는 겉으로는 많이 부드러워진 것 같았다. 오배가 병을 핑계로 집에 있는 시간이 길어지고, 강희는 장만강을 시켜 툭하면 인삼과 녹용 등 비싼 약재들을 전해주는 것을 보면 그렇게 말해도 괜찮았다. 그렇게 되자 오배 역시 상주문들을 대충 훑어보고는 독단적으로 처리하지 않고 의견을 첨부해 올리는 경우가 많아졌다.

"폐하의 뜻에 따르겠사옵니다."

오배는 대체로 이처럼 공손하게 나왔다. 과거 오배의 행동에 견줘보면 정말 파격적이라고 할 수 있었다. 때문에 주변에서도 두 사람 사이가 많이 좋아진 것 같다고 느꼈다.

그러나 속마음은 그게 아니었다. 오히려 완전히 달랐다. 두 사람의 관계는 점점 더 악화일로를 치닫고 있었다. 두 사람은 '산고점 사건' 이후 군신의 인연은 이승에서 완전히 끝났다고 생각했다. 그래서 서로 돌아앉아 칼을 갈기에 여념이 없었다.

두 사람이 만난 이후 약 보름 정도 지난 어느 날이었다. 오배가 느닷없이 상주문을 올렸다. 요지는 간단했다.

'오성순방아문五城巡防衙門의 풍명군馮明君이 자신의 직무에 충실하지 않은 탓에 서해西海의 정자에 화재가 일어났습니다. 때문에 그의 직급을 두 등급 낮춰 잠시 구문제독부 제독으로 발령을 내겠습니다. 오육일에게는 다른 일을 맡겨야 할 것 같습니다.'

일종의 탄핵안이었다. 하지만 그것은 겉으로 드러난 핑계일 뿐이었다. 실제로는 자신의 심복을 구문제독부에 심어놓겠다는 계책이었다. 강희는 오배의 수완에 놀라기도 하고 흥분하기도 했다.

강희는 상주문을 가지고 양심전으로 향했다. 소마라고를 찾아 상의할 필요성을 느낀 것이다.

"일단은 안 된다고 하고 돌려보내야겠지?"

강희가 덧붙였다.

"풍명군은 분명 오배의 사람이야. 구문금위九門禁衛의 자리를 줘서는 정말 큰일이 나지!"

"위동정이 그러는데 이 일은 색액도와 웅사리 대인이 잘 알고 있다고 하옵니다. 그러니 그들을 불러 물어보면 어떻겠사옵니까?"

소마라고는 이어 다시 한 번 상주문을 보면서 이맛살을 잔뜩 찌푸렸다.
"아니면 이 풍명군이라는 자를 아예 이부吏部로 보내버리든가요!"
강희는 자신 가까이에 앉아 말하는 소마라고의 얼굴을 바라보다 깜짝 놀랐다. 그녀의 얼굴에서 전에 비해 몰라보게 많은 잔주름이 보였던 것이다.
"안 돼!"
강희는 잠시 딴 곳에 뒀던 정신을 가다듬은 채 단호하게 말했다.
"웅사리와 색액도는 너무 많이 노출된 사람들이야. 궁으로 불러들이기가 쉽지 않아. 또 이부에는 제세가 있어. 거기는 보내면 안 되지!"
"그렇다면 당분간 결정을 미루시는 것이 어떨까 하옵니다!"
소마라고는 강희의 판단에 일리가 있다고 생각하고 잠시 판단을 유보할 것을 건의했다. 오배가 낸 숙제치고는 너무 어려웠던 것이다. 게다가 당장 묘안이 떠오르지 않았다.
"미룬다고 해도 사흘은 못 넘길 것 같아."
강희가 실내를 오가면서 고민에 고민을 거듭했다.
"오배가 매일 닦달을 할 거야. 뭐라고 하지?"
"제가 가서 위동정의 의견을 들어보고 오겠사옵니다. 또 가는 김에 취고도 잘 있나 살펴보고 오겠사옵니다."
소마라고가 말을 마치자마자 바로 서각西閣에 가서 옷을 갈아입고 나왔다. 이어 강희에게 한마디 더 덧붙였다.
"오 선생님이 그러시더군요. 태산은 무너지기 일보 직전에도 아무런 낌새도 나타내지 않는다고요."
"어째서 그렇지?"
강희는 소마라고의 말뜻을 이미 알아차렸다. 그러나 짐짓 모르는 체하며 물었다.

“태산의 깊은 속은 동요하지 않기 때문이라고 하셨습니다. 폐하께서도 이번 일을 대함에 있어 절대 조급해 하거나 당황해서는 아니 되옵니다. 그건 진짜 금물이옵니다. 일단 오늘은 태황태후마마를 따라 절을 찾아 향을 올려야 하는 날이니 상주문을 안 받는다고 하시는 것이 어떨까 하옵니다. 전방에서 날아온 긴급 군사정보도 아니니 오배도 그렇게 서두를 명분은 없지 않겠사옵니까?”

소마라고는 자신의 생각을 조심스럽게 정리해 얘기했다. 그리고는 빨리 수레를 대기시키라고 밖을 향해 명령을 내렸다.

“날씨가 무척 추워. 위동정에게 저 호피무늬 조끼를 가져다 오 선생께 전해주라고 해!”

소마라고는 서각문을 통해 밖으로 나왔다. 수레는 시장통 쪽으로 움직이고 있었다. 그러나 그녀는 사람들이 북적대는 시장통을 피해서 가야 한다고 생각했다. 수레는 곧 방향을 틀었다. 바야흐로 유난히 추운 한겨울이었다. 그러나 혹독한 겨울을 상징하는 눈은 거의 내리지 않고 있었다. 밖에는 그저 건조하고 살을 에는 찬바람만 기승을 부리고 있을 뿐이었다.

소마라고는 앙상한 나뭇가지들이 애처롭게 몸을 가누면서 찬바람과 외로운 싸움을 하고 있는 모습을 쳐다봤다. 별로 대단할 것은 없는 것 같았으나 그녀에게는 달랐다. 한없이 감동적이었다. 사실 그럴 수밖에 없었다. 기왓장과 대청마루만 있을 뿐 나무 한 그루조차 쉽게 보기 어려운 자금성에서 지내다가 밖에 나왔으니, 쓸쓸한 주위 환경과는 무관하게 기분이 말로 형언할 수 없을 만큼 좋았던 것이다. 그녀는 해방감과 자유로움에 희열을 느꼈다. 말을 달리고 있던 어린 태감도 기분이 좋은지 콧노래를 불렀다.

갑자기 회오리바람이 불어닥쳤다. 그 덕분에 나뭇가지에 대롱대롱 매달려 있던 낙엽 하나가 마차 안으로 날아 들어와 소마라고의 옷섶에 사뿐히 내려앉았다. 그녀는 씁쓸한 웃음을 지어보이면서 낙엽을 집어 들었다.

그녀는 낙엽을 들고 가만히 바라보다 갑자기 시 한 수를 떠올렸다. 〈첩박명〉妾薄命이라는 제목의 시였다. 그녀가 조용히 읊조렸다.

내 마음도 저 가을 낙엽처럼 마르고 초췌한데,
내 님은 언제나 오시려나!
흙탕물에 떨어져 뒹굴어도 빗물에 젖어 신음해도
그이는 왜 안 오시나?
우수에 젖어 바라보니,
푸르름은 없고 비바람만 무정하구나!

소마라고는 만주족의 피를 물려받은 여자였다. 때문에 호쾌하고 추진력이 있었다. 강단 있게 일처리하는 모습은 웬만한 남자들도 혀를 내두를 정도였다. 더구나 그녀는 강희를 따라 오차우에게 수업을 받기 시작한 최근 몇 년 사이에 학문도 두드러지게 발전했다.

뿐만이 아니었다. 근래 들어서는 진정한 여자의 매력에 대해서도 많은 생각을 하게 됐다. 자신이 너무 강하고 딱딱한 인상을 주기 때문에 남자들이 먼발치에서도 무서워하는 존재가 됐다는 사실을 비로소 깨달은 것이다. 그녀는 새삼 '여자다워야 한다'는 말을 실감했다. '이제부터라도 여자다운 면을 오 선생님에게 보여줘야지'라고 생각하면서 쑥스러움에 입술을 잘근 깨물었다. 그러는 사이에 수레는 어느덧 위동정의 집에 도착했다.

위동정은 집에 없었다. 새로 집사로 온 노새는 수레를 모는 어린 태감을 잘 몰랐다. 때문에 평소에 하던 대로 소마라고 일행을 안으로 들여보내지 않았다.

소마라고가 승강이를 벌이는 소리를 듣고는 휘장을 약간 든 채 밖을 내다봤다. 어린 태감과 노새가 서로 얼굴에 핏대를 세우면서 삿대질을 해대고 있는 모습이 바로 눈에 들어왔다.

소마라고는 약간 기분이 언짢아졌다. 그래서 휘장을 확 열어젖히면서 몸을 반쯤 내보였다.

"이보게 집사 어르신, 나예요! 나를 몰라보시겠어요?"

노새는 그제야 소마라고를 알아봤다. 그답지 않게 잠시 당황하기도 했다. 그러나 이내 친절하게 나왔다.

"진작 완낭 누님이 왔다고 했더라면 이렇게 싸우지도 않았을 것 아닙니까! 괜히 소 무슨 고라고 하는 바람에 그만……."

소마라고가 마차에서 내리면서 웃음으로 화답했다.

"다 내가 사전에 귀띔해 주지 않은 탓이에요!"

하계주는 이때 창 너머로 소마라고가 도착한 것을 확인하고 바로 뛰어나와 그녀를 반갑게 맞아줬다. 이어 방으로 안내한 다음 직접 차까지 따라주었다.

"그런데 이거 어떻게 하죠? 위 어른은 아침상을 물리자마자 사람들과 같이 나가셨는데……. 명주 어른을 데리고 다리를 고쳐주러 간다고 했어요. 또 나간 김에 오 어른인가 하는 누군가도 만나고 오신다고 하셨어요."

하계주가 머리를 연신 긁적였다.

"워낙에 머리가 나빠서……. 그나마 이것들을 기억하는 것도 신통한 거죠."

"오 선생님은요?"

소마라고가 차를 한 모금 마시더니 담담하게 물었다.

"몸이 좀 안 좋으셔서 뒷방에 누워 계세요!"

"오 선생님 방에는 아직 한 번도 가 본 적이 없어요. 한번 구경시켜 주실 수 있어요?"

소마라고는 미처 대답도 듣기 전에 서둘러 자리에서 일어섰다.

33장

취고의 죽음

소마라고는 하계주를 따라 뒷방으로 들어갔다. 그곳에는 침대 하나 놓여 있지 않은 커다란 세 칸짜리 방이 있었다. 그녀는 예상 밖의 광경에 적지 않게 놀랐다. 텅 빈 방 안에는 나무 의자 몇 개만 달랑 놓여 있었다. 또 벽에는 호랑이 그림만 을씨년스럽게 한 점 걸려 있을 뿐이었다. 그 외에 가구라 할 만한 것은 전혀 없었다. 그야말로 간소하기 그지없었다.

소마라고는 너무 궁금해 입을 열어 물어보려고 했다. 그 순간 놀라운 일이 벌어졌다. 하계주가 호랑이 그림을 들추자 벽에는 단추 같은 것이 숨겨져 있었다. 하계주가 그 단추를 누르자 놀랍게도 거짓말처럼 벽이 서서히 벌어지면서 하얀 쪽문이 나타났다!

쪽문으로는 긴 통로가 이어졌다. 소마라고는 하계주의 뒤를 따라 조심스레 그 안으로 들어갔다.

길은 안으로 들어가면 갈수록 여러 갈래로 복잡하게 이어졌다. 마치 되돌아가는 길을 찾을 수 있을까 걱정이 될 정도로 복잡한 길들이 많이 나타난 것이다. 하계주가 말했다.

"이렇게 많은 길 중에서도 오로지 한 갈래 길만 통할 뿐입니다. 다른 것은 일부러 혼란스럽게 하기 위해 만들어 놓은 가짜 길입니다."

소마라고는 눈이 휘둥그레진 채 벌어진 입을 다물지 못했다. 그녀가 하계주의 뒤를 바싹 따라가다 결국 궁금함을 참지 못하고 물었다.

"위 군문의 집은 작고 지대가 낮은 줄 알았어요. 그런데 그게 아니었나요?"

"이 부분은 얼마 전에 새로 만든 겁니다."

하계주가 짤막하게 대답했다.

"위 어른께서 이 땅을 전부 사들였어요. 이름도 기가 막혀요. 도련님이 지으셨죠. '팔괘미혼진'八卦迷魂陣이라나 뭐라나? 어쨌든 그래요. 이곳이 바로 도련님이 계시는 곳이에요!"

하계주가 잠시 후 어느 방 앞에 도착한 뒤 조심스럽게 문을 두드렸다.

"둘째 도련님, 문 좀 열어보세요. 저 계주예요!"

하계주의 말을 들었는지 이윽고 방문 여는 소리가 들려왔다. 이어 오차우가 검은색 윗옷을 입고 모자도 쓰지 않은 채 모습을 드러냈다.

그는 문을 여는 순간 바로 소마라고를 발견하자 눈썹을 치켜 올리면서 반색을 했다. 눈빛은 흥분에 반짝거렸다. 또 웃음소리는 가늘게 떨리기까지 했다.

"허! 완낭이 웬일로! 어서 들어와요!"

오차우는 소마라고를 안으로 안내한 다음 옆에 있는 열두세 살 남짓한 남자아이를 불렀다.

"묵향墨香아, 손님이 오셨으면 차를 끓여와야지?"

소년은 대답소리와 함께 건넌방으로 사라졌다. 하계주는 오차우와 소마라고가 단 둘이 있을 시간을 마련해 줄 요량이었다.

"저는 잠깐 나갔다 오겠습니다. 그러니 두 분께서는 천천히 얘기 나누시고 계세요."

"위 군문이 들어오는 대로 나한테 알려줘요!"

소마라고가 하계주에게 부탁했다. 이어 고개를 돌려 오차우에게 물었다.

"건강이 좀 안 좋다고 들었어요. 약은 드셨어요? 의원도 불렀고요?"

"이것도 병이라고 할 수 있겠소? 그러니 의원을 부를 것까지는 없소."

오차우가 히죽 웃으면서 덧붙였다.

"나도 대충 어깨너머로 보고 귀동냥해 온 의학지식이 있소. 그것만으로도 이 정도 병은 나 혼자서도 고칠 수 있소."

소마라고는 오차우의 말을 들으면서 가슴 깊은 곳에서 애써 억누르고 있던 애틋한 감정이 소용돌이치는 것을 느꼈다. 새삼 사모하는 마음이 치솟는 것은 더 말할 것이 없었다. 그녀는 누구한테나 당당했다. 하지만 오차우 앞에서는 한없이 약해지는 것을 어쩌지 못했다.

궁금하고 알고 싶은 것이 한두 가지가 아니었다. 그러나 그녀는 마음속으로 수없이 되뇌었던 말들을 오차우 앞에서는 한마디도 꺼내지 못했다.

오차우 역시 소마라고의 감정을 모르지 않았다. 그도 소마라고 앞에만 서면 자꾸만 작아지는 자신을 어쩔 수 없었다. 둘은 같은 병을 앓고 있었던 것이다.

두 사람은 마치 스쳐 지나가는 두 열차에 몸을 싣고 애타게 가슴만 태우는 것 같았다. 묵묵히 마주보면서 한동안 아무런 얘기도 꺼내지 못했다. 그럼에도 두 사람은 그런 분위기가 좋았다. 아주 얇은 종잇장 같은 서로의 감정세계를 들여다보면서 상대를 위해 영원히 순수를 간직하는 것도 좋을 것 같다는 생각을 하고 있었다.

한동안 침묵하고 있던 소마라고가 갑자기 뭔가가 떠오른 모양이었다.

"아, 참! 용공자가 스승님을 얼마나 뵙고 싶어 하는지 몰라요. 날씨가 추워지고 하니 또 스승님 건강이 걱정되나 봐요. 저더러 이 호피무늬 조끼를 스승님께 전해 달라고 했어요. 선생님을 둘러싸고 있는 일이 조금 잠잠해지면 스승님 강의를 들어야 한다고 아주 안달이에요! 하루라도 빨리 그렇게 되면 좋겠어요."

소마라고는 보자기를 풀어 조끼를 꺼내 펴보였다. 옷자락에 특별히 금실로 수를 놓은 아주 고급스런 호피조끼였다. 촉감이나 재질이 뛰어난 귀중품이라는 것을 한눈에도 알아볼 수가 있었다.

"나 같은 선비는 아무거나 걸치는 게 오히려 편하오. 혹시 이렇게 비싼 옷을 입고 다니다가 도둑으로 몰리거나 강도에게 잡혀가면 어떻게 하오!"

소마라고가 오차우의 농담에 입을 살짝 가리고 웃었다. 마침 그때 좀 전에 물러났던 어린 하인이 찻잔을 받쳐들고 들어왔다. 오차우가 얼른 소마라고에게 한 잔 따라주었다.

"완낭!"

오차우가 갑자기 떠오르는 것이 있는 듯 입을 열었다.

"지금 여기에는 우리 두 사람밖에 없소. 그러니 이 기회를 빌려 좀 알려줄 수 없겠소? 우리 '용공자'의 신분이 도대체 어떻게 되는지 좀 솔직하게 말해줄 수 없겠소?"

"그럼요! 말씀 못 드릴 게 뭐 있나요?"

소마라고는 오차우의 예기치 않은 말에 속이 뜨끔했다. 그러나 이내 차 한 모금을 마시면서 콩닥거리는 가슴을 억눌렀다.

“아시다시피 용공자는 돌아가신 색니 대인의 막둥이잖아요. 나이 쉰 살에 낳은 아들이죠. 그러다 보니 온 천하를 다 얻은 기분이었던가 봐요. 금이야 옥이야 아주 애지중지하셨죠. 아마 그래서 손에 놓으면 부서질까 입에 넣으면 녹아버릴까 난리법석을 피우고 그러는 것 같아요. 그런데 얼굴 못 본 지는 겨우 사흘밖에 안 됐어요. 그새 오 선생님께서도 용공자가 보고 싶으신 건가요?”

“그게 아니라…….”

오차우가 소마라고의 말에는 아랑곳하지 않고 고민에 빠진 듯한 표정으로 말을 이었다.

“요즘 나는 많은 것을 생각하게 되오. 북경에 온 이후 평범하기 그지없는 나라는 사람의 주변에서 너무 기상천외한 일들이 많이 일어났소. 게다가 별 볼 일 없는 선비가 어떻게 하다 색액도 대인처럼 지체가 높으신 분의 막내 동생과 사제지간이 됐소. 솔직히 그건 내 복이라고 할 수 있소. 그러나 왜 그 뒤로 색 대인을 거의 볼 수가 없는 것이오? 내가 글에서 아무리 날카로운 지적을 했다고 해도 그렇소. 오배가 그것 때문에 백방으로 나를 잡으려 하는 것이 이해가 안 되오. 도무지 영문을 모르겠소. 그 많은 병사들을 희생시켜가면서까지 말이오. 나 같은 벼룩을 잡으려고 초가삼간을 불태운다는 것이 말이 되지 않는 것 같소. 그것도 색 대인과의 관계까지 나빠지면서 말이오. 더구나 나로 인해 다른 사람들이 화를 입었는데, 왜 색 대인은 나를 쫓아버리지 않고 오히려 더 감춰주고 배려하려 드는지 모르겠소.”

오차우가 수십 번도 더 스스로에게 물어보고는 했던 말들을 마치 축포 쏘듯 쏟아냈다. 그러자 듣고 있던 소마라고가 까르르 웃으면서 뒤로 넘어가려고 했다.

“오 선생님은 정말 세상에 둘째가라면 서러울 바보군요. 그러게 머리가 너무 좋아도 탈이라니까요! 복잡하게 생각할 것 없어요. 입장을 바꿔놓고 한번 생각해 보세요! 만약 오 선생님이 색액도 대인이라면 어떻게 하겠어요? 색 대인이 곤경에 처해 허덕일 때 팔짱만 낀 채 나 몰라라 불구경 하듯 할 거예요? 그렇지 않잖아요?"

"아니, 그게 아니오. 내 말은 그 뜻이 아니오!"

오차우는 늘 소마라고의 당찬 말솜씨에 할 말이 궁해지고는 했다. 이번에도 그랬다. 도무지 꼬투리를 잡을 수가 없었다. 그가 머리를 긁적였다.

"나는 가끔 이런 생각을 하오. 용공자가 어떤 왕의 왕세자王世子가 아닌가 하고 말이오. 용공자가 풍기는 분위기가 예사롭지가 않거든."

소마라고가 또다시 뭐라고 변명을 하려고 할 때였다. 다급한 발걸음 소리가 들리는가 싶더니 밖에서 하계주가 문을 두드렸다.

"완낭 아가씨, 위 어른 일행이 오셨어요. 앞쪽의 정원에서 기다리고 계세요!"

그 말에 오차우가 황급히 지시했다.

"이쪽으로 와서 얘기하라고 해. 얼굴 좀 보게!"

그러나 하계주는 대답이 없었다. 이미 가버린 것 같았다.

"그럴 것 없어요. 이른 시간도 아닌데, 밖에 나가 얘기 좀 나누다가 저도 그만 가봐야죠."

소마라고가 쉽게 떨어지지 않는 발걸음을 옮겼다. 이어 허리를 굽힌 채 나지막이 인사를 했다.

"건강 조심하세요. 그리고 안녕히 계세요."

오차우의 표정이 약간 굳어졌다. 소마라고가 떠나는 것이 아쉬운 모양이었다. 하지만 이내 억지로 웃음을 지어냈다.

"용공자에게 안부 좀 전해주시오. 그리고 또 기회가 닿아서 다시 만났으면 좋겠소!"

오차우가 머무는 방과 멀리 떨어지지 않은 곳의 앞쪽 작은 정원은 사실 앞쪽이 아니었다. 뒤쪽이었다. 이 자리에는 위동정과 목자후, 넷째가 나란히 앉아 소마라고를 기다리고 있었다. 그들은 막 구문제독 오육일의 집에서 오는 길이었다.

소마라고와 위동정 등은 서로에 대해 너무나 잘 알았다. 때문에 좌중의 대화는 단도직입적으로 이어졌다.

위동정은 오배의 집에 심어둔 확실한 첩자를 통해 그가 풍명군을 탄핵하는 형식을 취해 술수를 부리려 한다는 소식을 전해 들었다. 때문에 강희보다 먼저 그 사실을 알고 있었다.

위동정은 빨리 행동을 개시해야 한다고 생각했다. 이날 아침 일찍 목자후와 넷째를 데리고 오육일을 만나러 간 것도 그 때문이었다. 그는 사이황이 석방된 이후부터 오육일과 자연스레 호형호제하는 사이로 발전했다. 서로 얘기도 잘 통할 뿐 아니라 성격도 잘 맞아 바로 의기투합한 것이다. 그 즈음에는 할 말이 있으면 서로의 성격대로 툭 터놓고 말하는 경우가 많았다.

그러나 둘 사이에 아주 얇은 장벽이 없지는 않았다. 둘 다 핵심 부분을 잘 얘기하지 않는다는 사실이었다. 물론 위동정이 몇 번 얘기를 꺼내려고 시도를 하지 않은 것은 아니었다. 하지만 그때마다 오육일이 무덤덤하게 대답을 회피했다. 그러면 그걸로 대화는 더 이상 길게 이어지지 않았다.

위동정은 찾아온 본의와는 무관하게 오육일과 이것저것 잡담을 계속 나눴다. 오육일 역시 무슨 일이 있다는 사실은 짐작하고 있었으나 먼저 운을 떼지는 않았다. 둘 사이에 어색한 침묵이 이어졌다. 그러다 위동정이 마침내 정면 돌파를 시도했다. 그가 알 듯 말 듯한 웃음을 머금은 채 차를 한 모금 마셔 목을 축이고 입을 열었다.

"형님, 이제 드디어 형님이 햇빛을 볼 날이 왔습니다. 이 두 친구도 잘 알고 있으니 숨길 것도 없이 말씀드리죠. 형님은 이제 곧 순방아문巡防衙門 당관堂官(기관의 최고 책임자급 관리)으로 승진하게 될 겁니다!"

"장난치지 마! 이래봬도 나는 웬만한 영웅 못지않게 천하를 주름잡던 호걸이야. 감히 누구를 놀리려고 그래?"

오육일이 의자 등받이에 몸을 기대면서 말도 안 된다는 듯 껄껄 웃어댔다.

"그리고 이봐 호신, 설사 그렇다고 해도 그걸 어떻게 승진이라고 할 수 있나?"

"그건 직급이 종삼품에서 정삼품으로 뛰는 겁니다. 왜 승진이 아니라고 그러세요?"

"아, 그런가? 듣고 보니 그렇기도 하네!"

오육일이 조금 전과는 전혀 다르게 말투를 바꿨다. 위동정으로서는 어리둥절할 수밖에 없었다.

"순방아문에 들어가서 편안하게 지내는 것도 나쁘지는 않겠군. 게다가 폐하께서 나를 특별히 잘 봐주시는 건데, 내가 어찌 주제파악도 못하고 거절하겠나!"

오육일은 정말이지 언제나 종잡을 수가 없는 사람이었다. 속내를 좀체 알 수가 없었다.

위동정이 오육일과 사귀면서 제일 골치 아픈 것도 바로 이 부분이었다. 처음에는 믿지 않는 것처럼 말하다 갑자기 방향을 틀어 엉뚱한 소리를 늘어놓고는 했다. 위동정은 그런 그를 보면서 잠시 생각에 잠겼다 천천히 입을 열었다.

"원숭이도 나무에서 떨어질 때가 있다더니, 천하의 오육일 장군도 헛

다리를 짚었군요. 아쉽게도 이것은 황제의 특별한 배려가 아니에요!"
"뭐라고?"
오육일이 위동정의 말에 깜짝 놀라 상체를 앞으로 숙이면서 물었다. 위동정은 순간 오육일의 이마 위에서 시퍼런 핏줄이 선명하게 움찔거리는 것을 놓치지 않았다.
"오배 대인이 형님을 다시 영웅으로 추대하고 이제부터 손잡고 싶다는 뜻에서 국사國士로 특별대우를 하는 거예요. 그러니 형님도 오배가 섭섭하지 않게는 해줘야 될 게 아닙니까?"
위동정이 속에 없는 말을 했다. 일부러 화가 나서 씩씩거리는 모습도 보였다. 그러면서도 처음보다는 기세가 좀 꺾인 오육일을 곁눈질하면서 편안하게 의자에 몸을 기댔다. 이어 찻잔을 만지면서 흥미진진한 표정으로 오육일의 반응을 기다렸다.
"호신!"
오육일이 갑자기 한결 부드러워진 어조로 위동정을 불렀다.
"내가 정말 자네한테는 두 손 두 발 다 들었어. 사이황 대인이 침이 마르도록 칭찬할 만도 해. 알았어, 나도 닭의 머리가 되면 됐지 소의 꼬리는 되고 싶지 않아. 오배가 시켜주는 그깟 당관은 해서 뭐해!"
그러자 위동정이 히죽 웃었다.
"형님, 당장 직급을 올려준다고 해서 좋은 것이 아닙니다. 또 당분간 제자리에 머물게 한다고 해서 형님의 존재를 무시하는 것도 절대 아닙니다. 이 부분을 형님이 누구보다 잘 알고 있는 것을 오늘에야 알았습니다. 형님이 다시 한 번 존경스러워지네요!"
위동정은 오육일의 말을 통해 그가 출세보다는 명분과 의리를 중요하게 여긴다는 사실을 분명하게 알 수 있었다. 예상한 바였다.
"나는 내가 가야 할 길을 잘 알고 있어!"

오육일이 손을 휘저으면서 덧붙였다.

"'호랑이를 잡으려면 호랑이 굴에 들어가야 한다'는 말도 있듯이 나는 누가 무슨 말로 꼬드겨도 구문제독 자리를 절대로 내놓지 않을 거야!"

드디어 오육일의 입에서 위동정이 듣고 싶어 하던 말이 나왔다. 위동정은 애당초부터 바로 이 한마디를 듣기 위해 그를 찾아왔던 것이다!

소마라고는 위동정으로부터 자초지종을 들으면서 잠시 생각에 잠겼다. 이어 그녀가 입을 열었다.

"십중팔구는 우리가 원하는 방향대로 돼 가는 것 같아요. 이 공로를 인정해서 오육일 장군을 일품으로 승진시켜 주라고 폐하께 말씀드리세요. 폐하께서 밀조密詔를 보내면 되니까요. 오육일 장군은 이제 우리가 반격을 가하는데 일익을 담당할 수 있어요!"

만약 소마라고가 위동정을 만나러 가기 전에 먼저 가홍루로 달려가 취고를 만났더라면 사정은 많이 달라졌을지도 몰랐다. 그러나 그녀가 가홍루로 갔을 때 모든 것은 이미 끝난 뒤였다.

그녀는 가홍루에 도착해 수레에서 내리자마자 뜻밖의 사태가 벌어진 것을 직감했다. 문 밖에서 사람들이 수군대면서 여기저기 모여 있었던 것이다. 또 저 멀리에서는 가홍루의 여주인이 울먹이면서 뭔가를 하소연하는 소리가 들려왔다.

소마라고는 누군가가 죽었다는 말을 듣자 머릿속이 벌집을 쑤신 듯 윙윙 울리는 것 같았다. 불안한 예감이 불현듯 몸을 스치고 지나갔다. 그녀는 정신없이 사람들을 헤집고 계단을 두세 개씩 뛰어오르면서 가홍루로 올라가 취고를 찾았다.

그녀의 눈에 몇 명의 여자들이 종이로 말과 수레를 열심히 접고 있는 모습이 들어왔다. 제사상에 놓을 물건들이었다. 여자들 중에서 나이가 조금 들어 보이는 한 중년 여인이 소마라고를 발견하고는 착 가라앉은 음성으로 물었다.

"취고를 보러 오신 건가요?"

소마라고가 굳어진 얼굴로 여자를 응시하면서 가볍게 머리를 끄덕였다. 그녀가 길게 한숨을 토해냈다.

"취고는…… 이미 이 세상 사람이 아니에요. 우리는 취고가 자신의 돈으로 구해준 기생들이에요."

그녀는 감정이 북받치는지 말을 끝내기 무섭게 훌쩍거렸다. 그리고는 소마라고를 문 앞으로 안내해 주었다. 소마라고는 방문을 열었다. 순간 그녀의 눈이 쇠방망이에라도 얻어맞은 것처럼 커졌다. 그 자리에 못 박힌 듯 선 채 한동안 꼼짝도 하지 못했다. 흰 장막이 드리워진 방에는 향내가 진동을 했다. 취고의 영전이 마련돼 있었다. 영위靈位에는 그다지 길지 않은 글이 적혀 있었다.

하간河澗의 열부烈婦 오씨 추월吳氏秋月의 영위

양 옆에는 취고가 죽기 전에 쓴 듯한 피 묻은 글씨가 두 줄 붙여져 있었다.

나라에 대한 이 한 몸의 충성 어찌 하나,
아버지에 대한 그리움 주체할 수 없으니.
이미 절개를 지킬 수 없는 몸이 됐으니,
영혼이나마 그 시절로 돌아갈 수 있게 영원한 열부로 남고 싶구나.

또 그 옆에는 더욱 짧은 글 한 줄이 적혀 있었다.

취고가 피눈물을 흘리면서 스스로 쓰다.

이뿐만이 아니었다. 더욱 놀라운 일이 소마라고의 눈앞에 펼쳐지고 있었다. 곱게 화장한 모습을 한 채 소복을 입은 취고가 영위 뒤에 있는 의자에 앉아 있었던 것이다. 눈을 살며시 감은 미소 띤 얼굴이었다.

소마라고는 그 모습을 보자 온몸을 사시나무처럼 떨었다. 다리도 후들거리고 있었다. 그녀는 겨우 몸을 추스르고 천천히 다가가 살며시 취고의 손을 만져봤다. 취고의 손은 얼음장처럼 차디찼다. 안면 근육들이 서서히 굳어져가고 있었다. 취고가 이미 이 세상 사람이 아니라는 사실을 분명하게 말해주었다.

소마라고는 마치 한차례 악몽을 꾸고 있는 느낌이었다. 불과 얼마 전만 해도 남장을 하고 용감하게 수레를 막으면서 황제의 생명을 구해준 발랄하고 의리 있던 그 여인이 아니던가! 그런데 하루아침에 스스로 목숨을 끊다니!

방 안에는 정적이 감돌았다. 소마라고는 외롭게 죽어간 영혼을 마주한 채 계속 혼자 서 있었다. 그러다 갑자기 온몸을 스쳐 지나가는 소름 끼치는 공포감에 몸을 흠칫 떨면서 뒷걸음쳤다. 그녀는 더 이상 견딜 수가 없어 방에서 나오려고 했다. 그러나 또다시 어떤 자석 같은 힘에 이끌려 안으로 다시 들어갔다.

"아가씨!"

마침 그때 조금 전의 그 중년 여인이 소마라고의 비감어린 얼굴을 바라보면서 허리를 굽혀 인사를 했다.

"취고와는 어떻게 되는 사이인지요?"

소마라고는 이 여자에게서 뭔가를 알아낼 수 있을지도 모르겠다는 기대감이 들었다. 그래서 얼른 기지를 발휘했다.

"명주 어른이 제 오빠예요. 요즘 아파서 와보지 못했다면서 저보고 다녀오라고 했어요. 그런데 이런 일이 벌어지다니……."

"잘 됐네요. 이렇게 오셨으니 이 편지를 명주 어른에게 전해주세요."

중년 여인이 떨리는 손으로 가슴 속에서 편지를 꺼내 소마라고에게 건네줬다.

편지는 시중에서 흔히 볼 수 있는 평범한 봉투에 담겨 있었다. 위에는 '취고'라는 낙관도 찍혀 있었다. 그 편지를 받아든 소마라고는 온갖 상념에 젖어 들었다. 동시에 취고의 죽음에 대한 의문이 일어났다.

"멀쩡하던 사람이 갑자기 웬일로……."

중년 여자가 소마라고의 말에 손수건을 꺼내 눈물을 훔치면서 대답했다.

"저도 잘은 몰라요. 그저 누가 그러는 것을 듣기는 했어요. 어제 저녁에 호궁산 어른이 도사 차림을 한 채 찾아왔다는 거예요. 그런데 그 어른이 취고와 밤새도록 다퉜다고 해요. 호 어른은 화가 나서 가버렸고요. 반면 취고는 내내 울었죠. 그러다 오늘 아침에 우리에게 오라고 사람을 보냈더라고요. 웬일인가 싶어 와서 보니 이미 수은을 삼켰더군요. 그래도 의식은 흐릿한 상태로 남아 있었던지 의자에 앉아 있더라고요. 나를 보더니만 겨우 웃으면서 이 편지를 명주 어른에게 좀 전해달라고 한마디를 했어요. 그리고는 더 이상 말을 못했죠."

중년 여인의 얼굴은 어느새 눈물범벅이 돼 있었다. 곧 소리 내어 엉엉 울었다.

소마라고는 한동안 가홍루에 있다 비통한 마음을 안고 궁으로 돌아왔다. 이미 늦은 시간인 탓에 양심전의 당직 태감만이 소마라고를 맞이했다.

"폐하께서는 자녕궁으로 태황태후마마께 인사를 올리러 가셨어요. 저녁식사로 드셨던 만두가 맛이 괜찮았다면서 기름기 싫어하는 누님도 꼭 드시도록 하라고 하셨어요!"

소마라고는 그제야 자신이 자금성으로 돌아왔다는 사실을 실감했다. 그녀가 억지로 웃음을 지어보였다.

"조금 있다 먹게 거기에 놔둬."

자신의 방으로 돌아온 소마라고는 파김치가 된 몸을 그대로 침대 위에 던졌다. 곧 두서없는 생각들이 그녀를 사로잡았다.

그녀는 잡념을 떨쳐버리기 위해 주머니에서 조심스레 편지를 꺼냈다. 봉인도 하지 않은 편지였다. 그녀는 남들이 알아서는 안 되는 비밀 같은 것은 없을 것이라고 생각하고는 촛불 쪽으로 다가가 편지를 펼쳐봤다.

명주 오빠에게!

두견새 울음소리가 간간이 들리고 빗소리 싫지 않은 이 밤에 오빠에게 이승에서의 마지막 작별인사를 드려요. 이제부터 우리는 서로 다른 세상에서 지내겠죠? 하지만 슬퍼하지 말아요. 그저 오빠를 힘들게 했던 취고만 떠올려 주세요.

저는 결코 죽음을 꿈꾸는 사람이 아니에요. 사실 그동안 마음이 너무 괴로웠어요. 심신도 극도로 지쳐 있었고요. 저는 아버지의 뜻을 받들지도 못했어요. 그렇다고 오빠를 비롯한 좋은 사람들과 적이 되고 싶지도 않았어요. 백옥 같은 깨끗한 죽음을 통해 선군先君과 후주後主에게 보답하는 수밖에는 없을 것 같아서 이 길을 택했어요.

다음 생에서라도 기회가 닿는다면 오빠가 베풀어주신 은혜는 꼭 갚고 싶어요. 시 네 수를 남기니까 한번 읽어 보세요. 가끔 달밤에 혼자 거닐면서 쓴 시들이에요. 제 평생의 마음을 담고 있어요. 죽음을 목전에 둔 사람의 말은 슬프다고 하죠. 오빠의 은혜는 진짜 잊지 않을게요.

—취고가 가흥루에서 피눈물을 흘리면서 씁니다.

소마라고의 얼굴은 바로 눈물범벅이 됐다. 바로 그때였다. 갑자기 밖에서 인기척 소리가 들리더니 강희가 들어왔다.

"오늘 힘들었지? 몸이 찌뿌드드할수록 나가서 시원한 바깥 공기 마시면서 돌아다녀야 해. 방에서 누워만 있으면 없던 병이 생기는 수도 있으니까!"

강희가 분위기 파악을 못한 채 엉뚱한 얘기를 했다. 그러다 소마라고의 시무룩한 얼굴을 보았다. 뭔가 심상치 않은 일이 있었음을 직감한 그가 흠칫했다. 손에 들고 있는 편지도 본 듯했다.

"그런데 자네 손에 쥐고 있는 것이 뭔가? 설마 오 선생이 보낸 연애편지는 아니겠지?"

소마라고가 황급히 손등으로 눈물을 훔쳤다. 이어 미처 숨기지 못하고 손에 쥐고 있던 취고의 편지를 어색하게 내려다봤다. 그녀는 다소 민망한 웃음을 흘리면서 강희가 모르도록 그 편지를 뒤로 감추려고 했다.

"아무것도 아니옵니다. 누군가 대충 긁적인 시입니다. 심심해서 읽어보던 중이었사옵니다."

강희는 눈치가 여간 빠른 게 아니었다. 소마라고의 말과 어색한 몸짓에서 이미 모든 것을 알아챘다.

"비밀이 아니라면 짐에게도 좀 보여줘."

강희가 손을 내밀었다. 소마라고는 더 이상 강희의 예리한 시선을 피할 수 없다는 생각에 편지를 건네주면서 나지막한 목소리로 아뢰었다.

"폐하, 취고가 자살을 했사옵니다!"

순간 강희의 얼굴색이 검게 변했다. 그가 황급히 편지를 낚아챘다. 그의 얼굴은 편지를 읽어 내려가면서 반대로 하얗게 질리기 시작했다. 편지를 다 읽은 강희는 약간 떨리는 손으로 유서를 소마라고에게 넘겨줬다.

"그래……, 어떻게 됐어?"

소마라고는 조금 전 가홍루에서 있었던 일들을 빠짐없이 강희에게 말해줬다.

강희가 이야기를 듣는 내내 연신 한탄을 했다.

"안타깝구먼, 안타까워. 소마라고, 자네 알지? 여기에서 말한 선군은 바로 명나라의 황제야. 후주는 바로 짐을 가리키지. 아마 그녀는 둘 중 하나를 선택할 수 없었을 거야. 게다가 설상가상으로 남녀 사이의 감정마저 여의치가 않았겠지. 그래서 이 길을 택하는 수밖에 없었던 것이겠지."

"그래도 그렇죠. 이런 길을 택하는 것은 너무 극단적이었지 않나 싶사옵니다!"

소마라고가 눈물을 닦으면서 말했다.

"출가라도 하면 되지 않았을까요? 그러면 폐하께서 절이라도 하나 지어 주실 텐데."

소마라고의 말에 강희가 반박을 했다.

"무슨 불가의 제자가 이래! 출가는 아무나 하나? 마음을 깨끗이 비우고 욕심과 번뇌와 망상을 깡그리 없애야만 진정한 깨달음의 경지에 이를 수 있지. 그래야 중생을 구제하는 진정한 스님이 될 수 있는 게 아닐까? 취고는 그 많은 일들로부터 절대로 해탈할 수가 없는 처지였어! 오히려 그 호궁산이라는 사람이 이 길을 걸을 확률이 높지. 짐으로서는 인재를 잃는 것이 아쉽기는 하지만."

강희가 잠시 생각에 잠기더니 덧붙였다.

"짐도 이제는 호궁산에 대해 어느 정도는 알 것 같아. 그는 취고와는 달리 여전히 명나라의 부흥을 추구하면서 운남성에서 암약하기도 했지. 그러나 짐을 해치거나 어떻게 하고 싶지도 않은 사람이야. 둘 모두 짐에게는 은인인 만큼 적당한 기회에 은혜를 갚으려고 했었는데, 어쨌든…… 참 안 됐군!"

강희가 다시 슬픔을 못 이겨 상심에 잠겼다. 소마라고는 자신이 먼저 감정을 수습해야 한다는 생각을 했다.

"어쩔 수 없죠. 타고난 복이 그것밖에 안 되는 것을 어떡하겠사옵니까. 슬퍼한다고 해서 취고가 벌떡 일어나는 것도 아니고요. 그러니 이 얘기는 이쯤에서 그만하고 다른 얘기나 했으면 하옵니다. 그리고 오 선생한테는 폐하께서 빠른 시일 내에 다녀오셔야 할 것 같사옵니다. 자칫 잘못했으면 모든 것이 들통날 뻔했사옵니다!"

"그럼, 당연히 가야지. 그런데 왜? 오 선생이 뭐라고 하던가?"

"오 선생은 이미 용공자가 어느 왕의 아들인 왕세자가 아닌가 하고 의심을 하고 있었사옵니다!"

소마라고가 오차우의 어눌한 모습을 상기하면서 얼굴에 엷은 미소를 머금었다. 그러더니 바로 정색을 했다.

"위 군문이 그러는데 오육일과는 얘기가 잘 됐다고 했사옵니다. 폐하께서 밀조를 보내시는 것이 좋겠다고 했사옵니다."

강희는 그제야 오랜 시간 서 있은 탓에 다리가 아프고 피곤이 몰려왔다. 그가 자리에 앉으면서 대답했다.

"그렇게 하도록 하지. 사실 오육일의 직급이 너무 낮다는 것은 틀린 말이 아니야. 원래는 광동廣東총독 자리를 주려고 했었어. 그러나 앞으로 벌어질 일을 생각하지 않을 수가 없었지. 그래서 그 사람에게 조급해하지 말고 잠시 자리를 지켜달라고 했네. 이 말은 절대 그 사람에게 전하지 말고 자네 혼자만 알고 있게."

소마라고가 조용히 고개를 끄덕였다.

"어서 붓과 종이를 가져오게!"

소마라고가 붓과 종이를 가지고 양심전으로 돌아왔다. 이어 강희 앞에 펼쳤다. 강희는 바로 소매를 걷어 오른손으로 붓을 잡은 채 단박에 써내려가기 시작했다.

> 북경 구문제독 오육일의 직무 변경은 황제의 친필 명령이 없는 한 있을 수 없다.

강희가 글을 다 쓰고 난 다음 잠시 생각에 잠기더니 몇 줄을 더 첨부했다.

> 오육일이 오성순방사五城巡防司도 함께 책임지기로 한다. 당관 삼품 이하의 임명권은 잠시 이 사람에게 있다.

강희가 이어 가슴께에서 '체원주인'體元主人이라는 네 글자가 새겨진 네모난 옥새玉璽를 꺼내 힘껏 눌러 찍었다. 밀조를 내릴 때 사용하기 위해 늘 몸에 지니고 다니는 옥새였다.

소마라고가 황급히 두 손을 내밀어 조서를 받으려고 할 때였다.

"잠깐만!"

강희가 갑자기 무거운 어조로 제지했다. 뭔가 경계해야 하지 않느냐는 느낌이 풍기는 어투였다. 소마라고는 순간 깜짝 놀랐다. 강희가 성장하는 모습을 옆에서 계속 지켜봐온 그녀로서도 처음 보는 자세였기 때문이다.

"이 조서가 오육일의 손에 들어가는 순간부터 황궁의 안과 밖은 전부 그의 세상이 돼! 심지어 짐의 목숨과 안위는 말할 것도 없고, 태황태후 마마와 자네 목숨까지도 이 사람 손에 달려있게 되는 거야. 그러니 다시 한번 생각해봐야 하겠어!"

소마라고는 잠시 어정쩡한 자세로 가만히 있었다. 얼핏 뇌리를 스치는 뭔가가 있었다. 그녀는 다시 한 번 강희의 노련함에 탄복했다.

"지당하신 말씀이옵니다! 그런데…… 어떡하면 좋죠?"

"이렇게 하지."

강희가 목소리를 낮추었다.

"소마라고, 이 조서를 일단 오육일에게 줘. 그런 다음 내가 오육일을 감시할 수 있는 또 다른 특권을 위동정에게 주겠어. 만일의 사태에 대비하지 않을 수는 없으니까 말이야. 위 군문에 대한 나의 믿음은 절대적이야. 일편단심 충성심 하나로 똘똘 뭉친 사람이지. 게다가 손 유모의……."

강희는 손씨를 언급하는 부분에서 잠깐 말끝을 흐렸다.

소마라고는 더 이상 말을 하지 않는 강희의 뜻을 알고도 남았다. 강희는 유모 손씨가 태황태후 가까이에 있는 한 최악의 경우에도 위동정이 자신을 배신할 수 없다는 계산을 하고 있었던 것이다.

소마라고는 그 순간 많은 생각을 했다. 눈앞의 황제는 바로 자신의 옷자락을 잡고 흔들면서 같이 술래잡기 놀이를 하자고 칭얼대던 꼬마 황제가 아니었던가. 인정 많고 명랑하면서도 누구에게나 친절하던 바로 그 소년 말이다. 그런데 그가 어느덧 노련함을 뛰어넘어 의심 많고 어찌 보면 잔인함마저 엿보이는 천자로 변해가고 있었다. 그녀는 그 사실이 한편으로는 기뻤으나 다른 한편으로는 슬프기도 했다.

잠시 후 소마라고가 말했다.

"위 군문이 오육일을 누르기에는 아직 너무 어리다고 생각하옵니다."

"하지만 못할 것도 없지!"

강희가 단호하게 덧붙였다.

"내일 짐이 조서詔書를 내려 위 군문을 일품 어전시위로 승진시키겠네!"

34장

오차우, 천하의 대사를 논하다

오차우는 최근 들어 밤잠을 설칠 때가 많았다. 몇 년 동안 자신이 겪은 기이한 일들을 생각하면 그러지 않을 수가 없었다. 게다가 그 경험들은 그에게 긴장과 흥분, 비애 등을 동시에 느끼도록 만들었다. 오히려 편하게 잠을 자는 것이 이상하다고 할 수 있었다.

그는 계속 이리저리 뒤척거리면서 생각을 했다. 그러면 그럴수록 의심스러운 점이 정말 한두 가지가 아니었다. 우선 용공자의 나이에 걸맞지 않는 언행과 일거수일투족에서 풍겨 나오는 놀라운 기품이 그랬다. 거기에 소마라고의 종잡을 수 없는 모습도 최근 들어 부쩍 의심스러웠다. 궁금한 점 역시 한두 가지가 아니었다. 한때는 이 모든 것이 자신과는 직접적인 관계가 없다고 생각했다. 그래서 아예 관심을 끊고 용공자를 가르치는 선생 그 이상도 그 이하도 아닌 사람으로서 담백한 생활을 하려고 노력도 해봤다. 그러나 그러면 그럴수록 날로 더해가는 궁금증은 주체하기 어려웠다.

그는 밤새도록 뒤척이다가 새벽녘이 돼서야 겨우 잠이 들었다. 깨어난 것은 해가 중천에 떠오른 뒤였다. 그것도 하계주가 문을 두드리는 소리에 놀라 겨우 잠에서 깨어났다.

"둘째 도련님, 색 대인과 용공자께서 도련님 병문안을 오셨습니다."

오차우는 황급히 자리에서 일어나 허둥지둥 옷을 챙겨 입었다. 이어 다시 한 번 옷매무새를 살피고는 문을 열었다.

용공자, 아니 강희가 한참을 기다렸다는 듯 문이 열리자마자 웃으면서 성큼 들어섰다.

"며칠 동안 스승님을 뵙지 못했습니다. 그래서 생각이 나서 이렇게 찾아왔어요!"

강희가 갑자기 무릎을 꿇으려고 했다. 당황한 오차우가 다급하게 그러지 말라고 말렸다. 이어 대견스레 그의 어깨를 감싸 안은 채 활짝 웃었다.

"며칠 얼굴을 보지 못한 사이에 더욱 멋지게 변했군. 하마터면 못 알아볼 뻔했어!"

오차우가 주위를 둘러보니 색액도와 위동정이 흐뭇한 표정으로 뒤에서 있었다. 또 그들 뒤에는 짐꾼이 손에 선물함을 들고 서 있었다. 옆에는 소마라고가 손수건을 든 손을 드리우고 공손하게 서 있었다. 그들 역시 인사를 하고 방 안으로 들어와 앉았다.

"완낭에게 들으니 선생님께서 요 며칠 건강이 좀 안 좋다고 하시더군요. 지금은 괜찮으십니까?"

색액도가 자리에 앉자마자 말문을 열었다. 그러면서 다른 한편으로는 짐꾼에게 함을 풀어 선물을 꺼내 놓으라는 눈짓을 하면서 말을 이었다.

"어머님에게 눈물이 쏙 빠지게 혼났습니다. 이렇게 훌륭한 선생님을 모셔 놓고 사흘이 멀다 하고 놀라시게 하고 뭘 제대로 해드리지도 않는다고요. 우리 때문에 건강이 나빠진 것이 분명하다시면서 얼른 가보라고 하셨습니다. 그러고 보니 요즘 우리 집이 조용할 때가 없었던 것 같습니다. 변명 같지만 그로 인해 선생님을 제대로 챙겨 드리지 못해 정말 죄송합니다!"

색액도의 말에 오차우가 웃으면서 화답했다.

"대인께서는 나랏일 때문에 눈코 뜰 새 없이 바쁘시잖습니까. 저처럼 보잘것없는 선비에게 이렇게 과분하게 신경을 써주시니 오히려 제가 더 송구스럽습니다!"

오차우가 몸을 일으켜 풀어헤쳐진 선물 꾸러미를 가만히 살펴봤다.

함에는 제일 위에 꽃무늬가 우아하게 새겨진 옥으로 만든 여의가 들어 있었다. 또 고급스럽게 포장된 오래된 진귀한 산삼도 보였다. 수십 년 묵은 술 몇 병과 청옥青玉으로 만든 벼루 역시 눈에 들어왔다.

특히 청옥벼루는 꽤나 예사롭지 않아 보였다. 실제로도 그랬다. 운남성에서 올라온 옥돌 중에서도 가장 좋은 것을 강희가 직접 골라 유명한 장인을 불러 특별 제작했으니까.

오차우는 다른 물건들을 보고서는 그저 그런가보다 하면서 시큰둥했으나 유독 청옥벼루만은 큰 관심을 보였다. 그가 한참 후에 입을 열었다.

"이 옥은 계혈청옥鷄血青玉이라고도 불리는 옥입니다. 진귀하기가 비교할 만한 것이 없다고 들었습니다. 제가 감히 주제넘게 한 말씀 드리면 이런 옥은 절대로 색 어른 댁에 있을 리가 없습니다. 또 재료가 너무 아깝습니다."

"폐하께서 하사하신 옥이죠."

색액도가 덧붙였다.

"그런데 그게 무슨 말씀이십니까? 재료가 아깝다니요?"

오차우가 가벼운 한숨을 내쉬면서 대답했다.

"이런 최상품의 옥으로 벼루를 만들면 겉으로 보기에는 예쁘기 이를 데 없습니다. 그러나 옥의 재질이 워낙 견고하기 때문에 먹이 잘 갈리지 않습니다. 그렇다고 그저 멋을 부리기 위해 장식품으로 두기에는 너무 아깝지 않습니까?"

강희가 설마! 하는 표정으로 오차우를 뚫어지게 쳐다봤다. 그러자 오차우가 담담하게 웃으면서 벼루에 물을 붓고 먹을 갈기 시작했다. 과연 오차우의 말은 틀리지 않았다. 갈아놓은 먹이 방울방울 맺힌 채 마치 기름처럼 또르르 이리저리 굴러다니면서 좀처럼 벼루에 묻지가 않았던 것이다.

그제야 강희를 비롯한 사람들은 놀란 표정을 지으면서 무릎을 쳤다. 특히 강희의 입에서는 연신 "아이고, 아까운 것, 아까운 것!" 하는 소리가 터져 나오고 있었다.

"정말 안타깝군요!"

오차우가 진짜 아깝다는 표정을 지은 다음 다시 말을 이었다.

"만물의 생성은 다 자연의 조화에서 기인합니다. 인력으로는 어떻게 할 수가 없는 것입니다. 순자荀子는 이에 대해 〈권학편〉勸學篇에서 이렇게 말했습니다. '수레나 말을 빌리는 자는 발을 유리하게 하는 것은 아니나 천리에 다다른다. 배와 노를 빌리는 자는 물에 능한 것은 아님에도 큰 강을 건넌다. 군자는 태어나면서 남들과 다른 것이 아니다. 사물을 잘 빌려 이용하는 것일 뿐이다'라고요. 사람이 똑똑하다는 것은 바로 이처럼 순리대로 살면서 현실을 직시할 줄 안다는 겁니다."

오차우의 말은 정말 유려했다. 어디 하나 막힘이 없었다. 마치 흐르는 강물이 그럴까 싶었다.

"예를 들어 봅시다. 아무리 자신의 물건이라고 해도 사물의 특성을 무시한 채 마음대로 뜯어 고치고 조각을 한다고 칩시다. 그러면 그것은 예술이 아닙니다. 파괴에 지나지 않습니다. 최고급 목재인 자단紫檀과 황양黃楊도 마찬가지입니다. 이것들로 불상을 조각하면 진가가 발휘될 수 있어요. 하지만 수레를 만든다면 어떻게 되겠습니까? 망가뜨리는 것입니다. 이 옥도 마찬가지입니다. 차라리 유명한 옥 장인의 손을 거쳐 반룡蟠龍(승천하지 못한 용으로 황궁의 천장 장식으로 많이 사용됨)을 만들었더라면 천자의 명당에 올려놓아도 손색이 없었을 텐데……."

소마라고는 오차우의 말이 틀리지 않다고 생각했다. 그러나 약간 듣기 거북한 내용도 담겨 있다. 그녀가 결국 다소 언짢은 어조로 오차우의 말허리를 자르면서 물었다.

"그러면 이 벼루는 아무짝에도 쓸모가 없다는 얘기인가요?"

"당연히 그렇지는 않죠. 다만 조금 실용적이지 않다는 얘기일 뿐입니다."

오차우의 말에 소마라고를 포함한 사람들이 갑자기 아무 말도 하지 못하고 생각에 잠겼다. 오차우는 그런 모습을 보자 웃음을 금할 수가 없었다. 하지만 분위기는 바꿔야 했다. 바로 붓을 들어 자신의 입장을 대변한 몇 구절의 시를 일필휘지한 것은 그래서였다. 그가 다시 입을 열었다.

"만물의 생리가 그렇다는 것입니다. 절대로 색 대인과 용공자의 성의를 몰라보는 것은 아닙니다. 오늘 본의 아니게 용공자의 비위를 건드려서 정말 미안하네요. 오늘 나는 꼭 진부한 도학道學선생 같군요!"

"도학도 나쁠 것은 없죠."

강희가 덧붙였다.

"우리 집에 자주 와서 스승님과 학문에 대해 토론을 벌이시는 웅사리 대인이 바로 도학가로 유명하잖아요."

오차우가 강희의 말을 받았다.

"웅 대인은 박식하고 솔직한 좋은 분이에요. 하지만 흠이 있다면 너무 세상 물정에 어둡다는 것입니다. 한 가지 예를 들어보죠. 지난번 오삼계가 북경에 왔을 때 웅사리 대인은 그 구제불능의 외골수에게 '덕화'德化니 뭐니 하면서 침이 마르게 얘기하시더군. 한쪽 귀로는 듣고 한쪽 귀로는 그저 흘려보내기에 급급한 오삼계에게 말이오. 그러니 쇠귀에 경 읽기밖에 더 되겠소? 그것은 마치 오배같이 자나 깨나 탈궁을 꿈꾸는 간신에게 황제가 좋은 말로 인과응보나 지옥, 윤회 같은 말로 타이르는 것과 뭐가 다릅니까. 제대로 새겨듣고 콧방귀라도 뀌겠냐는 말이에요."

"일리가 있는 말씀입니다만……."

위동정이 끼어들었다.

"만약 선생님께서 폐하와 마주한 자리에서 이런 직언을 하셨다면 모르기는 해도 목숨조차 위태로우실 걸요?"

그러나 오차우는 전혀 주저하지 않았다.

"노래를 불러야 할 자리에서는 노래를 부르는 게 당연한 것이지. 내가 황제 가까이에서 조정 정치에 참여할 수만 있다면 나는 절대로 하늘 높은 줄 모르는 오배의 기세를 간과하지 않을 거요. 모든 수단과 방법을 동원해 날개를 꺾어버릴 거라고. 또 오삼계도 딴 주머니를 차고 새 살림을 차릴 준비에 혈안이 돼 있는데, 이것 역시 더 이상 봐줄 수는 없는 일이지. 이 두 마리의 야생마가 손을 잡는 날에는 천지에 한바탕 대란이 일어날 것이오. 지금 하나는 운남성에서 호시탐탐 기회를 엿보고 있고, 다른 하나는 북경에서 자기 세력을 불리기에 급급한 실정이오. 따라서 나라면 하루 빨리 이 둘의 손발부터 묶어 놓겠소."

오차우가 말을 마치자마자 "후유!" 하고 한숨을 내쉬더니 탄식을 내뱉었다.

“나도 되게 웃기는군. 일개 선비가 골방에 처박혀 조정의 대사를 논하면 뭘 하나. 가죽신발 신고 발바닥 긁기인 것을! 남들이 비웃겠네.”

강희도 오배와 오삼계가 자주 편지를 주고받는 것은 잘 알고 있었다. 하지만 두 사람이 손을 잡을 것이라는 생각은 미처 해본 적이 없었다.

강희는 오차우의 말이 상당히 일리가 있다고 생각했다. 그러자 갑자기 마음이 조급해지기 시작했다. 그렇다고 해서 오차우에게 자신의 감정을 그대로 드러내 보일 수는 없었다. 일부러 농담을 하듯 입을 열었다.

“아까 스승님께서는 스스로를 별 볼 일 없는 선비라고 하셨습니다. 그러면 저는 그 별 볼 일 없는 선비의 제자가 되네요! 어쨌든 우리는 오삼계나 오배를 논하기보다는 본질적인 문제에 대해 얘기하는 것이 나을 것 같습니다. 말이 나온 김에 하나 궁금한 것이 있어서 묻고 싶군요. 오배와 오삼계를 필두로 하는 삼번의 무리들은 정말 손을 잡을까요? 그렇다면 스승님은 그에 대처하는 방안으로 어떤 것이 있다고 생각하십니까?”

오차우는 강희에게 즉답을 하지 않았다. 대신 색액도를 바라보면서 반문했다.

“색 대인은 조정의 중신이시니 나름대로의 생각을 가지고 계시리라 봅니다. 색 대인이 보시기에는 그들이 손을 잡을 것 같습니까?”

“당장은 아닐 것 같아요.”

색액도는 갑자기 툭 불거진 엉뚱한 화제에 대답할 말이 궁해졌다. 더구나 막강한 오삼계의 군대가 경정충과 상가희 등 다른 두 번藩의 군대와도 연줄이 끈끈하게 닿아 있다는 사실을 떠올리니 끔찍한 생각마저 들었다. 그가 숨을 들이마시면서 말을 이었다.

“그러나 시간이 지나면 장담할 수는 없을 것 같습니다. 오삼계 그 자가 워낙 음흉하고 간사한 인간이라 무슨 간계를 꾸미고 있을지 모르니까요!"

"그 사람은 처음에는 명나라를 배반했습니다. 이어 이자성을 팔아먹었죠. 세 번째는 또 누구를 바보로 만들지 모릅니다. 두 번씩이나 변절을 한 사람인 만큼 세 번째도 배신하지 않으리라는 보장이 없습니다. 그러니 꼭 찍어 말하지 않아도 잘 알겠지만 지금쯤은 또다시 뭔가 꿍꿍이를 꾸미고 있을 겁니다. 지금으로서는 먼저 그들이 손을 잡는 것부터 막아야 합니다. 더 나아가서 하나씩 제거해 버려야 할 것입니다."

오차우의 분석은 예리했다.

"구체적으로 어떻게 해야 그들이 한솥밥을 먹는 것을 막을 수 있을까요?"

위동정이 참지 못하고 다시 대화에 끼어들었다.

"사람이 죽는 것은 마치 촛불이 꺼지는 것과 같습니다."

오차우가 담담하게 말을 이었다.

"우선 삼번의 무리들을 건드리지 말아야 합니다. 그들의 권한과 영토도 손대지 않고 모르는 척하고 있어야 합니다. 그러다 오배를 제거한 다음 손을 쓰면 됩니다. 그래도 늦지 않습니다."

강희는 오차우의 말을 듣는 순간 이마와 등에서 동시에 식은땀이 배어나오기 시작하는 것을 느꼈다. 2년 전 오배를 제거하기에 앞서 철번撤藩(삼번을 비롯한 번藩을 철폐하는 것)을 먼저 시도하고자 했던 자신의 계획을 떠올리자 저절로 긴장이 됐던 것이다.

강희는 자신도 모르게 조용히 한숨을 지었다. 이어 다른 사람들에게는 들릴 듯 말 듯한 목소리로 짧은 탄식을 내뱉었다.

"하마터면 큰일날 뻔했구나!"

"뭐가 큰일인가?"

오차우가 강희의 말을 알아들은 모양이었다. 바로 고개를 돌려 놀라는 눈길로 강희를 쳐다보았다.

"아, 그게 아니라……."

강희는 오차우의 시선이 예사롭지 않다는 것을 느꼈다. 빨리 실수를 덮어 감춰야 했다. 그가 순발력 있게 황급히 변명을 했다.

"폐하께서 아직까지는 오배를 중용하고 계세요. 그게 자칫 잘못하면 큰일 난다는 뜻이에요!"

오차우가 즉각 강희의 말을 받았다.

"아우는 그런 걱정까지 할 필요는 없어. 지금의 황제는 적어도 아직까지는 삼번을 조용히 잠재우고 있어. 그런 것을 보면 대단히 지혜롭고 총명한 분이라고 할 수 있지. 내가 보기에 오배는 그리 오래 버티지 못할 것 같아."

오차우가 아랫입술을 잘근잘근 씹으면서 천천히 말을 이었다.

"내가 오배의 점괘를 봤거든."

오배의 점괘를 봤다는 오차우의 말은 전혀 뜻밖이었다. 좌중의 사람들은 서로 번갈아보면서 놀라는 눈치였다.

한참 후에 위동정이 일부러 히죽히죽 웃으면서 가까이 다가앉더니 말했다.

"지금으로서는 오배가 득세하고 있습니다. 기세도 폭발적이라고 해야 해요. 그런데 오래 버티지 못한다니요?"

"내가 비록 풍각風角이나 상수象數의 달인이라고 할 수는 없으나……."

오차우가 좌중을 한 번 훑어보고 난 다음 말을 이었다.

"나름 《역경》易經에는 자신이 좀 있는 편입니다. 색 대인, 지난번 대인댁이 수색을 당하던 날을 기억하고 계십니까?"

색액도가 오차우의 말에 미간을 살짝 찌푸렸다. 이어 생각을 더듬더니 천천히 대답했다.

"아마 팔월 초아흐레였지?"

"그래요! 팔월 초아흐레가 틀림없습니다."

오차우가 계속 말을 이었다.

"또 산고점을 덮친 날이 십일월 이십구일입니다. 두 가지 사건은 모두 '구'九자와 관련된 날입니다. 아시다시피 구는 가장 큰 수로 더 이상의 큰 숫자를 만들어내지 못합니다. 십十까지만 차면 또다시 일一로 돌아가는 거죠. 달이 차면 기울고 물이 차면 넘쳐흐릅니다. 자연의 이치가 그렇듯 오배가 계속 이대로 나간다면 얼마 못 가 기氣가 부족해 낭패를 당할 것이 분명해요! 거문고 줄도 가끔씩 바꿔주고 살살 다뤄야지 계속해서 있는 힘껏 튕기면 끊어지는 수밖에 더 있겠습니까?"

"스승님의 추리가 너무 정확하신 것 같네요."

강희는 풍각 등에 대해서는 거의 문외한이었다. 그러나 이상하게 오차우의 말을 듣자 더 자세히 알고 싶은 생각이 들었다. 그가 오차우 쪽으로 조금 더 가까이 다가가면서 물었다.

"이전의 수업시간에는 왜 이렇게 재미있는 내용을 안 가르쳐 주셨어요?"

"내가 대단한 것 같아도 우리 아버님에 비하면 아무것도 아니지. 가끔씩 재미삼아 한번 보는 것일 뿐 수업시간에까지 이런 것을 가지고 시간 낭비할 필요는 없잖아? 사서四書에는 입덕立德, 입언立言, 입공立功 세 가지가 근본적으로 밑바탕에 깔려있으면 된다고 했어. 덕과 말, 공을 세운 사람이라면 굳이 이런 점괘에 일희일비할 것 없어. 기본이 돼 있으니 만물의 이치대로 순응하면서 살아가면 만사대길하게 돼 있다고! 마음은 썩었으면서 제아무리 용맹하고 능력이 있으면 뭘 해! 조만간에 쪽박을 차고 나앉을 것이 뻔한데."

오차우는 말을 할수록 흥분하는 듯했다. 급기야 목을 축이려고 황급히 찻잔까지 들었다. 그러나 빈 잔이었다. 그가 멋쩍게 웃으면서 찻잔을 내려놓으려고 하자 위동정이 물을 더 채워주기 위해 얼른 주전자를 집어 들었다. 하지만 소마라고가 그보다 좀 더 빨랐다. 조금 전부터 들고 있던 은주전자의 물을 따라 바로 그에게 건네줬다.

머쓱해진 위동정이 소마라고를 쳐다보면서 능글맞게 웃었다. 그로서는 그녀의 섬세함을 오차우에 대한 특별 배려로 생각할 수밖에 없었던 것이다. 소마라고는 도둑이 제 발 저린다고 쑥스러워하면서 괜스레 얼굴을 붉혔다. 색액도는 그런 그녀를 바라보면서 속으로 생각했다.

'오 선생과는 천생연분인 것 같군. 그런데 하필이면 한족과 만주족으로 만날 것이 또 뭐람. 맺어지기가 쉽지 않겠어…….'

오육일은 구문제독부 집무실에 앉아 홀로 곰곰이 깊은 생각에 잠겼다. 주변에는 시중을 드는 부하들도 없는 탓에 쥐 죽은 듯 조용했다. 그는 위동정이 보내온 황제의 '밀조'를 행여 한 글자라도 빠뜨릴세라 보고 또 봤다. 나중에는 거의 외우다시피 했다. 그러나 그래도 여전히 손에서 놓기가 아쉬워 꼭 쥐고 있었다.

그는 밀조의 치밀함과 섬세함에 놀라지 않을 수 없었다. 황제 혼자서 쓴 것이 아닌 것은 거의 확실했다. 모르기는 해도 누군가 뛰어난 인재의 도움을 받았을 것이라는 단정을 내려도 괜찮을 것 같았다. 그는 긴장을 늦추지 못했다. 황제의 밀조까지 받아놓았으니, 어쩌면 일생일대에 가장 중요한 선택을 해야 하는 기로에 놓여 있는지도 모른다는 생각이 든 것이다.

그는 천하의 오육일이라는 말이 과언이 아닐 만큼 배포가 큰 사람이었다. 당연히 입안이 바싹바싹 마르는 긴장과 초조함에 휩싸여 본 적은 그의 평생에 한 번도 없었다고 해도 좋았다. 그를 둘러싼 실제 상황은 사실 위태로웠다. 우선 오배가 거의 매일이다시피 반포이선과 제세 등을 보내 지속적인 관심을 보이고 있었다. 게다가 지휘체계상 직속상관인 태필도는 누가 뭐래도 오배의 사람이었다. 그로서는 딴 마음을 먹을 경우 양자택일을 놓고 신중에 신중을 기해야 하는 상황이었다.

"여봐라!"

오육일이 큰 소리로 외쳐 불렀다. 말이 끝나기 무섭게 하인이 쪼르르 달려왔다.

"하 어른에게 가서 내가 좀 보자고 한다고 전해!"

하인이 나간 후 얼마 지나지 않았을 때였다. 하지명이 문 밖에서 껄껄 웃으면서 나타났다.

"어제 저녁에 바둑을 지더니 밤잠을 설쳤구먼. 왜? 또 한번 붙어 보자고 부른 건가?"

하지명이 농담을 던지면서 방안으로 들어섰다. 오육일이 얼른 웃으면서 자리를 권했다.

"지명, 내가 자네하고 같이 지혜를 모아 승부를 크게 한판 걸어보려고 하네. 어떤가? 우리는 절대로 이번 바둑만은 질 수 없어. 또 져서도 안 되고."

"그래야지! 자네와 내가 함께 지혜를 모으면 돼. 절대 누구에게도 지지 않지."

하지명은 말귀를 잘못 알아들은 듯했다. 분위기를 파악하지 못한 채 우스갯소리를 하면서 익살스레 눈을 깜빡였다.

하지명은 작고 단단한 체구를 가지고 있었다. 그러나 머리는 체구에 걸맞지 않게 컸다. 게다가 두 눈은 새카만 얼굴 한가운데에 단추처럼 작게 박혀 있었다. 그가 그런 두 눈을 아래위로 굴리면서 생각에 잠겼다. 무척이나 인상적인 모습이었다. 그는 겉보기에는 몰골이 그래도 오육일과 함께 싸움터를 누빈 사람들 중에서도 가장 인정을 많이 받은 사람이었다. 또 오육일이 누구보다 아끼는 인재였다.

오육일은 참장參將 시절부터 자신을 따라다니면서 알게 모르게 많은 도움을 준 하지명에게 늘 고마워했다. 하지명 역시 오육일의 인간 됨됨이를 무척이나 존경했다. 한마디로 두 사람은 여러 번 죽을 고비를 같이 넘기면서 친형제 이상으로 돈독한 친분을 유지해오고 있었다.

하지명이 이번에도 함께 힘을 모아보자는 말에 넉살좋게 한마디를 덧붙였다.

"하기야 우리 둘처럼 손발이 척척 맞는 사람들도 세상에 없을 걸세! 어디 한번 붙어보지. 그런데 상대가 누군가?"

"보정수석대신 오배!"

오육일은 거침없이 오배의 이름을 내뱉었다. 이어 하지명에게 가까이 다가가 싱긋 웃으면서 눈을 껌뻑거렸다.

"어때? 이 정도 상대라면 팔을 걷어붙이고 한바탕 땀을 흘려볼 만하지 않겠나?"

오육일의 말에 하지명이 껄껄 웃다 웃음을 딱 멈췄다. 놀란 것이 분명했다. 그가 잠시 후 두루마기 자락을 손으로 툭툭 치면서 말했다.

"오배와는 거의 이십 년을 코를 맞대고 있잖아. 그런데도 꼭 손을 봐줘야겠어?"

"그래. 손을 봐주는 정도가 아니야. 아주 이 세상을 하직시켜야 할 것 같아!"

오육일의 안면 근육은 어느새 부들부들 떨리고 있었다. 부릅뜬 두 눈에서는 살기가 번득였다.

하지명은 갑자기 등골이 오싹해지는 기분을 느꼈다. 오랫동안 생사고락을 같이 해오면서 막역한 사이로 지내기는 했으나 오육일의 진지하고 결연한 모습에는 여전히 적응이 되지 않았던 것이다. 그러나 그는 토를 달지 않았다. 오육일이 무슨 일에서나 쉽게 결단을 내리지 않는 성미라는 사실을 너무나 잘 알고 있었기 때문이다.

하지명은 한참 동안 침묵했다. 그러다 갑자기 머리를 번쩍 쳐들고 특유의 지혜가 번뜩이는 두 눈을 깜빡거리면서 물었다.

"무슨 말인지 알겠네. 제거 방법은?"

"폐하께서 이 일을 나한테 특별히 부탁했네. 허를 찌르라고 말이야."

오육일이 강희까지 언급했다. 이어 잔뜩 긴장한 어조로 덧붙였다.

"실패는 절대로 용납할 수 없는 중대한 일이야. 그러니만큼 나 혼자 독불장군처럼 행동하는 것은 불가능해. 자네가 나를 많이 도와줘야겠어!"

오육일의 당부에 하지명이 흥분한 듯 몸을 일으켰다.

"그 자식한테 당할 수는 없지!"

"성공하면 자네의 공로는 충분히 인정받도록 할 거야."

오육일이 몸을 뒤로 젖힌 채 기지개를 힘껏 켜면서 덧붙였다.

"그러나 만에 하나 실패하는 날에는 우리는 둘 다 이거지 뭐!"

오육일이 칼로 목을 베는 시늉을 해보였다. 그 모습을 본 하지명은 잠깐 동안 뭔가를 골똘히 생각하더니 천천히 입을 열었다.

"며칠 전 도찰어사都察御史가 순방아문의 당관이 직무를 소홀히 했다면서 탄핵을 한다고 했네. 아마도 오배가 자네에게 그 자리를 메우라고 할 것 같아."

"오배 그 자식, 금덩어리로 만든 산을 내 앞에 옮겨 놓아 보라고 그래. 내가 제깟 놈의 말을 듣나!"

오육일은 기본적으로 오배와의 관계가 그리 좋지 않았다. 아니 더 심하게 말하면 증오하는 정도라고 해야 했다. 그는 사이황을 구출하기 위해 자신이 몇 번씩이나 올려 보낸 상주문을 오배가 막아버렸다는 얘기를 위동정이 은근슬쩍 했던 것을 분명하게 기억하고 있었다.

"금덩어리 산은 말도 안 될지 모르나 여기 이걸 한번 보게."

하지명이 허리를 굽히더니 장화 속에서 종이 한 장을 꺼내 건네줬다.

무심코 종이를 받아든 오육일이 깜짝 놀랐다. 종이가 아니라 10만 냥짜리 은표銀票(어음)였던 것이다. 순간 오육일이 하지명에게 의심스런 눈길을 보냈다. 그러자 당황한 하지명이 황급히 자초지종을 설명했다.

"이것은 태필도 밑에서 일하는 내 동문수학 동창이 보내온 거야. 어제 저녁에 태필도의 명령을 받고 보내왔다고."

"무슨 명목으로?"

오육일이 석연치 않다는 듯 하지명을 아래위로 훑어봤다.

"명목이라니?"

하지명이 너털웃음을 터트렸다.

"아, 말로는 오 장군의 귀공자 백일을 맞아 선물로 드리는 것이라고 하더군. 그런데 오 장군께서 화를 내실지 모른다면서 나에게 눈치껏 받아 챙기라고 했어. 처음에는 나도 주저했지. 그러다 가만히 생각해 보니 이 자식들이 검은돈을 얼마나 많이 챙겼는지가 궁금하더라고. 그러니 받아서 쓰는 것이 낫겠다고 생각한 거지."

"잘했어! 그런 생각에서 그랬다면 잘한 거야!"

오육일이 만족스럽게 머리를 끄덕였다.

"다른 말은 없었나?"

"오배가 자네를 특별히 병부시랑兵部侍郎(시랑侍郎은 차관급) 자리에 앉힌다고 했어!"

"병부시랑? 하하하하……."

오육일이 머리를 뒤로 젖히면서 껄껄 웃었다.

"은 십만 냥과 이품의 관직으로 천하의 우리 둘을 포섭하겠다는 얘기가 아닌가. 꿈 한번 야무지군!"

오육일이 뒷짐을 진 채 방 안을 서성였다. 뭔가 생각하는 모양이었다. 그가 말했다.

"나도 자네에게 보여줄 것이 하나 있네. 거사가 성공하면 내가 곧바로 자네를 병부시랑으로 임명하도록 건의하겠어!"

오육일이 말을 마치자마자 안주머니에서 강희가 보낸 밀조를 꺼내 하지명에게 보여줬다.

하지명이 밀조를 받아들었다. '체원주인'이라는 네 글자가 선명한 밀조였다. 그는 그 글자를 반복적으로 음미하면서 조서의 내용을 분석했다. 그러더니 갑자기 탁자를 탁 치면서 일어섰다.

"이것만 있으면 됐어!"

"그래서 내가 자네를 불러 구체적으로 상의하려고 했던 거야."

그야말로 인생의 모든 것을 걸어야 하는 큰판이었다. 하지명으로서는 선택의 기로에 선 셈이었다. 그가 곰방대에 불을 붙였다. 이어 의자에 몸을 기댄 채 담뱃대를 뻐금뻐금 빨기만 할 뿐 한동안 말이 없었다. 두 사람은 그렇게 각자 깊고 깊은 생각에 잠겼다.

한 끼 식사 시간 정도 흘렀을 무렵 하지명이 "오 장군!" 하고 부르면서 자리에서 벌떡 일어나 앉았다. 이어 번득이는 눈빛으로 오육일을 바라보았다.

"너무 과격한지는 모르겠으나 이렇게 하는 수밖에는 없을 것 같네."

"말해보게!"

오육일이 하지명의 신중한 어조에 자세를 고쳐 앉았다. 알게 모르게 조급해하고 있다는 얘기였다. 커다란 쇠구슬 두 개를 손 안에 넣고 부지런히 굴리는 모습 역시 그의 심리 상태를 잘 말해주었다.

"내 생각에는 오배가 이미 자네의 부하들에게 어느 정도 접근했지 않았나 싶어. 심하게 말하면 구워삶아서 포섭을 했을지도 몰라. 그자는 이 은표 십만 냥으로 자네를 매수하지 못한다는 것은 익히 알고 있을 거야. 그렇게 생각해보면 분명 다른 꿍꿍이가 있는 것이 틀림없어. 이런 뇌물 공세는 아무리 봐도 오배가 관심을 보여주는 척하면서 자네의 경각심을 늦춰보려는 수작으로 보이네."

"툭 까놓고 말하면 내가 순순히 따라주지 않을 것은 알고 있으면서 어떻게 나오나 눈치나 한번 살피려고 한 것 같다는 말이지?"

오육일의 말에 하지명이 박수를 쳤다.

"바로 그거지!"

하지명이 오육일의 반문에 시원스럽게 동의했다. 이어 그가 다시 말을 이었다.

"자네가 이 시점에서 오배와 같은 배를 탄다 해도 나중에 좋은 꼴은 못 볼 것이 뻔해. 오배가 설사 황제의 자리에 앉는다고 해도 그래. 자네를 핥아먹고 남은 고기 뼈다귀 정도로 취급할 것이 분명하다고."

하지명이 솔직히 자신의 생각을 털어놨다. 그러다 슬며시 말을 돌렸다.

"문제는 자네 휘하에 있는 이李, 황黃 참장과 장張 부장, 유劉 수비守備들이 평소부터 어딘가 미심쩍어 보였다는 것이야. 이 일에 깊숙하게 개입돼 있는 것이 분명해 보여."

"그 부분에 대해서는 더 이상 말할 필요가 없어."

오육일이 단호하게 말했다.

"나도 따로 생각하고 있는 바가 있어. 내일 당장 그들에게 임무를 줘서 복건으로 보내버릴 거야! 그러면 되지 않겠어?"

"그건 안 돼!"

하지명이 오육일의 말에 반대하고 나섰다.

"오배가 어떤 사람인데? 반포이선은 또 어떻고? 안 그래도 요즘은 바짝 신경을 곤두세우고 있을 거야. 우리 쪽에서 미리 그런 움직임을 보이면 곤란해. 그건 오히려 그들에게 뭔가 눈치를 채고 있다는 암시를 주는 것이나 다름이 없지 않겠어?"

"제기랄!"

오육일이 입을 앙다물었다.

"그때 가서 전부 체포해 버리지 뭐!"

"그것도 안 돼! 우리 두 사람은 이번 싸움에서 허를 찌르는 비밀병기야. 우리에게는 그런 권한이 많지 않다고. 주역은 위동정을 비롯한 그 사람들이지. 만약 전부 체포하지 못하거나 한두 사람이라도 도망을 가게 되면 일이 복잡해져. 자네가 역공을 당하게 되지."

"그러면 자네에게 무슨 좋은 수라도 있나?"

"죽여야지!"

하지명이 눈을 부릅뜨면서 덧붙였다.

"죽여 버리는 것이 차라리 속 편해. 그러지 않으면 그 친구들이 언제든 우리 뒤통수를 칠 위험이 항상 뒤따라. 오늘부터 사랑채 두 개를 비워. 그들을 합숙시키라고. 그게 첫 번째 해야 할 일이야. 두 번째는 몇 명의 무술 잘 하고 활 잘 쏘는 휘하의 심복들을 동원해 시시각각 목표를 노리도록 하는 거야."

오육일은 넋을 놓고 하지명의 작전 구상을 들었다. 곧 그의 머리가 아래위로 움직였다. 알겠다는 뜻이었다. 하지명은 세 번째 손가락을 펴면서 덧붙였다.

"일이 터지면 황제의 밀조를 발표해. 그런 다음에 그들을 한꺼번에 처단해 버리는 거야! 그러면 일벌백계의 효과를 얻게 돼. 혹시 숨어있을지 모르는 우리 내부의 변절자도 몸을 사릴 수밖에 없겠지!"

"그런데……."

오육일이 말끝을 흐렸다.

하지명은 오육일이 그답지 않게 머뭇거리자 너털웃음을 터트렸다.

"왕년의 오 장군 맞아? 왜 갑자기 자네답지 않게 마음이 약해져? 전에는 사람 죽이기를 닭 모가지 비틀듯 했잖아! 그런데 지금은 그렇게 하지 못하겠나?"

"그래, 좋아!"

오육일이 단단히 결심을 굳힌 듯 이를 악물었다. 그런 다음 힘차게 말했다.

"나는 이미 마음의 결정을 내렸어! 바로 그거야!"

35장

호랑이 굴로 찾아간 강희

오육일과 하지명이 밀담을 나누고 있을 무렵 보정대신 오배의 집 학수당에서도 몇 명이 머리를 맞댄 채 묘안을 짜내고 있었다. 그에 어울리지 않게 맞은편 연못 앞 정자에서는 기생들의 노랫소리가 들려오고 있었다. 하지만 그들 중 누구 한 사람도 그 소리에 귀를 기울이지 않았다.

오배를 비롯한 반포이선, 눌모, 태필도, 갈저합, 제세, 목리마 등의 눈은 하나같이 충혈돼 있었다. 모두들 날을 꼬박 샌 것이 분명했다. 그러나 그들은 정신을 바짝 가다듬은 채 온 신경을 좌중에 기울이고 있었다. 오배 역시 침대에 비스듬히 누운 채 두 눈을 살짝 감고 여러 사람들의 의견을 듣고 있었다. 몸이 아프다는 핑계로 집에 처박혀 있는 사람의 모습과는 거리가 멀었다.

좌중의 사람들은 건청궁에서 일을 벌이는 것이 가장 좋다는 데까지는 의견일치를 봤다. 목리마와 눌모가 건청궁 경호를 총괄하고 있는 데다 강희가 거의 매일 들르는 곳이므로 그를 제거하는 거사를 일으키기에는 더할 나위 없이 좋은 장소였다. 반포이선은 한 술 더 떠 융종문과 경운문을 봉쇄해 궁내의 교통을 단절시키자는 제안까지 했다. 하지만 그의 제안에 대해서는 의견이 분분했다.

목리마가 먼저 입을 열었다.

"승건전承乾殿을 지키는 시위들이 전부 우리 사람들입니다. 그런데도 그렇게까지 해서 괜히 셋째의 의심을 불러일으킬 필요가 있겠습니까?"

태필도는 여느 때와는 달리 침착했다.

"육경궁의 상황은 잘 모르는데, 만약 상대가 선수를 치면 우린 어떻게 하죠?"

"육경궁?"

태필도의 말에 갈저합이 놀라서 물었다. 말의 의도를 모르겠다는 태도였다. 그러자 태필도가 천천히 설명을 했다.

"거기에서 경운문으로 통하는 길은 한 갈래뿐입니다. 셋째가 들어가기만 한다면 독 안에 든 쥐 신세를 면치 못할 거예요. 그때 건청궁과 승건전의 시위들이 한꺼번에 덤벼들어 해치우면 됩니다!"

태필도의 말에 제세가 느릿느릿 끼어들었다.

"이런 일은 속전속결로 일을 처리해야 합니다. 그렇지 않으면 오히려 역전당하기 쉽습니다."

"그대의 말이 맞는 것 같소."

오배가 묵묵히 듣고만 있다가 드디어 입을 열었다.

"그러기 때문에 궁문은 반드시 봉쇄해야 하오. 최고로 무술을 잘 하는 사람들만 엄선해서 투입해야 한다고."

"태필도 대인이 가장 적합한 것 같습니다."

눌모가 덧붙였다.

"태 대인은 병부시랑이므로 대인大印을 지니고 있습니다. 병사들을 마음대로 움직일 수 있습니다. 병사들을 불러 경운문을 지키게 할 수도 있고요. 또 시위들치고 태필도 대인을 모르는 사람이 없습니다. 그때 가서 가짜 성지를 만들어 누군가 말썽을 일으켜 잡아야 한다고 하면 다들 호응해올 것입니다."

"내가 말인가?"

태필도가 손가락으로 자신을 가리켰다. 적지 않게 놀라는 눈치였다. 그가 짐짓 태연을 가장한 채 반포이선을 바라보면서 말했다.

"내가 어찌 그렇게 큰 임무를 담당할 수 있겠습니까! 황궁을 지키는 구문九門의 금군禁軍들은 모두 오육일의 사람들입니다. 그가 안 도와주면 나도 어쩔 수 없습니다. 여러분들과 하나 다를 바 없어요."

"일이 이렇게까지 벌어졌는데, 어떡하자는 말입니까? 우리에게 도망갈 퇴로는 없습니다. 그대 뒤에는 천 길의 낭떠러지가 있습니다! 그런데 전진도 해보지 않고 퇴로를 찾겠다는 겁니까?"

갈저합이 말을 이었다. 태필도도 지지 않고 차갑게 내뱉었다.

"사실이 그렇다는 얘기입니다!"

"됐어요, 됐어!"

목리마가 귀찮다는 듯 말을 자르며 나섰다.

"그렇다면 갈저합 그대가 경운문을 막는 것이 어때요?"

"좋습니다. 내가 막죠! 안 될 것도 없죠!"

갈저합이 자신만만하게 대답했다. 이어 한마디 덧붙였다.

"그렇다면 오육일은 태필도 시랑께서 맡는 거죠?"

"오 대인께서 이미 은 십만 냥을 그자에게 보내줬습니다!"

반포이선이 얼굴에 웃음을 머금으면서 말했다.

"그러나 오육일은 결코 은 십만 냥에 호락호락 놀아날 사람이 아닙니다. 우리는 더 큰 것을 바라는 게 아니라 오육일이 누구 편에도 서지 않고 그냥 잠자코만 있어 달라는 뜻입니다. 도움 같은 것은 바라지도 않습니다. 그때 가서 골탕만 먹이지 않으면 우리는 이기고 들어갈 수 있어요!"

반포이선이 좌중을 둘러보고 나서 말을 계속 이었다.

"오육일을 대처하는 일은 태필도 시랑이 책임을 져줘야 하겠습니다. 시랑께서 병사들을 거느리고 구문제독부를 장악했다가 병권이 손에 들어오면 제일 먼저 오육일을 죽여 버리세요. 그런 다음 궁중과 연락을 취하면 만사대길일 것입니다."

반포이선의 말에 오배가 몸을 일으켜 똑바로 앉더니 주먹을 불끈 쥐었다.

"이 우환덩어리는 진짜 없애버려야 해. 그러지 않으면 사사건건 골치 아픈 일이 생길 거야."

오배가 가볍게 기침을 한 번 한 다음 말을 이었다.

"이 가시만 빼버리면 모든 권력이 완전히 내 손에 들어오는 것과 마찬가지요. 그때 가서는 설사 궁 안에서 뭐가 뜻대로 안 된다고 하더라도 죽을 쑤지는 않을 텐데 말이오. 오육일 문제만 잘 처리하면 그 공로를 인정해 나중에 군왕郡王 자리는 내가 보장해 주겠어!"

오배의 입에서 '친왕'親王의 바로 다음 계급인 '군왕'이라는 두 글자가 튀어나왔다. 순간 좌중의 사람들은 모두 벼락이라도 맞은 듯 깜짝 놀랐다.

태필도가 오배의 말에 가장 먼저 반응을 보였다. 마치 자신이 가장 큰 공을 세울 것 같아서 기분이 좋은 듯했다. 그가 쑥스러운 표정으로 말했다.

"언감생심이라고 군왕까지는 바라지 않습니다. 그때 가서 병부의 당관

자격으로 몇 개의 아문衙門이나 책임졌으면 좋겠습니다!"

"태 시랑이 그렇게 할 수 있겠어요?"

목리마는 오배가 태필도에게 군왕의 직위를 준다는 것에 질투를 했다. 모자를 벗어 탁자 위에 팽개치듯 내던지면서 거칠게 내뱉었다.

"오육일을 어떻게 보고 그렇게 자신만만한지 모르겠습니다. 그 사람이나 죽었소, 하고 그렇게 호락호락 당할 사람은 아닐 걸요?"

태필도도 기세에 눌릴세라 차가운 음성으로 반박했다.

"이거 왜 이래요? 나 태필도의 칼날도 누구의 것 못지않게 시퍼렇습니다!"

"목 어른!"

반포이선이 그냥 놔둬서는 안 되겠다는 듯 목리마를 만류하고 나섰다. 서로가 공명에 눈이 어두워 자칫하면 분위기를 해칠 수 있다고 생각했다. 그는 서둘러 말머리를 돌렸다.

"당연히 태 시랑이 오육일을 치러 갈 때 빈손으로 갈 수는 없죠. 황제의 칙사 신분으로 가는 거니까!"

반포이선이 손으로 턱수염을 만지작거리면서 껄껄 웃었다.

좌중의 사람들은 황궁을 장악하기 위한 계획을 대강 확정하고 나자 그제야 마음이 어느 정도 홀가분해졌다. 일부 사람들은 밖에서 들리는 음악소리에도 귀를 기울였다. 반포이선의 경우는 "나는 이 노래를 벌써 세 번이나 들었어. 그런데 들을 때마다 새롭군!" 하고 말하면서 나름 평가까지 했다. 바로 그때 밖에서 하인이 헐레벌떡 뛰어 들어왔다.

"오 대인께 아룁니다. 폐하께서 행차하셨습니다!"

좌중의 사람들은 전혀 예상치 못한 하인의 보고에 쇠방망이에 머리를 두들겨 맞은 듯 멍해졌다. 순간적으로 모두 숨을 멈출 정도였다. 강희가 사전 통보도 없이 오배의 집을 방문했으니 그럴 수밖에 없었다.

충격은 쉽게 가라앉지 않았다. 순식간에 얼굴이 누렇게 뜬 그들은 계속 어쩔 줄 몰라 했다. 서로를 번갈아 가면서 바라만 볼 뿐 할 말을 찾지 못하고 있었다. 가장 먼저 정신을 차린 사람은 그래도 비교적 침착한 성격의 반포이선이었다. 그가 황급히 하인에게 물었다.

"수행원이 모두 몇이나 되나?"

"모두 다섯 명입니다. 잠깐 동안 대인의 정원만 둘러보고 갈 거라면서 오 대인께는 알리지 말라고 하셨습니다. 하지만 혹시나 해서 대인께서 준비라도 하고 계시라고 소인이 달려와 아뢰는 것입니다."

하인의 말에 오배가 겨우 마음을 가라앉히고 말했다.

"잘했어! 다들 자리를 비워 주시게. 내가 나가서 셋째를 맞이할 테니!"

"왜호, 어디 있나?"

반포이선이 그 순간 갑자기 왜호를 찾았다. 하인이 반포이선의 물음에 적잖이 당황하는 눈치를 보였다.

"어…… 어젯밤에 나갔다…… 아직…… 아직 돌아오지 않았습니다!"

하인이 더듬거렸다. 그러면서 몸까지 덜덜 떨었다.

오배가 반포이선과 재빨리 시선을 교환했다. 화를 내서는 안 된다는 무언의 약속이 둘 사이에 오갔다. 그가 애써 꾹 눌러 참으면서 입을 열었다.

"됐으니 가서 일 봐!"

반포이선은 하인이 자리를 뜨자마자 서두르기 시작했다. 조금 전 좌중의 사람들 중 가장 태연자약하던 모습은 어디로 갔는지 알 수가 없었다.

"우리는 어서 동쪽 문으로 빠져나가 각자 흩어집시다!"

반포이선이 말을 마치고는 오배의 귓가에 대고 뭐라고 수군거렸다. 이어 황급히 사람들을 따라 나갔다.

강희가 갑자기 오배의 집으로 들이닥친 것은 즉흥적으로 이뤄진 행차가 아니었다. 나름 치밀한 계산이 있는 행보였다. 이를테면 큰일을 앞두고 마지막 점검을 해보는 차원이라고 할 수 있었다. 또 병석에 누워 있다는 대신을 직접 찾아봄으로써 군신간의 화목한 분위기를 조성하고자 하는 목적도 없지는 않았다. 주변 사람들에게 정국이 안정돼 있다는 느낌을 각인시켜주려는 의도 역시 있었다. 게다가 '나를 알고 남을 알면 백 번을 싸워도 위태롭지 않다'는 말도 있듯이 호랑이를 잡기 위해 호랑이 굴에 한번 들어갔다 나옴으로써 측근들에게 은근한 자신감을 보여주고 싶은 마음 역시 행차의 이유중 하나였다.

그러나 가장 결정적인 이유는 역시 오배를 처단하기 위한 명분 쌓기라고 할 수 있었다. 만약 그에 대한 배려를 강희의 행차로 대내외적으로 알릴 경우 좋은 점이 많았다. 우선 나중에 그를 제거하더라도 '중죄인에 대한 응징'이라는 말이 저절로 나오게끔 하는 것이 어렵지 않을 터였다. 한마디로 최소한 황제가 자신의 마음대로 대신을 쥐락펴락한다는 느낌은 주지 않을 수 있었다. 큰일을 앞둔 오육일에게 황제가 결코 그렇게 나약한 사람이 아니라는 사실을 보여준다는 계산 역시 없지 않았다. 이 경우 오육일은 그 사실에 고무돼 더욱 힘을 받을 수 있었다.

강희는 만일을 위해 행차 직전 위동정에게 이상한 동향이 없는지 미리 철저히 조사하도록 당부했다. 그런 다음 그를 비롯한 장만강, 넷째와 노새 등 몇 사람만 데리고 내무부에 사실을 통고하자마자 바로 오배의 집으로 향했다.

이때 위동정은 도무지 마음이 놓이지 않았다. 그래서 색액도의 집에 있는 병사들을 일반 백성들로 위장시켜 오배의 집 주변에 풀어놓았다. 또 미리 왜호를 불러내 만취시키는 것도 잊지 않았다. 그만큼 그는 나이답지 않게 노련하고 치밀했다.

강희는 기분이 밝고 좋아 보였다. 까만 여우털로 만든 모자를 쓰고 아라비아산 말가죽으로 만든 남색 두루마기를 입은 그는 풍채도 위풍당당했다. 멀리서 봐도 한눈에 띄는 멋진 차림의 소년 천자였다.

강희는 일행을 거느린 채 오배의 정원에서 자유롭게 거닐었다. 그러면서 손가락으로 가산을 가리키면서 멋지다고 혀를 내두르거나 정자가 불규칙적으로 세워져 있어 지저분한 느낌을 준다고 지적하는 것도 잊지 않았다. 위동정은 옆에서 가끔씩 머리를 끄덕였다. 하지만 그는 강희의 말을 듣는 것에 열중하지 못했다. 이루 말할 수 없는 긴장감에 손에 땀을 쥐고 있었다.

강희는 얼마 후 학수당 앞 연못의 정자에 이르렀다. 저 멀리 어디에선가 노랫소리가 은은히 들려오고 있었다. 시녀들이 사뿐사뿐 오가는 모습도 보였다.

강희의 눈에 오배가 그 가운데에 홀로 의자에 다리를 꼬고 앉아있는 모습이 들어왔다. 낙타색 비단 두루마기를 입고 푸른색 마고자를 걸친 모습이었다. 그는 시선을 무대 위로 고정시킨 채 진지한 표정으로 음악에 도취해 있었다. 강희 일행이 도착한 것에 대해서는 전혀 모르는 척했다.

위동정은 그런 오배의 태도가 불만이었는지 다가가 부르려 했다. 그러자 강희가 그의 옷자락을 잡아당기면서 말렸다. 그가 연못을 돌아 오배에게 다가가더니 뒤에서 조용히 불렀다.

"상공相公, 건강은 괜찮아 보이는군!"

오배는 그제야 깜짝 놀라는 척하면서 황급히 자리에서 일어났다. 그는 곧바로 땅에 엎드려 머리를 조아렸다.

"폐하, 노신이 폐하께서 행차하신 줄도 모르고 건방을 떨었사옵니다. 죽을죄를 지었사옵니다!"

"자네에게 무슨 죄가 있겠나!"

강희가 오배를 부축해 일으켜 세웠다.

"몸은 이제 괜찮은가?"

오배가 황급히 무대 위를 향해 손사래를 쳤다. 연주를 멈추라는 신호였다. 그런 다음 그가 강희의 물음에 대답했다.

"폐하께서 하사하신 약을 먹고 많이 좋아졌사옵니다."

오배는 아부 비슷한 말을 하자마자 강희를 바로 학수당으로 안내했다.

위동정은 눈치 빠르게 한 발 앞서 학수당으로 들어갔다. 그런 다음 방안의 배치를 휙 둘러봤다. 실내는 의외로 간소했다. 무슨 물건이라고 할 만한 것도 별로 없었다. 우선 벽면은 책장으로 가려져 있었다. 또 대청 한가운데는 탁자가 놓여 있었다. 그 주위에는 의자가 여러 개 여기저기 놓여 있었다.

그래도 특징이 있다면 얼핏 봐서는 발견하기 어려운 문 뒤에 금이 칠해진 큰 자명종이 있다는 사실이었다. 방 안에서 가장 값나가는 물건이 바로 그것 같았다.

문을 마주하고는 침대가 놓여 있었다. 위에는 빨간 담요, 양쪽에는 높은 베개가 놓여 있었다. 누워서나 반쯤 기대거나 어떤 자세로든 맞은편 연못과 정자의 전경을 한눈에 볼 수가 있는 곳이었다.

위동정은 자신도 모르게 속으로 감탄사를 터뜨렸다.

'정말 좋은 곳을 귀신같이 찾아냈군!'

위동정은 눈길을 서서히 침대 쪽으로 옮겼다. 그 순간 베개 안에서 이상한 물건이 삐죽 나와 있는 것이 보였다. 위동정은 화들짝 놀라 황급히 다가가 베개를 만져봤다. 딱딱한 물건 같았다. 그는 그 물건을 바로 힘껏 잡아 빼냈다. 아니나 다를까, 서슬 푸른 비수였다!

바로 그때였다. 나란히 대청에 들어서던 오배와 강희가 번득이는 비수를 들고 서 있는 위동정을 보고는 기절초풍할 듯 놀랐다. 목자후 등 세 사람 역시 깜짝 놀라 숨을 들이마셨다. 동시에 일제히 손을 허리춤에 갖다 대고는 오배를 노려봤다.

"오 대인!"

위동정이 태연스럽게 비수를 손에 받쳐들었다. 그런 다음 서슬 푸른 칼날을 가리키면서 물었다.

"이…… 이게 무슨 뜻인가요?"

오배는 전혀 당황하는 기색을 보이지 않았다. 씁쓸한 표정을 짓기는 했으나 마치 별것 아니라는 것처럼 태연스럽게 대답했다.

"만약 폐하께서 소인의 집으로 행차하시는 것을 알고 있었던 상황에서 이 비수가 발견됐다면 문제가 되겠죠. 소인은 백 번 죽어도 할 말이 없사옵니다."

오배의 말은 과연 꼬투리를 잡을 데가 없었다. 강희가 그의 말에 잠깐 어정쩡한 표정을 짓더니 이내 너털웃음을 터트렸다.

"위 군문, 자네가 한족이 아니라고 할까봐 이렇게 티를 내나? 자나 깨나 칼을 지니고 다니는 것은 우리 만주족들의 습관이야! 산해관을 넘어온 후에 우리 만주족들 중에는 오배 대인처럼 조상의 규범을 그대로 간직하고 있는 사람들이 날로 줄어들고 있어. 그래서 내가 황명을 내려 조상의 생활규범을 보존하는 운동을 벌이려고 하려던 참이었어……. 위 군문, 그 칼 어서 내려놓지 못하고 뭘 하는가!"

위동정은 강희의 말을 믿을 수도, 그렇다고 믿지 않을 수도 없었다. 그러면서도 강희의 명령에는 고분고분 따랐다. 비수를 칼집에 넣고 서재에 붙어 있는 고리에 걸었다. 그는 그제야 안심이 되었다.

"깜짝 놀랐네요. 오 대인께서 우리를 보내주지 않으려고 그러시는 줄 알았죠!"

"조자룡趙子龍이 무색한 그대 같은 사람이 눈을 부릅뜨고 있잖소이까. 설사 내가 간이 배 밖에 나왔더라도 감히 그런 짓이야 하겠어요."

오배가 자조적인 웃음을 흘리면서 말을 이었다.

"편두통을 앓기 시작한 이후부터 저녁에는 늘 악몽에 시달려요. 잠을 통 이룰 수가 없어요. 그래서 주변에 얘기를 했죠. 그랬더니 마침 서무를 보는 아랫사람이 마귀를 쫓아내는 데는 칼을 베개 밑에 깔고 자는 것만큼 좋은 게 없다고 하더라고요. 한번 해보라고 해서 시험 삼아 해봤어요. 아, 그랬더니 그게 글쎄 그렇게 효과가 있을 줄이야."

"오 대인께서 과거에 사람을 너무 많이 죽여 원혼이 달라붙은 것이 아닐까요?"

좌중의 사람들은 위동정의 농담조 말을 그냥 웃어 넘겼다. 얼굴에도 별 대수롭지 않은 말이라는 표정이 어려 있었다. 하지만 오배는 속으로 이를 부드득 갈았다.

강희는 침대의 서쪽에 자리하고 앉았다. 오배는 그런 강희를 보면서 자신이 이 순간만은 성질을 죽이고 손님 대접을 깍듯하게 할 필요가 있다고 판단했다. 평소의 무례하고 안하무인으로 행동하던 태도를 보여서는 안 된다고 생각했다. 그것이 강희로 하여금 경계를 늦추게 하는 좋은 방법이라고 본 것이다. 그는 강희의 아래쪽에 자리를 잡고 앉으면서 바로 밖을 향해 "소추!" 하고 외쳤다.

오배의 말이 떨어지자마자 사감매가 사뿐사뿐 다가와 몸을 약간 낮춰 그에게 인사를 올렸다. 그리고는 공손히 손을 드리운 채 옆에 서 있었다.

오배가 즉각 사감매에게 지시했다.

"차를 가져 와!"

사감매가 황급히 허리를 굽히면서 "예!" 하고 말하고는 밖으로 나가려 했다.

"아니, 그럴 것 없어!"

강희가 밖으로 나가는 사감매를 쳐다보았다.

"자네의 어르신과 긴히 의논할 일이 있으니 자리를 피해 줘. 어르신이 몸도 안 좋고 짐 역시 약을 먹는 중이라 차를 마시면 안 돼."

사감매는 강희의 말에 잠깐 오배의 눈치를 살폈다. 그러더니 강희의 말은 들은 척도 하지 않고는 휑하니 나가버렸다.

"내 말까지 무시해 버리다니. 정말 대단한 배짱이 아닌가!"

강희의 말에 오배가 웃음으로 화답했다.

"소인은 그야말로 군법軍法으로 집안을 다스리고 있사옵니다. 그러니 감히 소인의 명령을 어길 수가 있겠사옵니까. 게다가 폐하께서 왕림하신 줄은 모르고 있을 테니까요!"

강희는 찾아온 이유를 어떻게 말하는 것이 자연스러울까 잠시 생각하다 입을 열었다.

"내가 오늘 찾아온 것은 우선 그대의 건강이 신경 쓰여서야. 그 다음에는 좀 상의할 일이 있네. 다름이 아니라 서해에서 불이 나 정자가 불타버린 사건에 관한 것이네. 일차적으로 책임이 있는 사람은 순방아문의 풍명군이지. 하지만 더 큰 일을 저지르고도 멀쩡한 사람들도 많아. 그러니 이번에는 그냥 책임을 물어 직급을 한 등급 낮추는 것으로 일을 마무리하는 게 좋을 것 같아. 또 그를 왜 꼭 다른 부서로 보내려고 하는지 그 이유를 모르겠어."

"서해는 황실의 정원이 있는 중요한 곳이옵니다. 그런 만큼 궁궐의 경비가 삼엄하기가 이를 데 없사옵니다. 그런데도 이런 일이 일어났사옵니다. 당연히 풍명군이 책임을 지고 물러나야 하옵니다. 뿐만 아니라 노신 역시 책임을 피할 수 없사옵니다."

"징계를 하기는 해야지!"

강희가 오배의 주장에 동조하는 듯했다. 그러나 전체적으로 볼 때는 쉽게 물러설 기미를 보이지 않았다. 그가 다시 입을 열었다.

"죄라는 것은 지은 만큼만 값을 치르는 거야. 중벌을 당해야 할 죄를 저지르지도 않았는데 그렇게 하면 오히려 좋지 않잖아? 그러니 짐 생각에는 풍명군의 반년치의 녹봉을 감봉하는 것으로 끝냈으면 하네."

"황송하오나 폐하, 은전 팔십 냥으로 징계가 되겠사옵니까? 우리 대청제국은 아직까지는 기반을 다지는 단계이옵니다. 상과 벌이 추상같고 무거워야 하옵니다. 그래야 기강확립이 제대로 이뤄질 수 있사옵니다. 자칫 흐지부지했다가는 큰일날 수도 있사옵니다. 풍명군에 대해서는 봉급을 까고 말고 할 것도 없사옵니다. 그냥 구문제독으로 발령을 내버리면 되옵니다. 그 정도면 그자한테도 봐줄 만큼 봐준 거라고 생각하옵니다."

"지금 구문제독이 누구인가……."

강희가 순간적으로 이름이 생각이 나지 않는 듯한 표정으로 물었다. 오배의 속을 떠보기 위해 일부러 그런 자세를 취한 것이다.

'오육일! 너, 오늘 드디어 임자 만났다!'

오배는 속으로 쾌재를 불렀다. 이어 몸을 강희 앞으로 숙이면서 대답했다.

"오육일이라고 하는 자이옵니다. 태종황제 때부터 유명한 용맹한 장군이옵니다. 그러나 애석하게도 남양南陽에 있을 때 전 왕조인 명나라의 당왕唐王과 자주 어울려 다녔다고 누군가가 모함을 하는 바람에 아직 구문제독 자리에 머물고 있는 사람이옵니다."

'그런 뜬소문도 누가 믿는 사람이 있다니!'

강희는 속으로 탄식을 했다. 오배가 그의 속을 아는지 모르는지 곧 자신의 생각을 덧붙였다.

"그래서 아뢰옵니다. 오육일이라는 대단한 인재가 빛을 못 보고 썩어 가도록 할 수는 없사옵니다. 이 기회에 병부로 데려다 놓고 잠시 병부 시랑 자리에 앉히는 것이 어떨까 하옵니다. 또 오육일의 자리에는 풍명군을 대신 앉히고요."

오배의 말은 틀린 것이 아니었다. 그래서 그만큼 반박하기도 어려웠다. 강희는 말없이 손에 쥔 여의만 만지작거렸다. 그때 사감매가 쟁반에 뭔가를 받쳐 들고 오는 모습이 보였다. 그가 마침 잘 됐다는 표정으로 몸을 일으켰다.

"이 일은 너무 서두를 필요는 없다고 보네. 나중에 그대가 먼저 조서를 만들어 보내게. 내가 그걸 읽어보고 결정하겠네. 오늘은 그대도 피곤한 것 같아 보이는군. 이만 갈 테니 며칠 뒤에 다시 의논하지."

강희가 자리에서 일어나다 말고 한마디를 덧붙였다.

"오늘 태황태후마마를 모시고 절에도 다녀와야 해. 이제 진짜 가야겠어!"

강희가 정말로 가려고 하자 오배가 황급히 따라 일어섰다.

"향을 사르기에는 아직 이른 시간이 아니옵니까? 폐하께서는 모처럼 저의 집에 왕림하셨사옵니다. 저로서는 가문의 영광이옵니다. 그런데 차 한 잔도 안 드시고 가신다면 되겠사옵니까. 소인은 두고두고 후회할 것 같사옵니다."

그때 마침 사감매가 완전히 방 안으로 들어섰다. 오배가 말했다.

"소추, 이 분이 지금의 황제폐하이시다. 어서 인사드리고 차를 받들어 올리도록 해라!"

사감매가 황급히 무릎을 꿇었다. 그런 다음 찻잔이 놓인 쟁반을 머리 위까지 올리고는 무릎걸음으로 강희 앞에 다가갔다.

"폐하이신 줄도 모르고 노비가 무례했사옵니다. 부디 용서해주시옵소서. 차도 어서 드시옵소서!"

"됐네."

강희가 건성으로 대답했다. 이어 쟁반 위에서 찻잔을 들었다 바로 내려놓으면서 덧붙였다.

"나는 요즘 약을 먹고 있는 중이야. 차를 마시지를 못해. 정성을 본다면 짐이 마셔야 옳겠지. 하지만 오늘은 그냥 보는 것으로 만족하겠어."

"하지만 차를 마시는 것쯤은 괜찮지 않을까 하옵니다."

오배가 거듭 차를 권하면서 말을 이었다.

"존귀하신 폐하께서도 아마 이런 차는 처음 드셔보실 것이옵니다."

오배가 아주 먼저 찻잔 하나를 집어 들었다. 한 모금 마신 다음 차에 대한 설명을 했다.

"이 차의 이름은 여아차女兒茶이옵니다."

강희는 오배의 말을 듣자마자 바로 실소를 터트렸다.

"짐은 또 무슨 대단한 차인가 했지! 여아차라면 어차고에도 얼마든지 있어. 내일 장만강에게 한 보따리 싸서 보내도록 하지!"

"다른 이름은 규정차閨貞茶라고도 하옵니다."

오배가 보통 차가 아니라는 의미로 짐짓 진지한 표정을 지었다.

"항주杭州 일대에서 나는 차이옵니다. 차가 새순이 돋을 무렵인 봄에 시집가지 않은 처녀들이 아침이슬을 맞으면서 나가 제일 싱싱한 잎으로 골라 혀끝으로 물어서 딴 차라고 하옵니다. 이 때문에 집에 귀한 손님이 오거나 남편 될 사람이 찾아와야 내준다고 하옵니다. 워낙 귀해서 노신이 지난번 강남에 갔다 오는 길에 수천 냥을 주고서야 겨우 두 근을 사왔사옵니다. 그런데 이 차가 황궁 내에 한보따리씩이나 있다는 말씀이옵니까?"

오배의 말은 그럴싸했다. 학수당 안의 사람들도 모두 사실이라고 믿는 눈치였다.

"짐이 듣다듣다 그런 소리는 처음이네!"

그리고는 찻잔을 들어 자세히 살펴본 다음 의심스럽다는 듯한 표정으로 덧붙였다.

"그대 말처럼 그렇게 귀한 차인 것 같아 보이지는 않는데?"

그러자 오배가 정색을 했다.

"폐하께서는 차에 대해 잘 모르시는 것 같사옵니다! 이 차는 다른 차와는 분명 확연하게 다르옵니다. 처음 물에 타면 맛이 은은하고 담백합니다. 두 번째 우려내면 향기가 그윽합니다. 또 세 번째 우려내면 오그라졌던 찻잎이 서서히 펴지면서 붉은 기운이 찻잔에 가득하죠. 네 번째는 아무 맛도 없는 특징이 있사옵니다."

오배는 말도 안 되는 소리를 그럴 듯하게 하는 능력이 있었다. 게다가 설사 거짓말이라고 해도 매료되지 않을 수 없도록 만드는 화술 역시 보통이 아니었다. 때문에 그의 말이 약간 어설프기는 했어도 목자후 등의 반응도 나쁘지 않았다. 입을 헤벌린 채 듣느라 거의 정신이 없었다.

강희는 난감했다. 차를 마시느냐 마시지 않느냐를 두고 엉뚱한 생각을 거듭하지 않을 수 없었다. 위동정이 그 틈을 타서 앞으로 나서더니 강희에게 인사를 올렸다.

"규정차를 따는 여자들은 남편이 없사옵니다. 소인은 아직 부인이 없사옵니다. 아무래도 이 차는 소인이 마셔보는 것이 제격인 것 같사옵니다, 폐하!"

강희가 기다렸다는 듯 허락을 했다.

"그것도 괜찮겠군!"

위동정은 바로 한쪽 무릎을 꿇었다. 이어 두 손을 머리 위로 올려서 공손하게 찻잔을 받았다. 그가 그 차를 눈 깜짝할 새에 입안에 들이붓고는 말했다.

"두 번 세 번씩 번거롭게 우려낼 것도 없습니다. 제가 찻잎까지 모조리 다 마셨습니다!"

"좋소이다!"

오배는 위동정의 시원스런 행동에 감탄을 금치 못했다.

"위 대인은 정말 호쾌한 사나이요! 그런데 이 차를 마시고 저녁에 염라대왕을 만날까 두렵지는 않소이까?"

오배가 묘한 농담을 했다. 그러나 위동정은 웃으면서 그의 말을 되받아쳤다.

"오 대인께서도 두려워하지 않는데, 저 위동정이 두려울 것이 뭐 있겠습니까?"

위동정은 말도 시원스럽게 했다. 오배에게 절대로 호락호락 당하지 않겠다는 의지를 강조하려는 것 같았다. 강희는 그런 위동정의 언행이 대단히 만족스러웠다. 하지만 겉으로는 아무런 내색도 하지 않은 채 하늘을 쳐다보았다.

"오늘은 바쁘니 우리 어서 자리를 뜨자고. 태황태후마마께서 많이 기다리실 거야."

"편하신 대로 하시옵소서!"

오배가 정색을 하면서 덧붙였다.

"오늘 폐하께서 직접 찾아주신 덕분에 좋은 정기를 받았사옵니다. 그래서인지 소인의 건강이 더욱 좋아지는 느낌이 드옵니다. 성은에 감사드리옵니다. 며칠 후에는 건강한 몸으로 폐하를 만나 뵙고 인사 올릴 것을 약속드리옵니다!"

강희도 가볍게 눈인사를 하면서 마지막 한마디를 건넸다.

"선제 때 함께 고생하면서 이 왕조를 굳건하게 세운 네 명의 보정대신들 가운데 오로지 그대만 지금 나를 도울 수 있네. 부디 건강을 잘 돌보면서 마음 편히 푹 쉬게."

강희는 말을 마치자 바로 위동정을 비롯한 다섯 명의 수행원들을 데리고 오배의 집을 나섰다.

36장

비밀조서秘密詔書

며칠 동안 연이어 눈이 펑펑 내리는가 싶더니 어느새 봄비가 부슬부슬 내리고 있었다. 강희가 즉위한 지도 어언 8년째로 접어들고 있었다. 겨우내 꽁꽁 얼어붙고 생기를 잃었던 북경에도 절기상으로 마침내 봄이 찾아오고 있었다.

오차우는 겨우내 따끈따끈한 구들방에서 엉덩이를 지졌다. 그러다 언제부터인가 갑자기 난방이 끊기는 바람에 딱딱한 나무침대에서 자지 않으면 안 됐다. 당연히 적응이 쉽지 않았다. 그는 자신도 모르게 과거부터 내려오던 속담을 떠올렸다.

'남쪽 사람들은 북쪽 사람에 비해 잘 먹을 줄 안다고 했어. 반면 북쪽 사람들은 남쪽 사람들에 비해 잠자리에 더 신경을 쓴다고 했지. 절대 틀린 말이 아니야. 이렇게 추우니 그럴 수밖에 없겠지.'

오차우는 옛말이 하나도 틀리지 않다는 사실을 다시금 절감했다. 그는 원래 구들방에서 얼마 동안 더 지내려고 했었다. 그런데 하계주는 무엇 때문인지 사람들을 불러와 구들장을 아예 들어내는 공사를 하려고 했다.

"그러지 말고 이대로 내버려 두게. 나는 냉돌이라도 구들이 더 좋아."

하계주는 오차우가 그렇게까지 부탁을 하자 바로 자신의 뜻을 굽혔다. 이렇게 해서 오차우는 구들장 위에 작은 탁자를 놓고 촛불을 붙인 채 다리를 틀고 앉아 책을 읽을 수 있었다. 그가 한참 책을 읽고 있을 때였다. 갑자기 밖에서 누군가 가볍게 부르는 소리가 들려왔다.

"형님은 언제 봐도 열심이시네요!"

오차우가 고개를 들었다. 명주였다. 그는 한겨울 동안 몸조리를 괜찮게 한 듯 안색이 많이 밝아 보였다. 아직 완전히 성한 몸은 아니었으나 그래도 겉으로 보기에는 이전과 별반 다를 것이 없어 보였다.

오차우는 반가운 표정을 한 채 구들장을 툭툭 치면서 말했다.

"계주하고 같이 왔구나. 어서 앉아."

"이럴 때 완낭이 옆에 있다면 정말 좋을 텐데요!"

명주는 자리에 앉자마자 오차우에게 시비 아닌 시비를 걸었다. 그러나 오차우는 아무런 반응을 보이지 않았다. 그러자 머쓱해진 명주가 실눈을 뜨고 오차우를 바라봤다.

오차우는 《태공음부》太公陰符라는 책을 읽느라 여념이 없었다. 그 모습을 본 명주가 말했다.

"형님은 과거시험 준비는 하지 않고 잡다한 책을 너무 많이 읽네요. 이런 것들을 읽어 병사를 거느리고 싸움판에라도 나갈 겁니까?"

오차우는 계속되는 명주의 농담에 빙그레 웃으면서 고개를 저었다.

"나는 공자와 맹자를 숭상하는 사람이야. 그러나 장자도 믿어. 마음이 훈훈할 때는 공맹을 읽지만 공허하고 쓸쓸할 때는 장자를 펼치고는 하지. 우리가 살아가는 데 있어 필요한 것은 꼭 어느 한쪽만이 아니니까. 나는 서른네 살 때 세 번째로 과거에 떨어졌어. 그것도 모자라 죽을 위기에까지 내몰릴 뻔했어. 이제는 공명이라는 말도 별로 반갑지 않아. 지금은 그저 아무런 욕심 없이 용공자 아우나 제대로 가르쳐볼까 해."

"용공자도 참 이상하네요."

명주가 고개를 갸웃하며 덧붙였다.

"이렇게 잡다한 것을 배워서 도대체 어디에 쓰겠다고 그러는 거죠?"

"나도 궁금하기는 마찬가지야. 관리가 되지 않을 바에야 이런 종류의 책을 읽을 필요는 없어. 조정에서 어느 날 용공자에게 병사를 거느리고 전쟁터에 나가라고 한다면 혹 모를까. 그래서 나는 책을 먼저 읽어본 다음 실질적으로 살아가면서 정서 함양에 필요한 부분만 골라 가르치고 있지."

"형님의 학문은 타의 추종을 불허하니 더 이상 왈가왈부할 필요가 없기는 하죠."

명주는 겉으로는 오차우에 대한 칭찬의 말을 건넸다. 하지만 속으로는 끌끌 혀를 찼다.

'황제의 스승을 몇 년씩이나 하면서도 전혀 이상한 기미를 눈치 못 채다니. 그런 것을 보면 참 어지간한 양반이기도 하네.'

명주가 무슨 생각을 하는지 혼자서 웃으면서 말이 없자 오차우가 책을 덮었다. 이어 진지하게 물었다.

"명주 아우, 무슨 좋은 생각을 혼자 하는가? 취고 아가씨 생각이라도 하나? 그러면 어서 결실을 맺어야지. 마냥 이러고 있을 수는 없잖아."

오차우의 말에 명주의 표정이 바로 어두워졌다. 그가 슬픈 얼굴을 한 채 도리질을 했다.

"형님, 모르고 계셨군요. 취고는 이미 저 세상 사람이 됐어요!"

"그게 정말인가!"

오차우는 깜짝 놀랐다. 그러면서 용수철 튕기듯 자리에서 벌떡 일어서면서 소리를 질렀다.

"그런데 왜 나한테는 알려주지 않았는가?"

명주가 길게 한숨을 내쉬었다.

"얘기를 하면 길어요."

진짜 그랬다. 오차우는 취고의 이름이 화제에 오르기 직전까지만 해도 그녀의 소식을 전혀 모르고 있었다.

"도대체 어떻게 된 일인가?"

오차우의 거듭된 물음에 명주가 다시 긴 한숨을 내쉬더니 시무룩한 표정이 됐다. 그의 얼굴에는 어느새 당분간 사라지지 않을 것 같은 아쉬움과 연민이 가득 담겨 있었다.

"그렇게 서둘러 물어보셔봐야 죽은 사람이 되살아나는 것도 아닙니다. 게다가 그 당시에는 형님도 건강이 별로 안 좋을 때였어요. 형님이 충격을 받을 것 같아 일부러 얘기를 안 했던 거죠. 고맙게도 계주가 부의금으로 은자 삼백 냥을 보내줘서 무사히 장례는 치렀어요. 그 정도면 화류계 바닥에서 살다 간 여자에게 저도 할 만큼은 한 것 아니겠어요?"

"무슨 말을 그렇게 하는가!"

오차우가 버럭 화를 냈다. 명주가 마지막에 한 말이 귀에 거슬리는 모양이었다.

"그렇게 말하면 자네도 과거에 길에서 거의 얼어 죽을 뻔한 거지 아니었나? 성현들의 책을 읽었다는 사람이 어쩌면 힘들게 살아온 사람답지 않게 그런 소리를 할 수 있어?"

오차우는 진짜 화가 난 듯했다. 얼굴이 붉으락푸르락해졌다. 그러자 무안해진 명주가 잘못을 시인하면서 용서를 빌었다.

"형님, 제가 잘못했습니다. 다시는 그렇게 말하지 않겠습니다."

명주는 자신의 과거를 떠올리는 것이 정말 너무 싫었다. 하지만 어쩔 수 없었다. 오차우는 그 당시 생생한 증인일 뿐 아니라 은인이었다. 그에 대해 언급할 권리는 있었다. 명주가 아무 말도 못한 채 속으로 끙끙대다 겨우 입을 열었다.

"사실 전들 어찌 마음이 아프지 않겠어요? 어쨌거나 한때는 진짜 좋아하던 여자였는데……."

명주는 잠시 숨을 골랐다. 그런 다음 뒤늦게야 취고의 죽음에 관한 얘기를 오차우에게 들려줬다.

오차우는 새파랗게 허공으로 올라가는 담배연기를 말없이 바라보면서 비통에 잠겼다.

"모르기는 해도 취고가 죽음을 선택한 것은 자네 한 사람 때문만은 아닌 것 같네. 그러니 지나치게 자책감에 빠질 필요는 없어. 반드시 다른 알려지지 않은 이유가 있을 거야."

명주는 오차우가 언급한 알려지지 않은 이유에 대해 누구보다 잘 알고 있었다. 하지만 마땅히 뭐라고 설명할 수가 없었다. 그저 입을 다물고 있어야 했다.

창밖에서는 서서히 찬바람이 일었다. 그러더니 어느새 빗방울이 후드득후드득 소리를 내면서 떨어지기 시작했다. 두 사람은 창문에 와 닿는 빗소리를 듣자 갑자기 한기를 느꼈다.

이때 벌컥 문이 열리는 소리가 들렸다. 동시에 위동정이 성큼 안으로 들어섰다.

"두 분 꼼짝 않고 앉아서 뭘 하시는 거예요? 염불을 외는 스님도 아니고."

"어? 아무것도 아니야."

오차우가 어색하게 웃으면서 덧붙였다.

"어서 이리로 앉아."

"저는 여기 걸터앉는 게 좋아요."

위동정이 구들장에 걸터앉았다. 그러더니 흥분을 주체할 수 없는 듯 큰 소리로 말했다.

"귀가 솔깃한 소식 하나 전해드릴까요?"

위동정의 말에 오차우와 명주가 동시에 물었다.

"뭔데?"

"오늘 폐하께서 오배를 태사太師로 임명하셨습니다. 또 공신록에 일등으로 올리셨답니다. 조금 전 그쪽으로 지나오다 보니 오배의 집이 연회 때문에 떠들썩하더라고요. 완전히 잔치 분위기였어요. 초롱불이 하도 많아 마치 대낮같이 밝더군요. 문전성시를 이룬 것은 말할 필요도 없고요."

두 사람은 위동정의 말에 김이 팍 새버리고 말았다. 혹시나 하는 기대와는 거리가 멀었던 탓이다.

"형님의 기분이 별로 안 좋은데, 좀 신나는 얘기를 해줄 수는 없어?"

오차우가 명주의 말에 담담하게 입을 열었다.

"그렇다고 해서 기분이 더 나빠질 것은 없어. 지난번에 내가 얘기했듯 오배는 지금 천 길 낭떠러지로 떨어지기 위해 정상을 향해 달리고 있는 거니까. 그건 그렇고 내가 보기에는 누군가 대단한 사람이 뒤에서 오배를 밀어주고 있는 것도 같아."

"그게 무슨 뜻입니까?"

위동정이 눈을 크게 뜬 채 오차우를 바라봤다.

"오배가 근래에 와서는 아프다는 핑계로 집에 틀어박혀 조정에는 거의 얼굴을 내밀지 않았어. 따라서 공로라는 것이 콩알만큼도 있을 수가 없지. 그런 사람에게 조정에서 그렇게 높은 벼슬을 줄 리가 있어? 그는 황제에게 마수를 뻗칠 능력이 됐다면 진작 손을 썼을 거야. 그의 본심이 그렇잖아. 그런데도 가만히 있는 것은 아직 뭔가 준비가 덜 돼서 관망하는 것이라고 볼 수 있지. 또 봉작封爵을 받는 것만 해도 그래. 자신에게 아무런 공도 없다는 사실을 알면 그에 대해 의심을 해볼 법도 해. 하지만 오배는 흔쾌히 받아들였어. 그런 것을 보면 그 사람도 어지간히 공명에 눈이 어두운가 봐!"

오차우의 말이 끝나자 위동정과 명주는 의혹에 찬 눈초리로 서로를 마주봤다. 오차우가 뭔가 눈치를 챈 것은 아닐까 하는 생각이 든 것이다. 오차우는 두 사람의 표정을 바라보면서 싱긋 웃음을 머금었다.

"그렇게 심각하게 생각할 것은 없어. 나는 그냥 내 생각을 피력한 것뿐이니까. 자네들이 그동안 매일 와서 정국을 논하지 않았나? 귀동냥해 들은 것만으로 몇 마디 했을 뿐이야. 그런데 왜 그래? 나는 이런 얘기를 하면 안 되는가?"

구문제독 오육일은 벌써 며칠째 아들의 백일잔치 준비를 하느라고 여념이 없었다. 그는 워낙 늦게 결혼했다. 게다가 부인 경慶씨가 연이어 딸을 출산하는 바람에 나이 43살이 돼서야 겨우 귀공자 인아麟兒를 얻을 수 있었다. 그러니 그의 기쁨은 이루 말할 수 없었다. 사흘 동안 잔치를 여는데 발송한 초청장만 해도 무려 200장이 훨씬 넘었다. 그런데 이상한 것이 하나 있었다. 초대한 손님들 중 외부 손님은 하나도 없었다는 사실이었다. 분명히 그랬다. 손님들 모두는 오육일의 옛 친구이거나 새로 임명된 장군들이었다. 그러나 사람들은 워낙 괴팍스럽기로 유명한 오육일이었기 때문에 별로 개의치는 않았다.

정오가 지나자 축하객들이 하나둘씩 모여들기 시작했다. 복도에는 알

록달록한 선물꾸러미들이 옹기종기 쌓여 있었다. 평소 사이황의 개인적인 인사치레 외에는 모든 선물을 단호하게 거절해오던 오육일이 이날은 웬일인지 선물들을 하나도 빠짐없이 받아 챙기고 있었다. 가족을 포함한 하인들은 그런 오육일을 보고 놀랍다는 듯 서로를 번갈아 바라보았다.

하객들 중에는 옛날의 부하도 있었다. 모두가 북경의 각 아문衙門에서 일하고 있는 이들이었다. 또 몇몇은 황궁을 지키는 금군禁軍에 몸담고 있기도 했다.

그들 과거 부하들 중에는 현재 직급이 그보다 높은 경우도 적지 않았다. 그럼에도 그들은 하나같이 그에게 깍듯하게 예의를 갖췄다.

그런데 잔치에 참석한 사람들의 행동이 상당히 이상했다. 그들은 오자마자 몇 마디 인사치레를 하고는 마치 쫓기듯 선물 꾸러미를 건네면서 "또 중요한 약속이 있어 빨리 가봐야 하니 이해해 달라"는 말을 남기고는 부랴부랴 사라졌다.

오육일은 그들이 오배의 집으로 얼굴도장을 찍으러 간다는 사실을 누구보다 잘 알고 있었다. 그러면서도 일부러 모르는 척했다. 그저 마냥 웃는 얼굴로 대하면서 문 밖까지 배웅을 했다.

저녁때가 됐다. 위동정을 제외하고 끝까지 잔치 자리를 지킨 사람들은 하나같이 오육일의 부장과 참장, 유격遊擊과 천총千總들 뿐이었다. 이들 중에는 직속상관의 명령 없이는 마음대로 자리를 뜰 수 없기 때문에 할 수 없이 앉아 있는 이들도 몇 명 있었다.

"여러분!"

오육일이 웅성거리던 사람들이 거의 제자리를 찾아가자 상석에서 일어나 술잔을 높이 들었다. 그리고는 딱히 어느 곳의 사투리라고 할 수 없는 특이한 어투로 감사를 표했다.

"공사다망하신 와중에도 이렇게 제 아들의 백일잔치에 와 주셔서 정말 뭐라 고마움을 표해야 좋을지 모르겠습니다! 대충 둘러보니 거의 대다수가 나하고 같이 십몇 년 동안 생사고락을 같이 한 형제들입니다. 이런 기회에 자리를 같이 하게 되니 정말 반갑고 또 진심으로 고맙게 생각하는 바입니다!"

그때 제일 앞자리에 앉은 유劉씨 성을 가진 참장이 일어섰다. 그가 두 손을 맞잡고 인사를 하고 말했다.

"여러분! 오늘의 잔치는 위동정 대인의 참석으로 인해 더욱 빛을 발하는 것이 아닌가 생각합니다. 위 대인께서는 진짜 영웅을 알아보는 혜안이 있으십니다. 더구나 우리 오 장군님께 늘 후의를 베풀어 주셨습니다. 이에 감사드리는 의미에서 술을 한잔 올릴까 합니다. 자, 제 잔을 받아 주십시오."

유 참장이 시원스럽게 사자후를 토하면서 잔이 철철 넘치도록 따라 부은 술을 위동정에게 공손하게 건넸다. 그러자 자리에 있던 모든 장수들도 일제히 합창하듯 외쳤다.

"천자의 근신이신 위 대인께서는 왕림해 주신 김에 우리 오 장군님의 어린 공자를 위해 술 한잔 받아주십시오!"

"그러죠!"

위동정은 하나같이 호쾌하고 기세당당한 오육일의 부하들이 썩 마음에 들었다. 건배의 말이 떨어지자마자 술잔을 높이 들어 단박에 술을 마시고는 술잔을 거꾸로 들어 보였다.

"제가 먼저 건배를 했습니다. 여러분들도 어서 드시죠!"

위동정의 말에 따라 술잔을 든 손들이 여기저기에서 뻗쳐 나와 공중에서 부딪쳤다. 한바탕 웃고 떠드는 소리와 함께였다.

오육일은 날아갈 듯한 기분에 연신 술잔을 깡그리 비워댔다. 하지명 역시 위동정 옆에 앉아 끊임없이 술을 권하고 안주를 집어주면서 호의를 적극적으로 표시했다.

권커니 잣거니 술잔이 오가고 분위기가 무르익어갈 무렵이었다. 얼굴에 술기운이 불콰하게 오른 오육일이 "잠시 실례하겠습니다"라는 말을 남기고 자리를 떴다.

오육일의 행동은 평소와는 달리 이상했다. 그러나 위동정을 제외한 좌중의 사람들 대부분은 그 사실을 눈치채지 못했다. 위동정은 그가 왜 그럴까 하고 잠시 생각에 잠겼다. 그런 그에게 하지명이 술을 따라주면서 귓속말을 건넸다.

"위 대인, 우리 오 장군께서 선수를 치려는 모양이오. 더 이상 지체할 수는 없을 테니까."

순간 위동정은 가슴이 세차게 뛰었다. 술기운이 한꺼번에 욱! 하고 몰려왔다. 일순 긴장감에 휩싸인 것이다. 그러나 그는 가까스로 마음을 진정시키면서 머리를 끄덕여 보였다.

"과연 오 장군다운 발상입니다! 역시 영웅은 결정적인 순간에 그 진가를 발휘한다는 말이 맞군요!"

얼마 후 오육일이 다시 대청에 모습을 드러냈다. 그런데 그새 모습이 많이 달라져 있었다. 무엇보다 조금 전과는 달리 빨간 모자를 쓰고 있었다. 또 남색 두루마기를 입은 채 허리춤에는 장검을 차고 있었다. 새까만 비단으로 만든 장화도 신고 있었다. 한마디로 다들 보라는 듯이 늠름한 차림으로 돌아왔다.

그의 차림새 중 유독 눈길을 끄는 것은 제복 위에 걸친 노란색 마고자였다. 등불 밑에서 유난히 눈부시게 빛나고 있었다. 좌중의 장군들은 오육일의 그런 모습을 바라보면서 곧 무슨 일이 일어날 것이라는 예감이 들었다. 자신들도 모르게 술잔을 잡은 손에 힘을 모았다.

오육일이 팔자걸음으로 대청 가운데로 걸어 나왔다. 그의 얼굴은 무섭게 일그러져 있었다. 또 근육은 심하게 부들거렸다. 두 눈에서는 살기가 번득였다. 그의 두 눈은 대청에서 숨죽이고 있는 40~50명에 이르는 장군들을 주시하고 있었다.

그 순간 오육일이 갑자기 휙 돌아서더니 손을 내저어 보였다. 그러자 미리 대기하고 있던 완전무장 차림의 30~40명의 교위들이 일제히 흩어지더니 대청 내의 모든 통로를 가로막았다.

"황명皇命을 받들라!"

오육일의 입에서 준엄한 명령이 떨어졌다. 그 말에 장군들은 즉시 술자리에서 일어나 오육일의 양 옆으로 늘어섰다. 이어 '황명'을 상징하는 깃발을 들고 나타난 교위들이 "예!" 하는 외침과 함께 노란 무늬의 남색 깃발을 대청 한가운데에 세웠다.

令

깃발에는 만주어와 한어 두 가지 언어의 노란색 '영'令자가 선명하게 새겨져 있었다. 이 깃발은 다름 아닌 강희황제가 오육일에게 특별히 하사한 깃발이었다.

"만세!"

유 참장이 앞장서서 소리 높이 외치면서 무릎을 꿇었다. 동시에 나머지 장군들도 만세를 외치면서 바닥에 엎드린 채 명령을 기다렸다.

"이일평李一平, 황극승黃克勝, 장일비張一非, 유창劉倉 이 네 사람은 사사롭게 결탁해 음모를 꾸몄다. 또 아부阿附와 간계奸計로 일관했다. 급기야는 난군난정亂軍亂政을 몰고 온 주범이 됐다. 내가 그 죄를 물을 것이다. 끌어내라!"

오육일의 말이 떨어지기가 무섭게 교위들이 명을 받들었다.
"예!"
오육일에 의해 이름이 거명된 네 사람은 순식간에 어안이 벙벙해졌다. 눈도 휘둥그레졌다. 그러는 사이 한 사람당 두 명씩의 교위들이 다짜고짜 달려들어 네 사람의 팔을 뒤로 꺾었다. 그들은 이내 꼼짝달싹 못하게 결박당했다.
네 사람 중 이일평은 부장이기는 했으나 계급은 오육일과 같았다. 그러나 오육일의 갑작스런 행동에 손 한번 제대로 써보지 못했다. 그는 결박을 당한 후에야 비로소 정신을 가다듬고 몸을 이리저리 비틀면서 반항을 했다.
"우리더러 사사롭게 결탁하고 동기가 불순하다고 했습니다. 그런데 무슨 증거라도 있습니까? 여기는 천자의 발밑인 북경입니다. 분명한 이유도 없이 사람을 죽이려고 들다니요! 당신은 진정 법도 모르는 무식한 사람이오?"
"수색하라!"
오육일이 이일평의 질문에는 대답조차 하지 않고 추가로 명령을 내렸다.
오육일의 판단은 적중했다. 한사코 버티면서 반항하던 이일평의 몸에서 서슬 푸른 비수와 자그마한 약주머니가 나온 것이다. 오육일이 대단한 통찰력과 투시력을 소유한 인물이라는 사실이 또다시 입증되는 순간이었다.
위동정은 사용표를 따라다니면서 보고 들은 경험이 적지 않았다. 때문에 첫눈에 이일평의 몸에서 나온 약이 극약이라는 사실을 알아챘다.
이어 장일비와 유창의 몸에서도 비수가 나왔다. 게다가 둘은 단단한 갑옷까지 속에 받쳐 입고 있었다. 유독 황극승의 몸에서만 아무것도 나오지 않았다. 그러나 이들이 사전에 밀모를 했다는 사실은 여실히 확인됐다고 해도 좋았다.

오육일이 대로한 사자처럼 포효하더니 소름끼치는 냉소와 함께 명령했다.

"하 선생, 명단을 꺼내 읽어보게. 또 명단에 올라가 있는 자들은 가차 없이 끌어내!"

"예!

하지명이 자리에서 벌떡 일어섰다. 그런 다음 인상적인 작은 눈을 반짝이면서 명단을 꺼내 읽기 시작했다. 하지명이 이름을 입에 올린 장군들은 모두 11명이었다. 거명과 동시에 오육일 휘하의 교위들에 의해 결박당한 이들 중에는 무려 8명이 흉기를 소지하고 있었다.

"흥!"

오육일이 무서운 눈길로 노려보면서 외쳤다.

"이런 흉기를 감추고 어린아이 백일잔치에 참석하다니! 좀 이색적이기는 하군. 어디 할 말이 있으면 해봐!"

"비수는 호신용으로 가지고 다니는 거요. 독약은 토끼를 잡을 때 쓰려고 했던 것이오!"

이일평이 큰 소리로 변명했다. 그러나 오육일은 단 한마디로 그의 말을 잘라버렸다.

"미친 놈!"

오육일이 욕설을 퍼붓자 이일평은 되레 언성을 높였다.

"그래, 당신을 해치려고 왔다고 쳐. 그렇다고 동기가 불순한 거요?"

이일평은 여전히 기가 살아 펄펄 뛰었다.

"흥! 흥!"

오육일은 그 모습을 보면서 주체할 수 없는 살의를 느꼈다.

그가 갑자기 허리춤에서 장검을 뽑아들었다. 그러더니 눈 깜짝할 새에 나란히 서 있는 장일비와 유창의 허리를 노리고 힘껏 찔렀다. 장검은 한꺼번에 두 사람을 꿰뚫었다. 그들은 처참한 비명소리와 함께 칼을 안고 바닥에 쓰러지고 말았다.

잠시 후 오육일이 그들의 몸에서 칼을 빼내더니 흥건하게 묻어 있는 피를 신발 바닥에 쓱쓱 문질렀다. 이어 아무렇지도 않은 표정으로 칼을 도로 칼집에 밀어 넣었다.

"시신을 처리하고 내일 가족들에게 부의금 삼천 냥씩을 보내도록 하라!"

오육일은 완전히 악에 받쳐 있었다. 대청에 모여 있던 나머지 사람들은 그런 그를 똑바로 쳐다보지는 못하고 슬슬 눈치를 보면서 피했다.

"황 장군!"

오육일이 섬뜩한 웃음을 지어보이면서 얼굴을 돌렸다. 시선이 황극승에게로 향해 있었다.

"당신의 정체는 아직 불투명해. 그러니 잠시 들어가 쉬고 있도록 하게. 내가 자세히 알아보고 당신이 억울하다는 사실이 확인되면 곧 찾아가서 용서를 빌겠어! 또 흉기를 소지하고 있던 유격, 천총 등의 형제들은 저쪽 방에 가두도록 해! 나머지 흉기를 소지하지 않고 있던 사람들은 모두 황 장군을 따라가도록. 내가 따로 술상을 봐줄 테니."

오육일이 손을 휘저었다. 그러자 그의 부하 교위들이 시신을 치우는 일 등의 모든 것을 순식간에 깔끔하게 마무리했다.

"공적인 일은 이로써 원만하게 끝났어. 그러니 우리 계속해서 술이나 마시지!"

오육일의 배짱은 참으로 대단했다. 마치 아무 일도 없었다는 듯 좌중의 사람들에게 술을 권하면서 껄껄 웃었다.

"그러고들 있지 말고 어서 가까이 와서 앉게. 자네들과는 전혀 무관한 일이니 아무런 걱정 말고 술이나 마시고 즐기도록 하게!"

오육일 휘하의 장군들은 용장 밑에 약졸 없다는 말처럼 하나같이 용맹하기로 정평이 나 있었다. 특히 살인에는 이골이 나 있었다. 그러나 바로 눈앞에서 벌어진 것과 같은 잔인한 살인은 처음인 듯했다. 처음부터 이번 일을 주도한 하지명도 놀라기는 마찬가지였다. 위동정은 다시 한 번 오육일의 용단과 잔인함에 혀를 내둘렀다.

하지명이 진정을 하고 술잔을 높이 들면서 외쳤다.

"여러분! 우리 어린 공자의 건강과 장수를 위해 건배합시다!"

오육일이 벌인 한바탕 활극에 놀란 장군들이 가슴을 쓸어내리면서 잔을 들려는 순간이었다. 갑자기 밖에서 웅성거리는 소리가 들려왔다.

"성지가 도착했다!"

그 소리는 한 입 두 입 건너 전해져 술자리에까지 날아왔다. 오육일은 마치 기다리고 있었다는 듯 좌중을 향해 웃으면서 말했다.

"올 것은 빨리 오는 것이 좋지! 자네들은 마음을 편하게 갖고 술이나 들게. 성지를 받고 올 테니까!"

오육일이 말을 마친 다음 바로 명령을 내렸다.

"예포를 쏘고 성지를 받들라!"

오육일의 명령대로 예포 소리가 세 번 울렸다. 그와 동시에 태필도가 희색이 만면한 얼굴로 성지를 받쳐들고 안으로 들어섰다.

"오육일 장군, 오늘 나는 희소식만 전하는 까치가 된 기분입니다. 아침에는 오배 대인에게 폐하의 은조恩詔를 전했어요. 그런데 저녁에는 또 오 장군에게 성지聖旨를 전하게 됐네요. 기분이 날아갈 듯합니다. 잊지 말고 좀 있다가 술 한잔 주시기 바랍니다. 기분 좋게 마시는 술은 취하지도 않는다고 하니 실컷 마시게 말이오!"

태필도의 말에 오육일이 대청이 떠나갈 듯 크게 웃음을 터트렸다.

"그야 물론이죠!"

오육일이 흔쾌히 대답했다. 그런 다음 부하들에게 탁자를 준비하도록 지시했다.

오육일은 기분이 썩 괜찮아 보였다. 태필도는 그런 그의 환한 얼굴을 목도하자 비로소 경계심을 늦췄다. 이윽고 탁자가 마련되자 태필도가 그 앞으로 다가가더니 조서를 펴고 읽기 시작했다.

> 오육일에게 병부시랑의 공백을 메우도록 한다. 이에 쌍안화령雙眼花翎(관리들이 쓰는 관모)을 하사하고 상서尙書의 직급을 추가한다. 구문제독의 자리는 잠시 이일평이 맡는다.

대청에 있던 사람들은 순간 대경실색하고 말았다. 반면 동상방東廂房(가옥 동쪽의 곁채)에 갇혀 있는 이일평은 그 소리를 듣고 속으로 쾌재를 불렀다. 동시에 입 안 가득 쑤셔 박힌 걸레뭉치를 빼내려고 악을 써대느라 여념이 없었다.

오육일은 공손하게 조서를 받아들었다. 하지만 내용을 확인해보지도 않은 채 껄껄 웃으면서 태필도에게 술을 권했다.

"자, 이제는 술이나 한잔 하시죠! 여봐라, 태 대인을 잘 모시도록 하라!"

오육일의 말에 좌중의 한 장군이 자리에서 일어나 술대접을 들었다. 이어 태필도에게 두 손으로 건네줬다. 그러자 태필도가 목을 젖힌 채 꿀꺽꿀꺽 냉수 마시듯 단숨에 마셔버리고는 말했다.

"이일평 대인도 불러내 같이 마십시다. 이렇게 좋은 날이 두 번 다시 오는 것도 아니니 말입니다."

태필도는 태연했다. 그러나 오육일을 바라보던 그의 표정은 갑자기 굳어지고 말았다. 아무래도 뭔가 미심쩍은 듯 조서를 다시 한 번 훑어보는 오육일의 얼굴이 심상치가 않았던 것이다. 태필도는 속이 뜨끔했다. 다리도 덜덜 떨리는 것을 간신히 참았다.

"태 공泰公!"

오육일이 조서를 손바닥에 놓은 채 무게를 가늠하듯 아래위로 흔들면서 물었다.

"왜 황제의 친필 조서가 아닙니까?"

"특별한 성지를 빼고 황제께서 친필로 쓰는 경우가 어디 있습니까? 전부 다 한림원에서 작성해 가지고 상서방에 보내는 것입니다. 나중에 황제께서 한번 훑어보고 도장을 찍어주면 그만이잖아요."

태필도가 미심쩍어하는 오육일을 바라보면서 덧붙였다.

"내가 뭐 죽고 싶어 환장을 한 사람도 아니지 않습니까. 어찌 감히 가짜 조서로 군주를 기만하는 중죄를 범할 수 있겠습니까?"

"그게 아니죠!"

오육일이 태필도를 노려보면서 귀청이 찢어지도록 날카롭게 내뱉었다. 곧이어 대청에서 술을 마시고 있던 장군들을 불렀다.

"다들 이리로 나와 봐!"

오육일 휘하의 장군들은 긴장과 불안과 이변의 연속인 백일잔치에 이미 어리둥절해질 대로 어리둥절해져 있었다. 그러나 명령에는 재빠르게 움직였다. 오육일의 살기등등한 목소리를 듣자마자 순식간에 달려 나와 허리를 약간 굽히고 머리를 숙인 채로 나란히 섰다.

"여러 장군들은 내 말을 잘 들어!"

오육일이 진지하게 말했다. 동시에 가슴 속에서 뭔가를 꺼냈다. 그랬다! 그것은 바로 황제의 진짜 친필 조서였다. 오육일이 그 조서를 손에 들고 크게 외쳤다.

“예포를 쏘고 황제폐하의 밀조를 받들라!”

곧이어 천둥소리 같은 세 발의 대포 소리와 함께 짙은 화약 연기가 뭉게뭉게 피어올랐다. 그러더니 불빛이 서상방 쪽에서 하늘로 치솟기 시작했다. 놀랍게도 서상방이 삽시간에 와르르 무너졌다. 그 덕에 흉기를 지닌 채 백일잔치에 참석했던 8명의 유격, 천총들은 그 자리에서 불길과 흙더미 속에 묻혀버리고 말았다!

장군들은 대청에서 이 모습을 지켜보다 저마다 사색이 돼 털썩털썩 주저앉으면서 목이 터져라 외쳐댔다.

“만세! 만세!”

오육일은 아직도 영문을 몰라 어리벙벙한 표정으로 있는 여러 장군들 앞에서 큰 소리로 황제의 친필 조서를 읽어 내려가기 시작했다. 그리고는 좌중을 쭉 훑어보았다.

“들어서 알다시피 구문제독 자리는 황제께서 친필 조서가 있기 전에는 절대로 내놓지 말라고 했어! 그런데 이런 것도 모르고 태필도 시랑이 상서방에서 대충 긁적인 가짜 조서를 들고 왔다고. 정말 유치하기 그지없구먼!”

오육일의 표정은 자신만만했다. 진짜와 가짜 두 가지 조서를 여러 장군들에게 보여주는 여유도 부렸다.

“다들 두 눈으로 똑바로 확인해 보라고!”

태필도는 거의 넋이 빠진 듯 다리를 덜덜 떨었다. 마치 살려달라고 구걸하는 듯했다. 그는 얼굴 가득 비굴한 웃음을 한가득 지어보였다.

“상서방에서 뭔가 잘못 알고 이런 실수를 했나 봅니다. 내가 돌아가서 잘 조사해 보겠어요. 나는 폐하께서 직접 밀조를 보내신 줄도 모르고 있었습니다. 오늘 일은 없던 걸로 합시다. 오 공吳公이 못 들은 걸로 해줄 수는 없겠소이까?"

태필도의 표정은 안타깝다 못해 너무나 처량할 정도였다.

"태 공, 나를 너무 호락호락하게 본 것 같은데, 그건 오판이에요. 나는 세상에서 두려운 것이라고는 없고 아쉬울 것도 없는 사람입니다. 눈에 뵈는 것이 없다고 해도 과언은 아니죠. 그런데 내가 태 공을 그냥 보내줄 수 있겠어요? 암, 없고말고!"

"나는 병부의 당관입니다. 당신이 아무리 두려울 것이 없는 사람이라도 지금은 나의 밑에 있는 부하요. 안 그러면 어쩔 거요?"

태필도는 조금 전의 비굴한 웃음을 거두고 삐딱하게 나오기 시작했다. 말로는 안 되겠다고 생각한 듯했다.

"그렇다고 특별하게 대접을 해줄 수는 없습니다."

오육일이 히죽 이빨을 드러내 보이면서 덧붙였다.

"태 공도 이 장군과 마찬가지로 억울할 수 있을 겁니다. 하지만 동상방에 좀 들어가 있어야겠어요. 내일 모든 것이 밝혀지는 대로 내가 사죄를 하든지 말든지 결정할 테니까요!"

오육일이 말을 마치자 부하들에게 명령했다.

"잡아넣어!"

교위들이 오육일의 명령에 따라 달려들어 태필도를 결박하려고 했다. 그 순간 태필도가 버럭 고함을 질렀다.

"네놈들이 감히!"

태필도는 병부의 당관답게 떡 버티고 서서 목에 힘을 줬다. 동시에 자신을 체포하려는 여러 교위들을 무섭게 노려봤다. 그의 최후의 몸부림은 잠시나마 효과가 있었다. 교위들은 주춤거리면서 서로 눈치만 봤다.

오육일이 순간 또다시 허리춤에서 장검을 홱 뽑아들었다. 태필도의 거만함과 부하 교위들의 나약함에 화가 폭발한 것이다. 그가 다시 큰 소리로 외쳤다.

"잡아 처넣으라니까!"

오육일이 닦달을 하자 교위들은 비로소 우르르 달려들어 태필도의 팔을 꺾고 등을 떠밀었다. 더 이상 지체하다가는 오히려 오육일에게 치도곤을 당할 것이라고 생각한 듯했다.

"잠깐만!"

바로 그때 위동정이 대청에서 나오면서 제지했다.

"태 시랑이 오배 대인에게 친필 편지를 남겨야겠습니다."

"편지라뇨?"

태필도가 조금 전보다는 많이 수그러진 태도로 물었다.

"잔말 말고 어서 쓰기나 해요."

위동정이 가소롭다는 표정으로 태필도를 노려보면서 가볍게 손짓을 했다. 그 모습을 본 한 태감이 마치 기다렸다는 듯 붓과 종이를 준비해 가지고 왔다. 위동정은 태필도에게 자신이 불러준 대로 쓰도록 했다.

모든 일이 우리 생각대로 됐으니 계획대로 추진하십시오.

태필도는 완전 고립무원이었다. 위동정의 명령대로 쓰지 않을 수 없었다. 울며 겨자 먹기라고 할 수 있었다. 그제야 위동정은 만족스런 표정으로 여러 장군들을 향해 입을 열었다.

"여러분들은 너무 신사적인 것 같습니다. 태 시랑이 이처럼 멀쩡한 채로 들어가면 미리 대접을 제대로 받은 이 장군으로서는 화가 날 게 아니겠습니까. 그러니 공평하게 이 장군한테 했던 대로 해서 들여보내도록 합시다!"

오육일이 위동정의 제안에 머리를 끄덕여 보였다. 그 동작을 신호로 교위들은 이일평에게 했던 것처럼 입에 걸레를 쑤셔 넣고 단단히 결박한 채 태필도를 질질 끌고 갔다.

얼마 후 모든 후속조치가 대강 마무리됐다. 얼마나 시간이 걸렸는지 벌써 동녘 하늘이 희뿌옇게 밝아오고 있었다. 대략 5경(새벽 3시) 무렵인 듯했다. 위동정으로서는 더 이상 지체할 수가 없었다. 아주 긴박한 순간이었다. 그가 오육일에게 말했다.

"장군께서는 정말이지 일처리가 깔끔하고 호쾌하시군요. 하지만 장군께서 도와주셔야 할 일이 아직 한 가지 더 있습니다."

"무슨 일입니까?"

"우리가 지난밤에 상의해서 결정한 일 외에 또 한 가지 하 선생님께서 나서 주셨으면 하는 일이 있습니다."

"나요?"

하지명이 손가락으로 자신을 가리키면서 물었다. 위동정이 하지명의 반문에 말없이 손에 들고 있던 종이를 흔들어 보였다.

순간 하지명이 알겠다는 듯 머리를 끄덕였다. 그러나 약간은 주저하는 기색이 없지 않았다.

"내가 잘 해낼 수 있을까 모르겠군요."

"하 선생님의 섬세함과 치밀함으로 미뤄볼 때 이 일은 다른 사람이 할 수 없습니다. 하 선생님이 딱 적임자입니다."

이어 위동정이 덧붙였다.

"일단 조서가 내려지면 하 선생님은 그 다음부터 병부의 일원으로 시랑 벼슬을 갖게 됩니다. 그러니 어찌 빈손으로 상관인 오배를 만날 수 있겠습니까?"

하지명이 자신이 없는지 고개를 갸웃거렸다.

"그 편지를 들고 오배한테 가라면 그까짓 것 못 갈 것도 없습니다. 그러나 오배는 워낙 의심이 많은 사람입니다. 내가 자칫 말실수라도 해서 폐하의 대사를 그르칠까 봐 걱정이 되는군요."

"지명!"

오육일이 단호한 어투로 하지명을 불렀다. 자신감을 심어주려고 그러는 듯했다.

"내가 먼저 이마를 쳤어. 그러니 이번에는 자네가 뒤통수를 받아버리게. 절대 마음이 약해져서는 안 돼. 자신감을 가지고 행동에 옮기도록 해! 대장부는 모름지기 승패에 목숨을 걸어야 하는 법이야!"

하지명이 오육일의 말에 적잖은 용기를 얻었다. 이어 두 손을 높이 들어 결의를 보였다.

"최선을 다하고 오겠네!"

하지명은 결연한 자세로 태필도가 쓴 편지를 받아 품에 지닌 채 구문제독부를 나섰다.

37장

큰 뜻을 펼치는 강희

오배의 집에서는 그가 일등공신一等功臣으로 진급한 것을 경축하는 잔치가 밤새도록 이어졌다. 오배는 즐거웠으나 2경更이 넘어서면서부터는 피곤함을 느끼고 학수당으로 돌아왔다. 그곳에는 반포이선과 눌모, 목리마, 제세, 갈저합 등이 미리 와서 기다리고 있었다. 그들이 반색을 하면서 그를 반겼다. 그들은 모두 자리를 뜨지 않고 앉은 채 어서 빨리 태필도에게서 희소식이 날아오기만을 고대하고 있었다.

"왜 아직도 안 오죠?"

좌중의 사람들 중에서 갈저합이 가장 먼저 조급함을 나타냈다. 그가 다시 말을 이었다.

"마중나간 사람들까지 오지 않으니, 어떡하면 좋습니까. 혹시 구문제독 오육일이 길을 봉쇄해서 그 누구도 들어갈 수도 나올 수도 없는 것은 아닐까요?"

"태필도는 틀림없이 임무를 완수했을 겁니다."

제세는 갈저합과는 달리 자신만만해 했다.

"오육일이 만약 길을 봉쇄했다면 뭣 때문에 그럴까?"

오배가 깊은 생각에 잠긴 듯하더니 드디어 입을 열었다. 그런 다음 다소 화가 난 어조로 덧붙였다.

"그자식은 나만 보면 잡아먹지 못해 안달인 것 같아. 은 십만 냥을 그냥 먹어버린 것은 아닌지 몰라!"

제세가 오배의 말을 받았다.

"너무 걱정하지 마십시오. 한낱 거지 출신이 하루아침에 은전 십만 냥을 받고 병부시랑까지 됐으면 배가 불러 트림을 할 텐데요, 뭘! 이 시점에서 길을 봉쇄한다는 것은 그가 중립을 선언한 것으로 풀이하면 될 것 같습니다."

"꼭 그렇지만은 않아요."

한동안 침묵하고 있던 반포이선이 입을 열었다.

"태필도가 돌아오지 않는 한 단 한시도 긴장을 늦출 수 없어요. 우리도 만일의 경우에 대비해두는 것이 좋겠어요. 그러나 오문午門과 원무문元武門을 봉쇄한 다음 황궁 안에서 손을 쓸 수만 있다면 그까짓 오육일을 겁낼 것은 없습니다! 오육일은 구문제독이 아니라 칠문제독이 되겠죠."

바로 그때 문지기가 허둥지둥 달려왔다. 그는 무척이나 다급했는지 인사도 올리지 않고 직접 오배에게 다가가 귓속말로 뭐라고 전했다. 문지기의 말을 들은 오배의 얼굴이 금세 환하게 밝아졌다.

"어서 들어오라고 해!"

오배가 몹시 흥분한 듯 다시 얼굴을 돌려 여러 사람에게 말했다.

"태필도가 소식을 보내왔다고 하는군!"

좌중은 오배의 말에 순간 물 뿌린 듯 조용해졌다. 바로 깊은 정적에 파묻혔다. 그들은 소식의 내용에 따라 자신들의 운명 또한 달라진다는 사실을 너무나 잘 알고 있었다.

잠시 후 방 안으로 들어온 사람은 하지명이었다. 그는 남색 두루마기 자락을 휘날리면서 씩씩하게 들어섰다. 이어 오배를 향해 허리를 깊숙이 굽혔다.

"하지명이 태필도 대인의 부탁을 받고 공에게 희소식을 전하러 왔습니다."

하지명이 좌중을 향해서도 읍을 해보이면서 깍듯하게 인사를 했다. 오배는 처음과는 달리 정색을 하고 하지명을 한참 눈여겨보다 물었다.

"정말 태 시랑이 보내서 온 것인가?"

"예."

하지명이 짧게 대답했다. 이어서 태필도의 친필 편지를 꺼내 두 손으로 공손히 오배에게 건네줬다.

오배는 편지를 대충 훑어보고는 반포이선에게 넘겨줬다. 반포이선이 편지를 읽는 사이 그가 또다시 하지명에게 물었다.

"자네 여기에 쓴 내용이 무슨 뜻인지 아나?"

하지명이 콩알만한 두 눈을 반짝거렸다. 그러더니 살짝 간사한 웃음을 지어보이면서 대답했다.

"뜻이 아주 분명하게 나와 있습니다. 대인께서도 뻔히 아시면서 왜 구태여 저한테 다시 묻는 거죠?"

"이자가 버르장머리 없이!"

성질 급한 눌모가 이번에도 먼저 나섰다. 난데없이 나타난 평범한 차림의 하지명이 오배에게 무례하게 군다고 느낀 것이다. 그가 탁자를 부서져라 내리치면서 소리를 질렀다.

"여기가 어디라고 감히 큰소리야, 큰소리는!"

"하하하하……."

그러나 하지명은 전혀 주눅이 들지 않았다. 오히려 머리를 뒤로 한껏 젖히고 한바탕 호탕하게 껄껄 웃고 나더니 말했다.

"이분 되게 무식하군요. 대개 큰일을 해내고자 하는 사람들은 아랫사람을 극진하게 예우해주는 것이 기본입니다. 제왕은 천하나 그 밑의 병사는 귀하다는 말도 못 들어 봤습니까? 더구나 오늘 이 자리에 함께 있는 여러분들은 모두가 나한테 잘 보이려 애써도 모자랄 텐데요!"

"그런데 당신은 낯이 너무 설구먼!"

반포이선이 자리에서 일어서면서 눈을 게슴츠레하게 떴다. 그러더니 하지명을 뚫어져라 쳐다보았다.

"모르기는 해도 당신은 태필도 대인의 집에서 일하는 사람이 아닌 것 같소."

"다시 한 번 말씀드리면 저는 하지명이라는 사람입니다. 오육일 장군 휘하의 측근입니다."

하지명이 덧붙였다.

"왜요? 태필도 대인의 부하가 아니면 편지를 전달하러 올 수도 없는 것입니까?"

"하지명이라고?"

반포이선이 이맛살을 찌푸리고 기억을 떠올리려 했다.

"그쪽은 반포이선 대인이 아니십니까?"

하지명이 덧붙였다.

"큰일 하시는 분들은 다 이렇게 기억력이 안 좋으신가 보군요! 은 십만 냥을 보냈을 때 누구한테 주라고 하셨는지 기억이 안 나시는 모양이죠?"

"오, 그래 맞아! 당신이 그 주인공이었구먼!"

"그런데 고작 은 십만 냥으로 나 같은 사람을 살 수 있다고 생각하셨습니까? 설마 거지 출신이라 그 정도면 넉넉하다고 생각하신 것은 아니겠죠?"

"뭐요?"

반포이선이 하지명을 아래위로 훑어보면서 버럭 화를 냈다.

"살 수 없으면 또 뭐가 어떻다고?"

"내가 그 십만 냥을 황제폐하께 넘겨버리는 날에는 오배 대인을 비롯한 여러분들이 어떤 운명에 처하게 되는지 모르시고 하는 소리는 아니겠죠? 이건 기본이에요, 기본!"

하지명이 작은 두 눈동자를 빙글빙글 돌렸다. 그러면서 손으로는 목을 베는 시늉을 해보였다.

"정말 그럴 수 있을까?"

오배가 싸늘한 음성으로 물었다.

"내가 여기에서 먼저 칼 맛을 보여줄 텐데!"

오배가 말을 마치고는 힐끔 눈짓을 했다. 그 신호에 목리마, 눌모, 갈저합 등이 요란한 금속 마찰음을 내면서 일제히 칼을 뽑아든 채 하지명을 노려봤다. 그때 반포이선이 그들을 제지하고는 목소리를 낮추면서 물었다.

"여기는 왜 왔소? 우리를 놀려 주려고?"

하지명은 반포이선의 두 눈을 똑바로 쳐다보고 나서야 천천히 입을 열었다.

"처음부터 이렇게 불신을 하는데, 내가 무슨 말을 한들 믿겠습니까! 내 말을 믿어줄 의향이 있다면 깍듯이 예우해주세요. 그렇지 않으면 아예 죽여 버리든가! 그러면 되지 않겠습니까?"

"믿을 수 없어. 끌어내!"

반포이선이 안색을 확 바꾸면서 소리쳤다. 동시에 갈저합이 달려들어 순식간에 하지명을 결박하더니 밖으로 끌고 나가려고 했다.

"이런 자식들을 봤나! 나 혼자서도 갈 수 있어, 간다고!"

하지명이 고래고래 소리를 질렀다. 벌떡 일어나더니 몸을 돌려 스스로 나가려고 했다.

"이리로 와 봐!"

그 순간 반포이선이 마른웃음을 지으면서 명령을 내렸다.

"그렇게 쉽게 보내줄 줄 알았어? 흥! 말해 봐, 여기에는 뭘 하러 왔지?"

"빚을 받으러 왔습니다!"

"빚? 빚이라고?"

하지명은 갑자기 태도를 바꿨다. 그러더니 싱거운 웃음을 지어보이면서 말을 이었다.

"나는 대인께서 준 은 십만 냥을 오육일 장군 휘하에 있는 핵심 측근들에게 나눠줬습니다. 그 덕분에 지금 태필도 시랑이 구문제독부를 장악하게 됐습니다. 오육일은 갇혀 있는 실정이고요. 나 하지명은 주군을 배신한 몹쓸 놈이 돼가면서까지 그쪽을 도와줬어요. 그런데 이제 와 보니 의리라고는 털끝만큼도 없는 소인배들에게 놀아난 것과 다름없게 됐지 않습니까? 그러니 내가 잃어버린 것의 일부라도 변상을 해 달라는 겁니다!"

하지명의 말에 좌중의 사람들은 누구나 할 것 없이 눈이 휘둥그레졌다. 할 말까지 잊은 듯했다. 오배 역시 자신이 준 돈을 하지명이 그렇게 처리할 줄은 전혀 생각하지 못했던 것이다.

하지명은 과연 대단한 배짱과 똑똑한 머리를 가지고 있는 모사謀士가

분명했다. 반포이선 역시 속으로는 '진작에 이 사람을 알았더라면 구문제독 자리를 이자에게 내줬을 텐데……' 하고 아쉬워하기까지 했다.

그중에서도 가장 흥분한 사람은 오배였다. 그는 기쁜 감정을 감추지 못한 채 반포이선의 손에 쥐어져 있던 태필도의 편지를 빼앗아 다시 한 번 들여다봤다. 태필도의 친필이 확실했다.

오배는 그제야 하지명을 믿기 시작했다. 입에 침이 마르도록 칭찬도 아끼지 않았다. 어조 역시 상당히 정중하게 변했다.

"당신은 정말 대단한 사람이오. 어쩌면 그런 멋진 생각을 할 수가 있었소?"

오배는 뒷짐을 지고 자리에서 일어나 방안을 오가면서 덧붙였다.

"내가 은공을 모르는 사람이 절대 아니라는 것은 차차 보여주겠소. 우리가 성공하면 그대에게 이부상서吏部尙書 자리를 주겠소. 어떻소?"

"나는 그냥 내가 하고 싶은 대로 했을 뿐입니다."

하지명도 한층 부드러워진 말투로 허리를 굽혀 인사를 했다.

"내가 조금 전에 저녁 하늘을 관찰해 봤습니다. 그랬더니 이름 모를 별 하나가 자미성紫微星(천자를 상징하는 별)을 밀어내더니 제성帝星들끼리 자리를 바꿔 앉기 시작하더군요. 이것은 하늘이 땅에 뭔가 암시를 하는 것입니다. 오배 대인께서 더 큰 자리로 옮기게 될 좋은 조짐이라고 해석할 수 있습니다. 지금 거의 성공이 눈앞에 보이고 있어요. 부디 백성들을 자식처럼 보듬어 안고 태평성세를 이룩하기를 빌겠습니다. 이제부터 나는 입산해 조용히 여생을 보내는 것으로 만족하려고 합니다."

"왜 꼭 그렇게 해야만 하오?"

오배가 놀란 표정으로 물었다.

"오육일은 나를 많이 챙겨준 둘도 없는 좋은 주군이었어요. 그런데 길러준 개가 주인의 발뒤꿈치를 문다는 말이 있듯이, 내가 그 짝이 났으니 이 땅에서 나를 아는 모든 사람들이 소생을 사람 취급이나 하겠습니까?"

하지명이 순간 눈언저리가 벌겋게 상기됐다. 그러더니 울먹이는 목소리로 말을 이었다.

"여기까지 와보니 후회막급이군요. 바라건대 오배 대인께서는 대권을 잡으실 경우 오육일 장군만은 살려주시기를 바랍니다. 만약 그렇게만 해주신다면 나는 죽어도 편히 눈을 감겠습니다!"

하지명의 말은 정말 그럴싸했다. 목리마와 갈저합마저도 감동을 받아서 머리를 숙일 정도였다.

"오육일 그 사람이 일 하나는 잘하는 괜찮은 장군인데……."

오배 역시 탄식을 내뱉었다.

"내가 인재를 얼마나 아끼는 사람인데! 그런 사람을 설마 죽이겠소? 그런 걱정은 하지 마시오."

"그러면 소생은 이만!"

하지명이 물러가려고 말했다. 이어 무거운 짐을 내려놓은 홀가분한 기분으로 땅바닥에 엎드려 절을 올리면서 덧붙였다.

"사실 대세는 이미 기울었습니다. 그러나 저쪽에 워낙 고집스런 장군들이 많아 반항이 만만찮을 겁니다. 태필도 대인과 이일평 대인께서는 지금 전력투구하고 있습니다. 시간을 내서 다녀갈 틈마저 없죠. 그래서 소생 하지명을 보냈습니다. 그러니만큼 이제 빨리 가서 조금이나마 그 분들을 도와드려야죠."

"하 선생, 정말 수고가 많소!"

오배는 만세라도 부르고 싶을 정도로 감격했다. 그는 가까스로 미칠 듯한 기쁨을 억누르면서 말을 이었다.

"태 대인과 이 대인 두 대인에게 오문과 신무문을 봉쇄하는 것을 잊지 말라고 전하시오. 경계를 강화해 비밀이 새나가지 않도록 각별히 조심하라고 전하는 것도 잊지 마시오."

하지명이 오배의 말에 약간 놀란 기색을 보이면서 물었다.

"구문제독 자리까지 빼앗았으면 북경은 전부가 오 대인의 것이라고 해도 좋습니다. 구태여 그 두 문을 봉쇄할 것까지는 없지 않습니까? 자칫 잘못하면 자기가 놓은 덫에 걸려드는 비극을 초래할 수도 있을 텐데요?"

"오문 안의 일은 내 힘으로도 충분히 처리할 수 있소. 그러니 여기저기 크게 떠벌리고 다닐 것이 없잖소?"

"안 됩니다!"

하지명이 강력한 반대의 의견을 개진한 후 덧붙였다.

"태 대인과 이 대인 등 장군들과 나 하지명의 목숨이 달린 문제입니다. 그저 쉽게 결정지을 수는 없죠. 무슨 변화가 있으면 도움을 받아야 하니까요. 만전을 기하고 또 만전을 기하는 것이 상책이 아니겠어요?"

반포이선도 재빨리 한마디 거들었다.

"하 선생 말도 맞아요. 아무래도 그들에게 대궐 내에 들어가 계획을 실행하라고 하는 것이 낫겠소."

순간 실내의 분위기도 활기를 띠기 시작했다. 어떤 사람은 병사들을 거느리고 문화전과 무영전 두 곳으로 쳐들어가야 한다는 주장을 펼쳤다. 또 어떤 사람은 상서방 근처에서 매복하고 있는 것이 좋겠다는 입장을 개진했다. 아예 건청궁 양측에 있는 곁채에 숨어 있자는 제안까지 하는 이도 있었다. 너 나 없이 뒤질세라 한마디씩 주고받는 사이에 오배가 마지막으로 중화전中和殿, 보화전保和殿 두 전각의 높은 지세를 적극적으로 활용하자는 제안을 했다. 결론은 얼마 지나지 않아 바로 내려졌다.

이날 이런저런 생각으로 밤을 지새운 사람은 정말 많았다. 강희 역시 그랬다. 잠도 잊은 채 양심전의 침대에 비스듬히 기대어 부리부리한 눈매로 천장 위에 적힌 글씨를 바라보고 있었다. 소마라고와 태감 장만강은 발밑에 앉아 대기하고 있었다.

궁전 안은 수십 개의 촛불이 타오르고 있었던 탓에 마치 대낮처럼 훤했다. 밖에는 시녀와 태감들이 숨죽인 채 서 있었다.

강희를 비롯한 소마라고와 장만강은 지금 이 순간 바깥의 긴박한 상황을 너무나 잘 알고 있었다. 과거 일찍이 없었던 한차례의 폭풍우가 몰려와 몇백 년 동안 부침을 거듭해온 이 황궁을 휩쓸고 지나갈 것이라는 사실을.

"손자 강희는 무능한 유비劉備의 아들 아두阿斗가 되지는 않을 것입니다. 한漢나라의 헌제獻帝가 되지도 않을 것입니다. 손자 강희는 반드시 이 나라를 휘어잡을 것입니다! 그래서 기필코 청사에 길이 남는 일대 군주가 될 것임을 약속드립니다!"

강희는 자녕궁에서 태황태후에게 무릎을 꿇은 채 말했다. 시녀들과 태감들을 모두 물러나게 한 다음이었다. 이어 주먹을 불끈 쥔 채 조용한 어조로 자신의 의지를 피력했다.

"드디어 때가 됐습니다. 내일이면 손자 강희가 간신인 숙적 오배를 생포할 것입니다!"

"황제, 준비는 철저하게 다 됐소?"

태황태후는 태연자약했다. 강희의 놀라운 계획을 자세히 듣고서도 전혀 흔들리는 모습을 보이지 않았다.

"이 일은 빨리 해치워버려야 해. 반드시 오배도 처단해야 하고!"

"할마마마!"

강희가 태황태후를 은근하게 불렀다.

"태조와 태종께서 대청제국의 깃발을 중원에 꽂은 이후 이처럼 무지막지할 정도로 간이 크고 눈에 뵈는 것이 없이 설치는 신하는 처음이겠죠?"

강희가 효장태황태후에게 질문을 하고는 잠시 숨을 골랐다. 이어 계속해서 자신의 생각을 피력했다. 음성에는 비장함과 자신감이 녹아 있었다.

"오배는 선제의 총애를 받으면서 중신의 반열에까지 올랐습니다. 하지만 배은망덕하게도 지난 팔 년 동안 그 많은 무고한 충신들을 농락하고 죽였습니다. 심지어 보정대신에게까지도 마수를 뻗친 자입니다. 말하자면 망나니입니다. 황제를 우습게 여기고 무엄하게도 몇 번씩이나 금전에서 소리까지 질렀습니다. 조정의 기강을 짓밟은 파괴분자라고 하지 않을 수 없습니다. 이런 자를 강력하게 응징하지 않으면 점점 더 기어오르려고 발버둥을 칠 것입니다. 결국 언젠가는 우리 대청제국이 그자의 손에 넘어갈 수도 있습니다!"

태황태후가 강희의 말에 동조한다는 듯 연신 머리를 끄덕였다. 강희는 더욱 용기를 냈다.

"무단으로 영토를 탈취하는 권지는 사실 이전 왕조들의 폐정弊政 중의 하나였습니다. 또 선제 때부터 지금까지 수도 없이 많은 금지령을 내렸으나 달라진 것은 없었습니다. 하지만 오배 때에 와서는 더욱 심해졌습니다. 직권을 남용한 그자의 안하무인인 땅 빼앗기는 더욱 극에 달했습니다. 그야말로 닥치는 대로, 마구잡이로 땅을 빼앗고 백성들을 착취했습니다. 그로 인해 착하게 산 것 외에는 아무런 죄도 없는 양민들만 거리로 내몰렸습니다. 하루아침에 강도, 도둑으로 전락했습니다. 이렇게 만든 장본인이 바로 오배라는 인간입니다. 나중에는 황실의 장원莊園과 토지마저 그자가 이끄는 양황기가 차지할 정도였습니다. 그자의 폐정이 얼마나 극심했는지는 이 사실만 봐도 알 수 있습니다."

강희의 입과 가슴에서 황실과 백성들에 대한 애정이 절절하게 묻어 나왔다. 황실과 황궁에서 산전수전 다 겪은 태황태후는 이미 알고 있는 사실임에도 손자가 그에 대해 새삼스럽게 언급을 하자 감정이 격해지는 모양이었다. 급기야 눈시울까지 붉히면서 감격해 했다.

옆에 다소곳이 앉아 있던 소마라고도 분위기에 편승해 조심스레 한 마디 거들고 나섰다.

"오배의 만행이 어찌 그뿐이겠사옵니까? 폐하는 안중에도 없는 듯 제 멋대로 공공연히 조서를 꾸민 사람이 누구인데요! 자신의 마음에 들지 않는다고 해서 대신의 집을 이 잡듯 수색하고 다닌 사람은 또 누구인가요? 지난번에는 산고점을 덮쳐 불도 질렀죠. 감히 황제를 시해하고 자신의 나라를 세우려고까지 한 자이옵니다!"

"이유가 어디에 있든 제멋대로 대신의 집을 수색했다는 사실 하나만으로도 오배는 충분히 무거운 죄를 지은 겁니다."

강희가 소마라고의 말에 동조했다. 태황태후는 자신이 미처 모르고 있던 놀라운 사실들이 하나둘씩 드러나자 더욱 흥분했다. 백발이 성성한 머리카락이 바람 한 점 없는 방안에서 미세하게 떨리기까지 했다.

그러나 태황태후는 이럴 때일수록 손자인 강희에게 자신의 약한 모습을 보여서는 안 된다고 생각했다. 머리를 들어 천천히 강희의 얼굴을 일별하면서 단호한 어조로 말했다.

"선은 선을 낳고, 악은 악을 낳는다고 했어. 지켜보면 알겠지! 하지만 이번 일은 워낙 중대한 일이니 황제는 더욱 신중을 기해야 하네. 주도면밀하게 계획을 세워야 해."

"명심하겠습니다, 태황태후마마!"

강희가 덧붙였다.

"철저히 준비를 해놓지 않고 일을 함부로 벌여 태황태후마마를 놀라게 할 수는 없습니다. 물론 자신감을 가지고 최선을 다해 전력투구하겠습니다. 그러나 승부는 쉽게 장담을 못하겠습니다. 그렇기 때문에 손자 강희는 할마마마께서 잠시 봉천奉天으로 피신하셨으면 합니다. 며칠 있다가 대세가 결정되면 그때는 이 손자가 직접 그곳으로 가서 온 천하가 떠들썩하게 할마마마를 북경으로 모셔오겠습니다!"

태황태후는 그러나 이내 고개를 가로저었다.

"황제, 자네의 효심은 내가 진심으로 고맙게 생각해. 그러나 나는 아무 데도 안 갈 거야! 오늘 밤부터 열하에 주둔하고 있는 삼십 만 팔기병들이 북경으로 대이동을 하기 시작하면 이삼일 내에 충분히 도착할 거야. 그러니 힘을 내서 열심히 싸워! 내가 미리 다 조치를 취해 놨으니 뒷심은 든든할 거야!"

강희는 평소 태황태후가 손자의 밥상과 옷가지 등을 너무 극성스럽게 챙긴다고 생각했다. 그러나 군사라든가 다른 문제에는 전혀 관여하지 못할 것이라고 지레짐작했다. 하지만 놀랍게도 그녀는 비상시기에 대비해 비밀리에 군대를 북경으로 움직이도록 조치를 취해 놓고 있었다. 그는 놀라움과 흥분에 감격해서 큰 소리로 말했다.

"손자 강희, 태황태후마마의 은혜에 반드시 보답하도록 노력하겠습니다!"

태황태후는 강희의 말에 금세 눈물을 주르륵 흘렸다. 적지 않게 감동한 모양이었다.

"나는 열네 살 때 입궁해서 자네 할아버지 곁에서 별의별 더러운 꼴을 다 봤어. 그야말로 다사다난한 삶을 살아왔지. 아무려면 지난 세월보다 더 험한 꼴을 보기야 하겠어?"

강희는 절절하게 진심을 토로하는 효장태황태후의 얼굴을 애절한 눈매로 바라봤다. 그러자 새삼 내일의 전투가 불러올 승패의 무게가 다시금 크게 느껴졌다. 그는 자신도 모르게 두 주먹을 불끈 쥐면서 태황태후에게 말했다.

"정 그러시다면 손자도 태황태후마마의 뜻을 어길 수는 없습니다. 만에 하나 어느 누구도 원하지 않는 사태가 발생한다면 할마마마께서는 모든 책임을 저한테 떠넘기시면 됩니다."

강희는 말을 마치자마자 어린애처럼 엉엉 울었다. 소마라고도 오장육부가 갈가리 찢기는 아픔을 느꼈다. 그러나 감히 따라서 울 수는 없었다. 그녀는 죽어라 입술을 깨물며 참고 또 참았다.

강희는 지난밤에 있었던 일을 다시금 떠올렸다. 그러다 침대에서 벌떡 일어나 앉았다. 이어 밖을 향해 명령했다.

"봉선전으로 가겠다!"

얼마 후 소마라고와 장만강이 초롱불을 든 채 앞서거니 뒤서거니 하면서 걸었다. 강희는 그 뒤에서 태감 복장을 한 채 따라갔다. 강희 일행은 월화문을 통해 일정문을 거쳐 자녕궁으로 향했다. 건청궁 뒤쪽에 있던 금군들은 강희가 당직을 서는 태감인 줄 알고 별로 신경을 쓰지 않고 그대로 보내줬다.

소마라고는 자녕궁에서 육경궁으로 향하는 북쪽 벽면의 한 으슥한 구석에 당도한 후 벽 모서리를 살짝 눌렀다. 그러자 놀라운 일이 벌어졌다. 멀쩡하던 벽이 둘로 조용히 갈라지면서 한 사람이 드나들 만한 공간이 나타난 것이다. 그것은 만 칸이나 되는 거대한 자금성의 수많은 비밀 통로 중 하나였다. 강희 일행은 재빨리 안으로 들어갔다. 문은 자동적으로 스르르 닫혔다.

강희는 육경궁으로 들어간 다음 초롱불을 끄라고 명령했다. 세 사람은 전각 동쪽의 담을 따라 살그머니 남쪽으로 향했다. 이렇게 해서 남문南門만 통과하면 쥐도 새도 모르는 사이에 봉선전에 도착할 수 있었다.

강희 일행은 가슴을 졸이면서 조심스럽게 걸었다. 그때 갑자기 저쪽 모퉁이에서 사람 그림자가 언뜻 스쳐 지나갔다. 소마라고는 극도의 불안감에 숨죽이고 있다 하마터면 소리를 지를 뻔했다. 깜짝 놀란 나머지 뒷걸음만 친 것이 그나마 다행이었다.

장만강이 재빨리 뛰쳐나가 가슴을 쭉 펴고 성큼 한 발을 내딛으면서 그 사람 앞을 가로막고 나섰다.

"손전신인가?"

강희가 나지막하면서도 힘 있는 목소리로 물었다.

"소인 손전신, 여기까지 폐하를 맞으러 나왔사옵니다!"

손전신의 말에 강희의 얼굴에는 바로 화색이 돌았다.

"그쪽은 준비가 다 끝났는가?"

"예, 폐하!"

"모든 것이 중대한 기밀이라는 사실을 명심하라!"

"예, 폐하! 소인, 목숨을 걸고 폐하의 성지를 받들겠사옵니다! 세 명의 공장工匠들에게 우선 은 천 냥씩 포상했습니다. 지금은 약을 탄 술을 먹여 대궐 내의 주조장酒造場에서 재우고 있사옵니다. 사흘 내에는 깨어나지 못할 것이옵니다!"

"잘했어!"

강희가 흡족한 얼굴로 덧붙였다.

"자네는 여기에서 기다리고 있게."

주위에는 칠흑 같은 어둠이 깔려 있었다. 세 사람은 서로의 얼굴을 볼 수가 없었다. 하지만 소마라고와 장만강은 목소리만으로도 강희가 얼마나 침착하고 태연한지를 분명히 알 수 있었다. 세 사람은 조용히 육경궁을 빠져나와 동쪽으로 향했다. 이어 얼마 지나지 않아 봉선전에 도착했다.

봉선전奉先殿은 원래 청나라 황실에서 제사를 지낼 때만 이용하는 곳이었다. 큰 제사나 추도식이 없는 한 평소에는 몇 명의 늙은 내시들만이 한가하게 지키고 있는 한적한 곳이기도 했다.

강희 일행이 봉선전 입구에 막 도착했을 때였다. 미리 나와 있던 목자후가 다가왔다. 일행은 네 사람이 됐다.

강희는 전각 앞에서 길복吉服으로 갈아입었다. 머리에는 단정하게 오리털로 만들어진 사대관紗臺冠을 쓰고, 겉에는 청색 조끼를 입었다. 그런 다음 눈부실 정도로 노란 비단에 금룡金龍 무늬가 새겨진 마고자를 걸쳤다. 또 허리춤에는 금방이라도 꿈틀거리면서 용틀임을 할 것 같은 금룡이 새겨진 보도寶刀를 찼다. 이뿐만이 아니었다. 그는 발에는 검은 비단 장화를 신고 목에는 옥으로 만든 염주를 걸었다. 사실 이런 차림은 웬만한 큰 행사가 아니고서는 황제가 잘 하지 않는 복장이었다.

소마라고와 장만강 역시 강희처럼 옷을 갈아입었다. 둘은 그게 습관이 되지 않았는지 한참 동안 진땀을 빼고 나서야 겨우 옷을 갈아입고 한 발 물러서 있었다.

강희가 봉선전 안으로 들어갔다. 장만강과 늙은 내시들은 봉선각 모서리에 있는 방에서 기다렸다. 그러나 소마라고는 불안감에 안절부절못하면서 누가 시키지도 않았음에도 홀로 봉선전 밖에 나와 망을 봤다.

강희는 보도에 손을 얹고 가슴을 쭉 편 채 씩씩하게 봉선전의 문을 열고 안으로 들어섰다. 순간 그는 놀라움을 금할 수가 없었다. 전각 밖에서 보면 쥐죽은 듯 고요하던 봉선전의 내부가 너무나도 휘황찬란했던 것이다! 내부에는 수도 없이 많은 촛불들이 아른거리고 있었다. 또 빛이 새어나갈 틈새는 하나도 남김없이 아주 세심하게 가려져 있었다. 한마디로 봉선전에는 감히 범접할 수 없는 위엄이 어려 있었다.

더욱 놀라운 것은 태조, 태종의 화상畵像 밑에 있는 높다란 의자 위에 위엄스러운 옷을 차려 입은 숙연한 표정의 태황태후가 그림처럼 앉아 있다는 사실이었다. 그 아래로는 위동정이 맨 앞에 서 있었다. 또 그 뒤로는 목자후, 노새, 넷째, 낭심 등 16명의 육경궁 시위들이 나란히 무릎을 꿇은 채 명령을 기다리고 있었다. 나중에 특별히 엄선해 입궁시킨 어린 시위들까지 합치면 60명은 충분히 될 것 같았다.

38장

피의 맹세

강희는 옷매무새를 다시 한 번 바로 잡은 다음 엄숙한 표정을 지었다. 그런 다음 먼저 태조, 태종의 신위神位를 향해 향을 사르고 대례를 올렸다. 태황태후에게도 격식을 갖춰 큰절을 올렸다.

인사를 마친 강희가 갑자기 머리를 홱 돌리더니 큰 소리로 외쳤다.

"위동정!"

"예, 폐하!"

위동정이 튕기듯 일어서서 앞으로 성큼 나섰다. 이어 다시 바닥에 무릎을 꿇고 머리를 깊이 숙였다.

"내가 자네에게 부탁한 일은 잘 처리했겠지?"

"폐하께 아뢰옵니다. 구문제독 오육일이 묘시卯時(오전 5시~7시)를 기해 군대를 거느리고 황궁으로 들어와 태화전太和殿을 비롯한 중화전, 보화전 등 세 전각의 중요한 길목을 막고 폐하의 명령을 기다릴 것이옵니다!"

"잘했어!"

강희는 기쁨에 겨운 듯 촛불 아래에서 더욱 빛나는 두 눈을 반짝이면서 큰 소리로 말했다.

"낭심, 자네를 육경궁 총령시위總領侍衛로 임명하겠네. 신분은 위동정과 같네. 앞으로 나오게!"

"예, 폐하!"

낭심이 우렁차게 대답하면서 무릎걸음으로 앞으로 나섰다.

"장정 여러분!"

강희가 카랑카랑한 목소리로 연설을 하기 시작했다.

"'천자는 백성들의 목소리에 귀를 기울여야 한다. 천자는 백성들이 가리키는 곳을 봐야 한다'라는 말이 있다. 적신賊臣 오배는 군주를 기만하고 대신을 무단으로 살해했다. 백성들의 땅을 강탈하는 짓도 무수히 저질렀다. 대란을 일으킨 주범이라고 할 수 있다. 결코 용서할 수 없는 중죄를 지었다. 그러므로 더 이상 그자의 죄행을 묵과할 수 없게 되었다!"

강희는 잠시 숨을 골랐다. 그러면서 발갛게 상기된 얼굴로 뒤에 앉아 있는 태황태후를 바라봤다. 태황태후는 흐뭇한 미소로 화답했다. 강희가 다시 말을 이어나갔다.

"지금 정국은 아주 혼란하다. 이런 틈을 타서 오배가 황궁 탈취를 시도할 우려가 크다. 명색이 보정대신인 오배가 집안도둑 행세를 하고 있는 것을 생각하면 짐은 솔직히 잠을 이룰 수가 없다. 밥맛을 잃을 정도로 불안하고 초조하기 그지없다. 때로는 한밤중에 자리를 박차고 일어나 서성거리면서 고민에 고민을 거듭했다. 그 결과 오배를 잡아넣어야겠다는 결심을 굳혔다. 이것은 어떤 경우라도 후회하지 않을 짐의 결연한 의지라고 보면 된다. 여기 모인 여러분들은 하나같이 대청제국의 충신이다. 짐이 가장 믿고 일을 맡길 수 있는 기둥들인 만큼 목숨 걸고 한 번 멋지게 싸워 주기를 바란다. 나라가 바로 서고 백성들이 안락한 생활을 하게 되는 날이 오면 짐이 오늘의 이 은혜는 결코 잊지 않을 것이다!"

수십 명의 시위들은 강희의 발밑에 꿇어 앉아 있다가 지극히 인간적이고 진심어린 강희의 모습을 보고는 흥분에 몸을 떨었다. 얼굴에는 무척이나 감동했다는 표정이 어려 있었다. 강희의 말이 끝나기 무섭게 터져 나온 그들의 우렁찬 목소리는 한결같았다. 사기충천 바로 그 자체였다.

"폐하, 목숨을 걸고 싸우겠사옵니다!"

이때 위동정이 무릎걸음으로 몇 발자국 다가가면서 불꽃이 튈 것만 같은 눈매로 강희를 바라보면서 아뢰었다.

"폐하, 오배는 진작부터 반역을 꿈꿔온 자임이 입증됐사옵니다. 자고로 충신이고 열사라면 '군주의 근심은 신하의 치욕이고, 군주의 치욕은 신하의 죽음이다'라는 말을 신봉해야 한다고 생각하옵니다. 나라를 훔치려는 국적國賊 오배와는 결코 같은 하늘 아래에서 살 수가 없사옵니다. 단 한순간이라도 그자와 같은 공기를 마시고 살 수 없사옵니다. 이 한 몸 부서지고 뼈가 가루가 되는 한이 있더라도 폐하의 명령에 따라 용감히 싸워 이길 것을 약속드리옵니다!"

위동정의 말은 한껏 격앙돼 있었다. 시위들은 마치 약속이나 한 듯 눈물을 흘렸다. 장엄하고 숙연하던 장내에는 어느새 비장함이 감돌았다.

강희는 시위들의 얼굴을 하나하나 눈으로 새기면서 격려를 아끼지 않았다. 이어 다시 몸을 돌려 태황태후에게 다가가 공손히 인사를 올렸다.

"마지막으로 태황태후마마께서 저희들에게 자비스런 말씀을 내려주십시오!"

"열하 근왕勤王의 군사 삼십만 명이 곧 북경성에 도착할 것이네. 든든

한 뒷심이 있으니 아무런 걱정 말고 힘껏 싸워 대청제국의 기강을 바로 세워주게."

태황태후는 강희에 비하면 오히려 담담했다. 시위들은 평소에 거의 얼굴조차 볼 수 없던 노인이 결정적인 순간에 삼십만 명이나 되는 병력을 준비했다는 사실에 흥분을 금치 못했다.

잠시 후 태황태후가 더욱 목소리를 높였다.

"나는 이제 늙은 할머니에 지나지 않아. 그러나 선인들의 영전에 앉아 오배 놈의 잘난 머리가 국문國門에 높이 걸려 있는 꼴을 반드시 보고야 말 거야!"

태황태후는 이어 방금 전의 모습과는 달리 차분하고 자상한 음성으로 덧붙였다.

"오배가 결코 호락호락하지는 않을 거야. 때문에 여러분들은 전력을 다해야 하네."

"여러분, 다른 걱정은 하지 말라. 오로지 오배를 잡는 데만 전념하라."

다시 강희가 자리에서 일어서면서 살기가 번득이는 얼굴로 외쳤다.

"만일에 그대들에게 무슨 일이 있으면 짐이 자네의 부모님을 짐의 부모 이상으로 잘 챙기겠다. 또 그대들의 가족을 짐의 가족 이상으로 잘 챙길 것을 약속한다!"

"만세!"

여러 시위들이 일제히 머리를 조아리면서 한마음 한뜻으로 크게 외쳤다.

"결사적으로 싸움에 임하겠사옵니다!"

강희가 큰 소리로 명령했다.

"술을 가져오너라!"

강희의 말이 떨어지기 무섭게 봉선전의 태감이 두 손에 술 20근이 담긴 큰 대접을 받쳐 들고 들어왔다.

다음 순간 강희가 여러 시위들이 보는 자리에서 칼을 쑥 뽑아들었다. 동시에 칼끝을 자신의 왼쪽 손목에 대고 살짝 그었다. 바로 시뻘건 피가 용솟음치듯 흘러나왔다.

강희의 손목에서 흘러나온 피는 술대접에 뚝뚝 떨어졌다. 위동정과 여러 시위들도 잇따라 자신의 가운데 손가락을 깨물어 대접에 피를 섞었다.

강희가 먼저 대접을 들어 벌컥 한 모금을 마셨다. 그리고는 위동정에게 건네줬다. 위동정 역시 한 모금을 마시고 차례로 다른 시위들에게 넘겼다.

얼마 후 시위들은 깔끔하게 비운 대접을 거꾸로 들어 강희에게 보여줬다. 충성의 표시였다.

흥분한 강희가 뭐라고 답을 하려는 순간이었다. 완전무장을 한 색액도가 종종걸음으로 들어오더니 허리를 굽히면서 아뢰었다.

"폐하! 태필도로 가장한 오육일이 병력을 거느리고 황궁으로 들어왔사옵니다!"

"좋아!"

강희가 자리에서 일어서면서 손에 들고 있던 대접을 바닥에 내동댕이쳤다. 대접은 와장창 산산조각이 났다. 순간 강희는 한쪽 발을 의자에 올려놓고 왼손으로 무릎을 감싸안은 채 오른손으로는 허리춤의 보도를 빼들었다. 동시에 두 눈을 부릅뜨면서 목소리를 높였다.

"지금부터 특지特旨를 내린다. 오배를 처단하는 이번 거사에 어전 일등 시위 위동정에게 전권을 부여한다. 명을 어기는 자는 가차 없이 처단하라!"

"예!"

여러 시위들이 일제히 자리에 엎드려 머리를 조아렸다. 그러더니 방금 강희가 했던 말을 복창했다.

"명을 어기는 자는 가차 없이 처단하라!"

건청궁은 여전히 정적에 휩싸여 있었다. 이곳은 순치황제 때부터 황제가 대신들을 불러 정사를 의논하는 장소였다.

그 시각 오배는 전각 내의 가운데에 있는 의자에 앉은 채 순치황제의 어필을 뚫어져라 쳐다보고 있었다.

正大光明

오배는 '정대광명' 네 글자를 응시하면서 안절부절못하고 있었다. 불길한 생각이 들었던 것이다. 그런 생각을 떨쳐버리려고 애써 자신이 황제의 자리에 앉았을 때의 모습을 상상했다. 황제가 됐을 때의 기분을 조금이나마 느껴보려고 안간힘을 다했다.

'오대산五臺山에 있는 순치황제가 이 일을 안다면 어떻게 생각할까?'

오배는 큰일을 앞두고 두서없는 생각에 사로잡혔다. 묵묵히 옆에 앉아 있는 반포이선 역시 내심 긴장과 불안을 감추지 못했다. 얼굴이 붉으락푸르락 시시각각으로 변하고 있었다.

오배가 머리를 들어 도금을 한 대종大鐘을 바라봤다. 시각은 인시寅時(새벽 3시)를 가리키고 있었다. 조회가 열리기까지는 아직 시간이 한참 남아 있었다. 그는 붉은 돌계단 쪽으로 걸어가 목리마에게 물었다.

"이상한 기미는 보이지 않지?"

"그런 것은 없습니다."

목리마는 지나치게 긴장하고 있었다. 얼굴이 하얗게 된 채 숨죽이고

서 있다 오배가 말을 걸자 그제야 다소 긴장이 풀리는 듯했다.

"당직 서는 시위가 그러더군요. 알필륭 대인이 무호蕪湖에서 북경으로 돌아왔다고 합니다. 그래서 폐하께서는 오늘 여기에서 먼저 태사太師 어른을 만나고 곧장 문화전으로 가신다고 했습니다. 알필륭을 만나 그쪽 일에 관한 보고를 들으려는 거죠."

"자네도 사람을 문화전에 보내 봐. 알필륭의 동향을 살피는 것이 좋겠어."

"예!"

목리마가 즉각 대답했다. 이어 밖으로 달려 나가 문화전에 사람을 보낼 것을 지시했다.

"이리로 와 봐!"

오배가 안으로 다시 들어오는 목리마를 불렀다.

"육경궁도 들여다보고 와."

"제가 직접 가봤는데요?"

목리마가 덧붙였다.

"그곳에는 당직 서는 시위와 손전신 둘밖에 없었습니다. 다른 시위들은 명령이 없으면 안 오거든요."

목리마의 말에 오배와 반포이선, 제세 세 사람은 그제야 안도의 숨을 내쉬면서 서로를 번갈아 쳐다보았다.

이때 문화전의 상황을 염탐하러 갔던 시위가 돌아와 아뢰었다.

"그곳에는 알필륭 태사와 웅사리 대인 둘만이 조정의 명령을 기다리고 있었습니다."

"그 두 사람은 뭘 하고 있던가?"

"아무것도 하지 않고 있었습니다. 그냥 눈을 감고 앉은 채 잡담을 주고받더니 장기를 두기 시작했습니다."

"당장 목이 달아나게 생겼는데도 한가하기만 하군."

오배가 가볍게 코웃음을 쳤다.

시간은 느릿느릿하게 흘러가고 있었다. 그러나 그 시간은 서로에게 불안과 초조, 공포를 느끼게 만들기에 충분한 시간이었다. 전각 모퉁이의 커다란 자명종은 그 사실을 아는지 모르는지 신경 거슬리는 시계바늘 소리를 내면서 돌아가고 있었다.

땡!

그 순간 묘시를 알리는 시계추 소리가 사람들의 귀청을 울렸다. 황제가 조정에 들어와 정사를 볼 시각이었다. 오배는 가슴을 졸이면서 긴장하기 시작했다.

강희가 타고 있을 것이 분명한 여덟 사람이 메는 가마가 월화문에서 천천히 모습을 드러내고 있었다. 그 앞에서 태감이 소리 높여 외쳤다.

"폐하께서 행차하신다!"

오배를 비롯한 네 사람은 태감의 목소리를 듣자마자 황급히 돌계단 아래로 내려갔다. 이어 두루마기자락을 들고 무릎을 꿇은 채 강희를 맞이할 준비를 했다.

그런데 뭔가 이상했다. 강희를 태운 가마가 여느 때와는 달리 건청문에서 멈추지 않고 곧바로 경운문으로 향하는 것이었다. 당황한 오배가 벌떡 일어나 쫓아가 맨 뒤에서 걷고 있던 태감을 잡고 다급히 물었다.

"폐하께서 건청궁에 오시는 것이 아니었나?"

"예!"

태감이 대답했다.

"태사께서는 잠시만 기다리십시오. 폐하께서는 먼저 육경궁에 가셔서 아침운동을 하실 테니까요. 이것은 새삼스러울 것도 없는 오래된 습관인 걸요?"

말을 마친 태감은 이내 종종걸음으로 가마를 뒤따라갔다. 눌모도 깜짝 놀랐는지 달려와서는 해명을 했다.

"태사, 사실입니다. 몇 개월째 계속 이렇게 해오고 있었습니다. 육경궁이 조용하고 건청궁과도 가까워서 그런 모양입니다."

사실이 그렇다면 기다리는 수밖에 없었다. 당장 끊어질 것만 같이 팽팽하던 오배의 신경은 그로 인해 다시 약간 느슨해졌다. 그가 좀체 의문을 떨치지 못하고 반포이선에게 다가가 물었다.

"좀 이상하지 않소?"

"나는 잘 모르겠는데요?"

반포이선이 이상하다 싶을 정도로 창백한 얼굴을 한 채 대답했다.

사실 반포이선의 신경은 이미 붕괴 직전에 직면할 만큼 극도의 긴장상태에 놓여 있었다. 그에게는 또 다른 속셈이 있었던 것이다. 그는 자신의 마음을 행여 들킬세라 오배를 안심시켰다.

"정 안 되면 태필도의 부대가 도착하자마자 먼저 치는 것은 어떻겠습니까?"

오배가 반포이선의 말에 주저하는 기색을 보였다. 그러자 반포이선이 재빨리 덧붙였다.

"궁궐 내에서 위동정이 황제를 납치하려는 불경스런 활극을 벌였다고 하면서 말입니다……."

반포이선이 뭐라고 다음 말을 꺼내려고 할 때였다. 경운문 쪽에서 성큼성큼 걸어오는 장만강의 모습이 보였다. 반포이선은 그만 입을 뚝 다물고 말았다.

장만강이 건청문 앞에 와서 멈추더니 허리를 굽혔다.

"폐하께서 오배 대인을 육경궁으로 오라고 부르셨습니다."

"건청궁에서 보자고 하신 것이 아니었소?"

오배가 약간 당황하면서 되물었다.

"왜 또 육경궁으로 바뀐 거요?"

"황제를 뵙는 것은 역시 건청궁에서 하는 것이 맞습니다. 그러나 아직 사람들이 덜 왔습니다. 때문에 폐하께서는 오배 대인과 함께 육경궁에서 미리 이런저런 얘기를 좀 나누시려고 하십니다. 그러다 나중에 같이 이쪽으로 건너오시려는가 봅니다."

"알았소. 곧 가겠소."

오배는 뭔가 이상하다는 생각이 들었다. 온통 의심으로 가득 찬 눈으로 장만강을 바라보았다.

"폐하께 잠시만 기다려 달라고 전하게."

"예!"

장만강은 대답을 하고는 바로 물러갔다.

반포이선은 입술을 잘근잘근 씹었다. 그러나 말은 없었다. 마음속에서 뭔가 고민에 고민을 거듭하는 듯했다. 그가 조금 후 천천히 입을 열었다.

"우리 다 같이 갑시다."

"안 됩니다, 그건!"

목리마가 다가오면서 말했다.

"다 같이 간다고 모두 들어갈 수 있는 것도 아닙니다. 게다가 건청궁을 비워두다니, 그것은 말도 안 됩니다!"

제세도 끼어들었다.

"우르르 다 따라갔다가 셋째가 다시 이쪽으로 옮기는 날에는 어떻게 할 겁니까?"

"셋째가 육경궁에 있는지 없는지 누가 장담할 수 있겠소?"

목리마가 냉정한 얼굴로 내뱉었다.

"조금 전 가마 안에 누가 앉아 있었는지도 모르지 않습니까!"

목리마의 걱정은 괜한 것이 아니었다. 만 칸에 가까운 방이 있는 자금성에서 어디에 숨은 줄도 모른 상태에서 강희를 찾아낸다는 것은 하늘의 별 따기였기 때문이다. 더구나 대충 짐작하고 덮쳤다가는 자신의 진영부터 우왕좌왕하면서 대열이 무너지기 십상일 수 있었다.

오배가 이를 악물고 한참 동안 고민에 고민을 거듭했다.

"어쩔 수 없소. 목리마와 갈저합만 나를 따라 육경궁에 가도록 하지. 건청궁에도 우리 시위들이 수십 명 있으니까 여기는 반 대인과 제세 그리고 눌모 세 사람으로도 충분할 거요."

"그러면 이렇게 하죠!"

반포이선이 보충 제안을 했다

"세 사람이 나란히 가지 말았으면 합니다. 우선 오 대인이 앞에 서고 두 사람은 좀 멀리 떨어져 가세요. 또 만약 오 대인에게 무슨 일이 있더라도 무조건 나서서 구하려 하지 말아야 합니다. 즉시 우리한테 달려와 알려야 합니다!"

오배는 반포이선이 말을 마치자마자 긴 소맷자락을 휘저으면서 건청문을 나섰다. 그의 모습이 조금 멀어지기를 기다렸다가 목리마와 갈저합도 장검에 손을 얹고 뒤를 따랐다. 그들이 다가가자 경운문을 지키는 금군들은 깍듯하게 예의를 갖췄다. 그들은 모두 갈저합의 부하들이었던 것이다.

오배가 반포이선의 시선에서 멀어졌다. 제세와 재빨리 눈을 맞춘 반포이선은 황급히 정신을 가다듬고 다시 씩씩한 걸음걸이로 붉은 돌계단 위로 올라섰다. 이어 큰 소리로 외쳤다.

"자, 다들 여기로 모여라!"

"예!"

건청궁에 있던 수십 명의 시위들이 반포이선의 명령에 우렁차게 대답했다. 그러더니 바로 한쪽 무릎을 꿇었다. 눌모는 시위들이 반포이선의 말에 천둥처럼 우렁차게 "예!" 하고 대답하자 무슨 영문인지 몰라서 적잖게 놀랐다. 평소에 조용하기만 하던 선비 출신이 도대체 뭣 때문에 이런 행동을 하는 것인지 알 수가 없었던 것이다. 또 그는 반포이선의 말이 그토록 통솔력이 있을 줄은 전혀 예상하지 못했다. 보화전에서 이 광경을 몰래 엿보고 있던 오육일 역시 놀라기는 마찬가지였다.

그 순간 반포이선의 외침이 다시 들려왔다.

"난신亂臣 시위 눌모를 잡아들여라!"

몇 명의 시위들이 반포이선의 말이 떨어지기 무섭게 우르르 달려들었다. 눌모는 순식간에 결박을 당하고 말았다.

눌모는 체포되는 순간까지도 전혀 상황 파악을 하지 못했다. 그래서 그저 쇠방망이에 한 방 얻어맞은 듯 어리둥절한 채로 있었다. 반항할 생각은 아예 하지조차 못했다.

"무슨…… 무슨 일인지……."

눌모가 얼떨떨한 표정으로 묻다가 바로 얼버무렸다.

"자네도 먹물깨나 먹은 사람이지?"

반포이선이 싸늘한 표정으로 운을 뗐다.

"아무거나 먼저 가지는 사람이 임자 아닌가! 오배의 머리통으로 천하를 얻을 수 있을 것 같은가?"

"뭐요? 알고 보니 순……."

눌모는 그제야 반포이선의 계략을 파악한 듯했다. 낯빛이 사색이 된 채 말조차 더듬었다. 정말 뛰는 놈 위에 나는 놈 있다는 말이 딱 들어맞았다. 그랬다. 반포이선은 오배의 실력을 역이용하려는 생각을 진작부터 하고 있었다. 오배를 자신의 도구로 삼고자 했던 것이다. 눌모는 그제서야 그 사실을 알아채고는 까무러칠 정도로 놀랐으나 달리 방법이 없었다. 이제 와서 뭘 어떻게 손쓴다는 것은 불가능했다. 그 사실은 눌모를 더욱 더 괴롭혔다.

제세가 눈짓을 했다. 몇 명의 금군들이 신호에 따라 우르르 달려들어 눌모의 입을 꽉 틀어막았다. 그런 다음 그를 상서방으로 끌고 갔다. 반포이선과 제세는 서로 마주보면서 의미심장하게 웃었다.

이때 제세가 뭔가 떠오른 듯 무릎을 치면서 큰 소리로 말했다.

"하마터면 깜빡할 뻔했습니다!"

"그게 뭐요?"

"융종문, 경운문, 일정문, 월화문 등 네 곳은 벌써 봉했어야 했습니다. 물론 지금이라도 늦은 것은 아닙니다. 그래야만 모든 사람이 드나드는 것을 완벽하게 차단할 수 있습니다. 오배와 강희가 치고 박고 머리통 깨지는 것을 편안하게 구경하려면 그렇게 해야 안심이 됩니다."

"맞는 말입니다!"

반포이선이 제세의 말에 동조하면서 바로 명령을 내렸다.

"제세 대인의 지시대로 행동을 개시하라. 무단출입하는 자는 누구를 막론하고 일단 잡아넣어라. 그러다 일이 끝나면 그때 가서 다시 풀어주든지 하라!"

반포이선이 특별히 한마디를 덧붙였다.

"태황태후마마께서 놀라시지 않도록 각별히 조심하고!"

수십 명의 시위들은 반포이선의 명을 받고 즉각 밖으로 흩어졌다.

오배는 건청궁 쪽에서 예상하지 못한 일이 일어났다는 사실은 꿈에도 모르고 있었다. 그저 경운문을 나와 북쪽으로 조금만 더 가면 나오는 육경궁 쪽을 향해 천천히 걸음을 옮기고 있었다. 그가 막 수화문垂花門으로 들어설 때였다. 손전신이 활짝 웃으면서 마중을 나왔다.

"태사께서 오셨네요! 폐하께서 기다리시다 못해 목이 한 뼘 정도 길어지셨습니다. 어서 들어가 보십시오!"

"그러게 급히 달려오지 않았소!"

오배는 전혀 의심을 하지 않고 달음질쳐 안으로 들어갔다. 그러나 뒤에서 따라오던 목리마와 갈저합은 조금 당황했다. 잠시 멈춰 서서 눈길을 주고받았다. 그러더니 굳은 결심이라도 한 듯 어깨에 힘을 주고 안으로 들어가려고 했다. 하지만 손전신이 히죽 웃으면서 두 사람을 막고 나섰다.

"두 분은 어디로 들어가시려고요?"

"폐하를 알현하려고 합니다."

"안 될 거야 없습니다. 그러나 통행 허가증을 좀 보여 주십시오."

두 사람은 손전신의 강경한 태도에 두 눈을 커다랗게 떴다. 당황해서 어쩔 줄 몰라 하는 모습이었다.

'황제를 알현하고자 하는데 당직 시위가 허가증을 내놓으라니!'

목리마와 갈저합은 똑같은 생각을 했다. 잠시 머뭇거릴 수밖에 없었다. 그 사이 손전신이 두 사람 앞으로 걸어오더니 고개를 한껏 치켜들고 잡아먹을 듯 노려봤다.

"폐하께서는 오늘 단독으로 오배 대인을 접견하는 것입니다. 두 분과 함께 오라는 지시는 없었습니다. 그러니 다른 명이 있을 때까지는 여기서 기다려 주셔야겠습니다!"

손전신은 그들이 반박할 여지도 전혀 주지 않았다. 곧바로 돌아서서 안으로 들어가면서 쾅! 하는 소리와 함께 문을 닫아걸어 버렸다.

"문을 여시오!"

예기치 못한 손전신의 행동에 깜짝 놀란 두 사람이 거의 동시에 달려들었다. 소리를 지르면서 문을 주먹으로 두드리고 발로 차기도 했다.

그러나 한번 닫힌 철문은 태산처럼 우뚝 버티고 서서 꿈쩍도 하지 않았다!

갈저합이 화가 나서 펄펄 뛰었다. 또 굶주린 사자처럼 주위를 마구 두리번거렸다. 그러다 마침 멀리 봉선전 앞에서 서성이는 소마라고를 발견했다. 갈저합이 아무한테라도 분풀이를 해야 직성이 풀릴 것 같았는지 이를 악물었다.

"저년이라도 우선 해치워야겠어!"

갈저합이 어슬렁거리면서 소마라고를 향해 걸어갔다. 목리마 역시 뒤질세라 검을 뽑아들고 뒤따라갔다.

소마라고는 봉선전에서 태황태후를 보호하고 있다 시간이 많이 흘러도 아무런 소식이 없자 궁금해서 그냥 앉아 있을 수가 없었다. 태황태후 역시 초조한 기색을 역력히 드러내면서 불안하게 기다리다가 그녀에게 나가보라고 지시를 했다.

소마라고는 여기저기 살피다가 살기를 번득이면서 다가서는 두 사람을 발견했다. 그녀는 순간적으로 당황해서 뒤로 한 발짝 물러났다. 이대로라면 궁 안으로 다시 들어가 피하는 방법밖에 없을 듯했다. 하지만 그렇게 되면 태황태후의 안위를 장담하기 어려운 위험한 상황이 벌어질 수도 있었다.

소마라고는 어쩔 수 없이 다시 궁 안으로 들어가는 것은 포기했다. 대신 반대 방향인 동남쪽을 향해 죽자 사자 줄달음질쳤다. 그러나 그것은 애당초 벗어날 수 없는 미약한 몸부림에 불과했다. 그녀는 얼마 못 가서 게거품을 문 갈저합에게 목덜미를 잡히고 말았다.

갈저합과 목리마는 우악스레 소마라고의 두 팔을 뒤로 꺾었다. 그녀가 매섭게 갈저합과 목리마를 쏘아봤다. 세 사람은 한동안 가슴 속에서 쿵쾅거리는 소리를 서로 확인하면서 씩씩거리기만 할 뿐 먼저 움직이지는 못했다.

갈저합이 무슨 결심을 했는지 징글맞게 웃었다. 그런 다음 칼을 휘둘러 소마라고를 내리치려고 했다. 목리마가 그 모습을 보고 황급히 말리면서 조용한 곳으로 끌고 가자는 눈짓을 보냈다. 갈저합이 알겠다는 듯 머리를 끄덕여 보였다. 두 사람은 소마라고를 어차방 쪽으로 잡아끌었다.

목리마는 어차방 쪽에 도착하자마자 "깨끗하게 해치우고 건청궁에서 만납시다"라는 말을 갈저합에게 건넸다. 그리고는 경운문 쪽으로 달려갔다. 건청궁에서 기다리고 있는 사람들에게 소식을 전하는 것이 급선무라고 생각한 모양이었다.

어차방에서 경운문까지는 백 보도 채 안 되는 거리였다. 그럼에도 목리마는 부리나케 달렸다. 그는 금세 경운문 앞에 도착했다. 이어 목이 터져라 안쪽을 향해 소리를 질렀다.

"반 대인, 빨리 육경궁에 지원병을 보내야겠습니다!"

그러나 목리마의 말이 끝나기 무섭게 경운문 역시 꽝! 하는 소리와 함께 굳게 닫혀버렸다. 목리마는 그 순간에야 비로소 이상한 기미를 눈치챘다. 그래서인지 다급하고 화가 잔뜩 담긴 음성으로 악을 바락바락 써가면서 문을 두드렸다. 하지만 허사였다.

그는 분노가 치밀었다. 게다가 문을 지키고 서 있던 금군들의 예사롭지 않은, 키득키득 웃는 소리가 그의 화를 더욱 돋우었다. 그는 분명히 무슨 상서롭지 못한 일이 벌어졌다고 판단하고는 황급히 갈저합을 찾아 나섰다.

갈저합은 쉽게 찾아냈다. 그러나 그의 생각과는 완전히 다른, 뜻밖의 모습을 하고 있었다. 아니 상상조차 할 수 없는 형상이라고 해도 좋았다. 머리가 깨져 뇌수가 흘러나온 채로 문에 기댄 채 죽어 있었던 것이다! 그의 몸에서는 마치 뜨거운 물에 삶긴 듯 하얀 김이 모락모락 피어오르고 있었다.

순간 목리마는 땅바닥에 박힌 듯 두 눈과 입을 있는 대로 크게 뜬 채 악몽을 꾸는 듯한 착각에 빠졌다. 이럴 수가! 바람 불면 날아갈 것 같은 소마라고가 어떻게 용맹하기가 야수 같은 백전노장 갈저합을 죽일 수가 있단 말인가?

육경궁 대전大殿에 있는 오배는 이미 20여 명의 무예가 뛰어난 시위들의 물샐틈없는 포위망에 갇혀 있었다. 대전 밖에도 40여 명의 시위들이 화살을 조준한 채 만반의 준비를 갖추고 호시탐탐 오배를 노리고 있었다. 오배가 갑자기 달아날 것을 미연에 방지하겠다는 태세였다.

오배 역시 전혀 준비를 하지 않았던 것은 아니었다. 오늘은 오히려 그가 먼저 강희를 없애버리기 위해 잡은 날이 아니었던가! 그는 두루마기 속에 섬라국暹羅國(태국)에서 조공품으로 보내온 금실로 짠 갑옷을 입고 있었다. 또 허리띠에는 비도飛刀 여섯 자루를 꽂고 있었다. 소매 속에는 철척鐵尺(무기로 쓰이는 쇠로 만든 자) 두 개를 숨기고 있었다. 그로서는 완전무장을 한 것이나 다름없었다. 그랬으니 당당하게 호랑이굴로 걸어들어올 용기를 냈을 터였다.

오배는 처음 육경궁으로 향할 때는 조금 긴장하기도 했다. 하지만 별다른 이상한 낌새를 발견하지는 못했다. 그러나 궁문이 쾅! 하고 닫히고 목리마와 갈저합이 안으로 들어오지 못하면서부터는 생각을 달리 하지 않을 수 없었다. 불길한 예감이 들기 시작한 것이다.

그러나 그는 곧 마음을 다잡았다. 목리마가 사전에 육경궁을 충분히 답사했을 뿐만 아니라 복병도 없다던 말을 떠올렸다. 그는 이왕 일이 이렇게 된 바에야 겁낼 것이 아니라 손전신 한 명밖에 없는 육경궁에서 당당하게 나가자고 생각을 정리했다. 그는 가슴을 쭉 펴고 걸어가더니 대전 밖에서 큰 소리로 외쳤다.

"폐하, 노신 오배가 대령했사옵니다!"

오배가 한 발 앞으로 다가서면서 땅에 엎드렸다. 잠시 후에는 슬쩍 곁눈질을 해서 주위를 살폈다. 위에 강희 혼자 있는 것이 분명해 보였다. 그는 그제야 마음의 긴장을 조금 늦출 수가 있었다.

강희는 여느 때와는 달리 자리에 앉은 채 움직이지 않았다. 그저 오배를 바라보면서 차가운 웃음만 머금고 있었다. 한동안 팽팽한 긴장감이 대전을 무겁게 짓눌렀다. 한참 후에 강희가 먼저 운을 뗐다.

"오배, 그대가 무슨 죄를 지었는지 알겠는가?"

강희의 목소리가 정적이 흐르는 실내에 쩌렁쩌렁 메아리처럼 울려퍼졌다. 순간 오배는 강희의 전혀 예기치 못한 말에 당황했다. 마치 날벼락이라도 맞은 듯 머리와 귀가 온통 윙윙거렸다.

그는 간신히 고개를 들었다. 강희가 높은 의자에 앉아 한 손으로 보검을 움켜잡은 채 금세 불이 뿜어져 나올 것만 같은 두 눈으로 자신을 내려다 보고 있었다! 오배는 강희의 뜻밖의 모습에 잠시 머리를 데구르르 굴렸다. 이어 방금 전과는 달리 공손한 어투로 즉각 항변을 했다.

"뜬금없이 노신이 죄는 무슨 죄가 있다고 그러시옵니까?"

오배가 제멋대로 손을 툭툭 털면서 일어났다. 그러더니 마치 잡아먹을 듯한 눈으로 강희를 똑바로 쳐다보았다.

"자네는 군주를 기만한 죄를 지었어!"

강희는 기 싸움에서 조금도 밀리지 않았다. 목소리에도 위엄이 담겨 있었다.

"사사로이 역적들과 결탁해 공신과 현자賢者들을 집중적으로 해쳤어. 그것도 모자라 군주는 안중에도 없는 듯 마음대로 정령政令을 내렸어.

흉악한 음모를 꾸민 것이지. 그게 죄가 아니라는 말인가!"

오배는 역시 대단한 배포의 소유자였다.

"무슨 증거로 그런 말씀을 하시옵니까?"

"흥! 흥!"

강희가 콧소리를 내면서 냉소를 터트렸다.

"충분한 증거를 보여줄 테니 기다리게. 여봐라! 우선 이자를 붙잡아 처넣어라!"

강희의 명령이 떨어지기 무섭게 위동정을 비롯한 목자후, 노새, 넷째, 낭심 등 다섯 명이 궁전 모퉁이의 장막 뒤에서 모습을 드러냈다. 그동안 피나는 무예연습을 통해 만만찮은 실력을 지니게 된 이들이었다.

위동정 등은 살기등등한 기세로 칼을 뽑아든 채 동시에 오배를 향해 천천히 다가갔다.

"하하하하!"

순간 오배가 갑자기 목구멍이 훤히 들여다보일 정도로 허탈한 웃음을 터트렸다.

"나는 이래봬도 어린 나이에 군대에 들어온 이후 온갖 싸움터에서 잔뼈가 굵은 사람입니다. 이까짓 코털도 나지 않은 새파란 자식들을 시켜 날 잡아들이겠다고요?"

오배의 말이 채 끝나기도 전이었다. 이번에는 장막이 확 걷히면서 열몇 명의 완전무장한 시위들이 두 눈을 부릅뜨고 달려 나왔다.

정말 뜻밖이었다. 오배는 강희가 이토록 치밀하게 포위망을 펼쳐 놓았으리라고는 전혀 생각하지 못했다. 그는 당황한 표정이었다. 그러면서 도망갈 생각을 하는지 머리를 돌려 밖을 내다보기도 했다. 그러나 상황은 절망적이었다. 궁전 밖에도 수십 명의 시위들이 칼을 빼든 채 에워싸고 있었던 것이다.

순간 오배는 모든 것을 포기한 듯 눈을 스르르 감았다. 그러다 갑자기 소맷자락을 휘저으면서 마치 발악을 하듯 외쳤다.

"이거 왜 이래? 그래 봤자 궁 밖은 이미 내 세상이 돼버렸어! 그래도 감히 덤빌 테면 덤벼 보라고!"

"그러지!"

노새가 포효를 하면서 가장 먼저 덤벼들었다. 그는 재빨리 오배의 소맷자락을 낚아채려고 했다. 하지만 오배가 손바닥을 펼쳐 그 공격을 가볍게 막아냈다. 노새도 바로 날렵하게 몸을 피했다. 노새의 실력은 몇 개월 전에 비해 몰라보게 늘어나 있었다. 오배는 적지 않게 놀랐다.

"호신 형, 폐하를 잘 보호하세요!"

낭심이었다. 그는 위동정에게 한 마디를 던지고는 오배를 향해 몸을 날렸다. 그 뿐만이 아니었다. 목자후와 넷째 역시 각각 다른 방향에서 한 발짝씩 오배를 향해 다가갔다. 오배는 사람들이 많아질수록 불리하다고 생각했는지 갑자기 소매 속에서 번득이는 철척을 꺼내 들었다. 이어 네 사람을 노리고 날카롭게 휘둘러댔다.

39장

오배鰲拜를 제거하다

반포이선은 거만한 자세를 하고서 황제의 침상에 기댔다. 그가 웃으면서 제세에게 말했다.

"용과 호랑이의 이번 싸움은 정말 볼 만하겠는데요? 오배가 늘 나보고 샌님이라고 비웃더니 꼴좋게 됐지 뭡니까!"

제세도 허허 웃으면서 말을 받았다.

"이번에 우리에게 호된 맛을 톡톡히 보는 거죠."

"그런데 태필도는 왜 아직 안 오는 거죠?"

"방금 누가 소식을 전해왔습니다. 태필도는 지금 오육일을 압송한 채 부대를 거느리고 태화전에 당도해서 명을 기다리고 있다고 합니다."

제세가 말을 마친 다음 반포이선에게 손을 들어 축하의 인사를 건넸다. 두 사람은 곧 어깨를 나란히 한 채 붉은 돌계단을 내려갔다.

건청궁 밖에 모여 있는 시위들은 모두 60명 남짓 되었다. 제세는 장검을 뽑아들고 그들을 향해 큰 소리로 외쳤다.

"어떤 사람이 궁 안에서 난동을 부리고 있는 모양이다. 우리가 황제를 보호하러 가야겠다!"

"황제를 보호한다고?"

그때 갑자기 뒤에서 너털웃음 소리가 들렸다.

"당신네들은 황제를 해치러 가는 거겠지?"

반포이선과 제세가 깜짝 놀라 고개를 들었다. 그들의 눈에 갑옷을 입고 푸른 두건을 두른 오육일이 보였다. 그는 보화전 계단에서 장검을 든 채 위풍당당한 모습으로 걸어 내려오고 있었다.

"오육일!"

반포이선이 외마디 소리를 내질렀다. 그야말로 기절하기 일보직전이었다. 그 순간 반포이선의 눈에 선비 차림의 또 다른 사람이 계단을 내려오는 모습이 보였다. 바로 하지명이었다.

"이놈들을 잡아넣어라!"

오육일이 손을 힘차게 내저으면서 하늘이 떠나갈 듯 카랑카랑하게 명령했다. 그의 한마디에 태화전, 중화전, 보화전에서 순식간에 수백 명도 더 되는 병사들이 우르르 쏟아져 나왔다. 그들은 손에 창과 칼, 활 등을 챙겨들고 선명한 깃발을 휘날리면서 순식간에 우르르 계단을 뛰어내려 왔다.

기세등등한 병사들의 진격에 건청궁의 시위들은 겁을 집어먹고 칼을 내던지며 부리나케 도망쳤다. 그런가 하면 아예 그 자리에서 꿇어앉아 항복하면서 살려달라고 아우성을 치는 시위들도 있었다.

반포이선이 장검을 뽑아들려고 할 때였다.

쌩!

어디에선가 화살이 날아오는 소리가 들렸다. 이어 반포이선이 오른

쪽 손목을 움켜잡으면서 비명을 지르더니 칼을 땅바닥에 떨어뜨렸다.

육경궁에서의 싸움은 일진일퇴를 거듭하면서 갈수록 치열해져 갔다. 위동정만 강희를 보호하기 위해 옆에 선 채 한 발짝도 움직이지 않았을 뿐 나머지 19명의 시위들과 색액도는 오배를 물샐틈없이 포위하고 전혀 틈을 주지 않았다.

오배는 이들과 대치하면서 최후의 발악을 하고 있었다. 그러나 갈수록 힘이 빠지고 몸놀림도 예전 같지가 않았다. 아니나 다를까, 그가 잠시 한눈을 파는 사이 철척 하나를 노새에게 빼앗겼다. 곧이어 낭심이 잽싼 칼놀림으로 오배의 손에 쥐어져 있던 다른 하나의 철척마저 저 멀리 날려버렸다.

오배가 다급해졌는지 갑자기 두루마기를 쫙 찢어 내치더니 두 손 가득 비도를 꺼내든 채 마구잡이로 던졌다.

눈치 빠른 시위들은 황급히 몸을 피했다. 그러나 넷째와 다른 한 시위의 다리에 비도가 꽂히고 말았다.

"윽!"

"읔!"

두 사람은 자신들의 의지와는 무관하게 비명을 지르면서 땅바닥에 쓰러졌다. 이어 또 하나의 비도가 강희를 향해 정면으로 날아갔다. 그야말로 절체절명의 순간이었다. 바로 그때 위동정이 재빨리 손을 뻗더니 공중에서 비도를 잡아챘다.

"오늘은 날개가 솟았다고 해도 우리 손아귀에서 벗어날 생각은 하지 마! 어디 나하고 한번 통쾌하게 붙어보자고!"

위동정이 드디어 오배 앞으로 나섰다. 두 사람은 마치 외나무다리에서 만난 원수인 양 눈에 쌍심지를 켠 채 서로를 삼켜버릴 듯 노려봤다.

위동정이 두 팔을 꼬면서 유운팔괘장柔雲八卦掌을 펼쳐 보였다. 오배 역시 주특기인 태극장太極掌으로 가볍게 위동정을 건드렸다. 그러나 전과는 느낌이 달랐다. 결코 만만치 않았다. 오배는 경각심을 높이지 않을 수가 없었다.

그 순간 오배는 이기지는 못하더라도 시간만 끌면 된다고 생각했다. 그러면 목리마와 갈저합이 반포이선의 지원병을 데려올 것이라고 낙관한 것이다. 오배는 만약 그렇게만 되면 형세를 반전시키는 것은 시간문제라고 자신하면서 의도적으로 시간을 끌었다.

위동정 역시 '만주족 제일의 용사'로 통하는 오배의 실력을 익히 알고 있었다. 그래서 서두르지 않았다. 가능하면 천천히 대치하면서 그의 체력을 소모시키는 작전을 폈다.

그러나 위동정의 생각은 그야말로 생각일 뿐이었다. 어느 순간부터 오배에게 자꾸만 밀리기 시작했다. 그가 겁에 질린 듯 뒷걸음을 치다 갑자기 비명소리와 함께 피를 토하면서 뒤로 넘어졌다.

"악!"

순간 궁전 안에 있던 시위들은 너 나 할 것 없이 큰 혼란에 빠져들었다. 오배가 갑자기 쓰러진 위동정을 보면서 흠칫 놀라는 기색을 보였다. 그러다 어느 순간 정신을 가다듬으면서 미친 듯 웃어댔다.

"결국에는 내 여아차를 마신 효과가 나타나는구나! 하하하하!"

오배는 잠시 경계를 늦추는 듯했다. 그 순간을 눈치 빠른 두 명의 시위가 놓치지 않았다. 바로 쏜살같이 오배에게 덤벼들었다. 하지만 효과는 없었다. 그들은 도리어 오배의 태극장을 가슴에 맞고 피를 토하면서 바닥에 맥없이 쓰러졌다.

오배가 허수아비처럼 자신의 발치에 쓰러져가는 시위들을 살기어린 눈으로 노려보다 허리춤에서 철제 허리띠를 빼내 두어 번 휘둘러댔다.

실내에는 바로 쌩쌩 하는 소리와 함께 회오리바람이 일기 시작했다. 정말 무서운 공격이었다. 단 한 번의 공격으로 상대의 목숨을 빼앗는 섬뜩한 살수라고 해도 좋았다. 그는 냉소를 머금은 채 한 발짝씩 서서히 강희에게 접근해 갔다.

목자후와 낭심이 재빨리 달려들어 오배를 막고 나섰다. 그 사이 위험을 느낀 강희는 어쩔 수 없이 시위들에 둘러싸인 채 기둥 뒤로 몸을 숨겼다. 오배의 공격을 어떻게든 피해야 했던 것이다. 싸움의 형세는 강희 일행에게 대단히 불리하게 전개되고 있었다. 자칫하면 오배 한 사람의 손에 의해 수많은 사람들이 당하고 말 위기일발의 순간이었다.

바로 그때였다. 피를 토하면서 땅바닥에 쓰러져 죽은 척하던 위동정이 잉어처럼 몸을 힘차게 솟구치더니 순식간에 오배를 덮쳤다. 오배는 주춤거렸다. 위동정이 그 틈을 타 손바닥으로 내공을 최대한 끌어올린 다음 오배의 등을 사정없이 내리쳤다. 한 번, 두 번, 세 번의 연속 공격이었다.

"그래 네 말이 맞다! 여아차를 마신 덕분에 이렇게 힘이 무진장 솟는군!"

위동정이 피를 토한 것은 다분히 의도적이었다. 오배를 안심시키고 가까이 접근하기 위해 일부러 자신의 혀를 깨물었던 것이다.

오배는 연이어 세 번의 공격을 막기는 했으나 가슴이 뜨끔해지는 기분을 느꼈다. 곧이어 짭짤한 냄새도 맡았다. 동시에 그의 입안에 검붉은 피가 가득 고였다. 그는 한입 가득 고인 피를 힘껏 내뱉었다. 그러면서 미친 사람처럼 무어라고 중얼거렸다. 광기어린 눈을 한 채 철제 허리띠를 정신없이 휘둘러댔다.

시위들은 어쩔 수 없이 조금씩 뒤로 밀려나기 시작했다. 오배는 혼자 수도 없이 많은 이들과 싸우기 시작한 지 몇 시간이 지났으나 여전히 지친 기색이 아니었다. 오히려 더욱 펄펄 날뛰고 있었다. 목자후는 모든 것을 떠나 인간적으로 그의 무공에 탄복하지 않을 수 없었다.

그러나 오배도 사람이었다. 시간이 점점 더 흐르자 조금씩 기력을 잃어가기 시작했다. 자신을 추스르는 데도 실패한 듯 최후의 발악을 하면서 소리를 질렀다.

"내가 이 자리에서 죽는 한이 있더라도 끝까지 한번 해볼 테다. 어디 덤벼 봐, 이 새끼들아!"

여러 시위들이 그와 마찬가지로 악에 받친 듯 우르르 오배를 향해 몸을 날렸다. 바로 그 순간 위동정이 손가락을 입에 넣더니 휘파람을 불었다.

"휘익!"

휘파람 소리를 신호로 오배를 에워싸고 공격하던 여섯 명의 시위들이 일제히 그에게서 멀찌감치 떨어졌다. 오배가 영문을 몰라 어리둥절한 표정을 지었다. 잠시 멈칫했다. 그 순간 그의 머리 위에서 뭔가가 드리워져 내려오는 것이 보였다. 그가 머리를 들어 확인하려던 찰나였다. 커다란 그물이 와르르 쏟아져 내리면서 그를 덮쳤다.

오배는 진정한 무술의 달인이라고 해도 좋았다. 그러나 금실과 사람 머리털, 삼베로 촘촘히 엮어 짠 그물에서 벗어날 수는 없었다. 그것은 오배 역시 안간힘을 쓰며 몸부림을 치는 사이에 인정하지 않으면 안 됐다. 게다가 10여 명의 시위들이 달려들어 사정없이 몸을 짓밟기 시작하자 제대로 저항을 할 수가 없었다. 잠시 후 그는 결국 기절하고 말았다.

오배는 죽은 듯이 창백한 얼굴을 하고 있었다. 식은땀이 송골송골 배인 채 간신히 숨만 내쉬고 있었다. 방금 전까지 펄펄 날뛰던 그 오배가 전혀 아니었다. 시위들이 마음껏 자신의 몸을 유린해도 손 하나 까딱하지 못했다. 심지어 비명조차 지르지 못했다. 강희는 완전히 전의를 상실한 오배를 내려다보다 웬지 모를 측은한 감정을 느꼈다.

그러나 시위들에게 마음을 들킬 수는 없었다. 강희는 황급히 표정을 싹 바꾸면서 차갑게 내뱉었다.

"모든 죄상을 낱낱이 들려줄 테니 기다려!"

그때 육경궁의 대문을 요란스레 두드리는 소리가 들려왔다.

쾅! 쾅! 쾅!

강희는 보도를 든 채 계단을 내려서면서 말했다.

"반포이선이 왜 오지를 않나 했는데 드디어 왔구먼!"

순간 위동정 등 열 명의 시위들이 여전히 긴장을 늦추지 않은 채 강희의 주변으로 몰려들었다. 그들의 얼굴에는 여차하면 죽여 버리겠다는 살기가 번득였다.

색액도가 앞으로 나서면서 큰 소리로 외쳤다.

"오육일 장군이 보내서 왔소? 폐하는 여기에 무사히 계시고, 오배는 이미 생포됐소. 그러니 자네들은 그만 가 봐도 되겠소!"

밖에서 문을 두드리던 사람은 과연 더 이상 문을 두드리지 않았다. 색액도의 말을 듣고 가버린 것이 분명했다.

"위동정!"

강희가 황궁의 담을 가리키면서 지시했다.

"자네가 좀 올라가 보게!"

"예!"

위동정이 즉시 옆에 있던 친위대 병사들의 손에서 긴 창을 받아 들더니, 그것을 이용해 담 위로 훌쩍 올라갔다. 그가 밖의 상황을 살펴보고 나서 강희에게 아뢰었다.

"폐하, 오육일의 병사들이 도착했사옵니다!"

"어서 문을 열어 맞이하라!"

강희의 말이 끝나기 무섭게 누군가가 달려가 문을 활짝 열어젖혔다.

밖에는 오육일과 그의 병사들이 새카맣게 모여 꿇어앉아 있었다. 강희는 의기양양한 모습으로 씩씩하게 걸어 나갔다. 그 모습을 발견한 이들이 일제히 두 팔을 쳐들면서 환호성을 질렀다.

"만세!"

"만세!"

강희는 자리에 우뚝 서서 오육일을 비롯한 병사들을 바라봤다. 얼굴은 어느새 흥분으로 인해 발갛게 상기돼 있었다.

그가 빠른 걸음으로 다가가 맨 앞에 꿇어앉아 있는 오육일을 부축해 일으켜 세웠다.

"정말 수고 많았네!"

강희가 손을 크게 휘저으면서 다시 말을 이었다.

"장군 여러분들도 수고 많았네. 갑옷을 입고 있어 불편할 테니 어서 일어들 나게!"

"황제폐하 만만세!"

장만강이 가슴을 쭉 펴고 으쓱한 표정을 지으면서 큰 소리로 외쳤다.

"폐하께서 건청궁으로 행차하신다!"

장만강의 말이 끝나기 무섭게 대기하고 있던 노란색 승여乘輿(어가)가 바로 달려왔다. 강희가 승여에 올라타려다 말고 갑자기 물었다.

"소마라고가 왜 안 보이지?"

"폐하께 아뢰옵니다."

소모자가 갑자기 좌중에서 앞으로 나서면서 아뢰었다.

"많이 놀랐사옵니다. 또 가벼운 찰과상을 입었사옵니다. 그래서 지금 소인이 있는 곳에서 잠시 쉬고 있사옵니다. 잠시 후면 폐하의 시중을 들기 위해 온다고 하셨사옵니다!"

"소모자로구나! 자네, 이리로 와 보게!"

"예!"

소모자가 앞으로 쓰러질 듯 재빨리 무릎걸음으로 다가갔다.

"일어나게! 그런데 소마라고는 어떻게 다친 거야?"

어찌어찌하다 오육일의 병사들과 합류한 후 떠밀려온 목리마는 한쪽 구석에서 무릎을 꿇은 채 내내 머리를 숙이고 있다 귀를 쫑긋 세웠다. 갈저합의 사인이 궁금했던 터였기 때문이다. 그러나 강희는 불길한 예감이 들었는지 다른 사람들을 전부 물리쳤다. 그들이 들으면 안 될 것 같다고 판단한 듯했다. 이어 목리마를 발견하고는 건청궁 시위들의 방에 가두라고 명령했다.

소모자가 강희에게 말한 내용은 정말로 한편의 연극과도 같았다. 갈저합은 소마라고를 끌고 어차방이 있는 구석진 곳까지 갔다. 처음 생각은 깨끗하게 죽이려는 것이었다. 그러다 그는 죽어라 반항하면서 얼굴이 발그레 달아오른 채 머리카락이 적당히 흐트러진 소마라고의 지극히 여성스러운 모습을 보게 됐다. 순간 그의 마음에서 음탕한 흑심이 솟아올랐다.

그는 소마라고를 어차방의 굴뚝 뒤로 끌고 갔다. 그런 다음 땅에 눕혀 놓고 옷을 벗겼다. 소마라고는 자신이 소리를 지르면 가뜩이나 불안하고 초조한 태황태후가 더욱 불안해할 것을 우려했다. 때문에 죽어라 반항은 하면서도 이를 앙다문 채 소리를 지르지는 않았다.

소모자는 이때 주전자를 든 채 어차방으로 물을 가지러 오고 있었다. 양심전의 공차태감供茶太監(차 공급을 담당하는 태감)이 된 후로도 여전히 뜨거운 물을 가지러 직접 오고는 했으니, 그의 어차방행은 전혀 이상할 것이 없었다. 당연히 그는 어차방 뒤에서 들려오는 웬 여자의 나지막한 신음소리를 들었다. 동시에 한바탕 승강이를 하는 소리도 들었다. 그는 호기심을 이기지 못하고 소리나는 쪽으로 살금살금 다가갔다.

현장에서 벌어지고 있는 상황은 소모자가 예상하던 대로였다. 웬 시위가 궁녀 한 사람을 마구잡이로 희롱하고 있었던 것이다.

기진맥진한 것 같으면서도 거의 발악에 가까운 반항을 하는 궁녀가 왠지 낯설지가 않았다. 그는 눈을 비비고 자세히 살펴보다 깜짝 놀랐다. 그 궁녀는 바로 자신의 은인인 소마라고였던 것이다. 그는 터져 나오는 분노를 주체하지 못했다.

그는 살그머니 돌아와 큰 자기 주전자에 찬물을 듬뿍 담았다. 그리고는 현장을 다시 찾아갔다. 소마라고는 속옷이 거의 다 찢긴 채로 거의 체념한 듯 가쁜 숨을 몰아쉬고 있었다. 갈저합 역시 온통 땀으로 범벅이 된 채 헐떡거렸다. 악에 받힌 소모자는 들고 간 물주전자를 들어 갈저합의 뒤통수를 겨냥해 힘껏 내리쳤다.

퍽!

둔탁한 소리와 함께 갈저합의 머리는 마치 잘 익은 수박이 터지듯 검붉고도 흰 살점을 사방에 흩뿌리면서 박살이 나고 말았다. 갈저합은 눈을 잠깐 희번덕거리더니 목이 비틀린 수탉이 그럴까 싶게 두 다리를 맥없이 두어 번 버둥대다가 그대로 죽어버리고 말았다.

그러나 죽었는지 살았는지조차 확인할 겨를이 없을 정도로 화가 치민 소모자는 분노를 참지 못했다. 다시 펄펄 끓는 물을 주전자 가득 담아다가 갈저합의 몸에 쏟아 부은 것이다. 그는 그러기를 몇 번씩이나 반복했다. 그러고 나서야 비로소 분이 다소 풀리는지 거의 혼절한 상태에 있는 소마라고를 부축해 자신의 숙소에 데려다 뉘였다.

소모자에게서 자초지종을 들은 강희는 소마라고가 무사하다는 말에 안도의 한숨을 내쉬었다.

"조만간 자네의 공을 크게 표창하겠네!"

강희는 가마에 올라타더니 당당하게 외쳤다.

"건청궁으로 가자!"

건청궁과 육경궁에서 오배와 추종 세력이 사로잡히는 일대 사건이 벌어졌다는 소문은 바로 퍼져나갔다. 황궁은 발칵 뒤집혔다. 소문을 들은 황궁 사람들은 대경실색하지 않을 수 없었다. 그러나 육경궁에서 그다지 멀리 떨어지지 않은 문화전에서는 알필륭과 웅사리가 여전히 여유만만하게 장기를 두고 있었다.

그러나 웅사리는 겉모습에서 비치는 것처럼 그렇게 평상심을 유지하고 있지는 않았다. 오배가 잡혔다는 소식을 접하고 직접 참여한 공신으로서 상당한 환희를 느끼고 있었다. 그가 장기에 열중하면서 아무런 반응도 보이지 않는 알필륭을 바라보고 고개를 갸웃거렸다.

"알 대인, 마냥 이러고 있을 때가 아닌 것 같은데요?"

"아니 그게 무슨 말씀입니까? 단도직입적으로 알아듣게 얘기해 보십시오."

웅사리가 몸을 천천히 일으키면서 천천히 입을 열었다.

"폐하께서 오늘 궁중에서 지혜롭게 오배를 생포하지 않았습니까? 지금쯤은 거의 수습이 끝났을 겁니다. 그대는 선제가 믿고 맡긴 보정대신입니다. 직급도 오배보다 높았습니다. 하지만 그러면서도 칠 년 동안 좀 심하게 말하면 제 구실을 전혀 못했다고 할 수 있습니다. 오배를 견제할 수 있는 자리에 있었으면서도 보고도 못 본 척, 듣고도 못 들은 척하지 않았습니까? 무서워서 그랬는지는 모르겠으나 아무튼 변칙적으로 오배의 기를 살려준 격이 된 것은 사실입니다. 내 말은 이 시점에서 폐하께 뭔가 고백할 것이 없느냐 이겁니다."

웅사리는 따끔하게 알필륭에게 결정적인 충고를 하고는 자리에서 일어났다. 그의 지적은 틀린 말이 하나도 없었다. 완전히 정곡을 찔렀다. 그래서였는지 알필륭은 바로 진땀을 뻘뻘 흘리기 시작했다. 그는 웅사리가 나가려고 하자 다급하게 그의 옷자락을 잡으면서 간절한 어조로 부탁했다.

"웅 대인, 그대는 나라는 사람을 잘 알지 않습니까. 내가 폐하를 해치려고 하는 오배와 같은 배를 타고 동조를 해온 것이 결코 아니라는 사실을 말입니다. 지금 듣고 보니 폐하께서 그렇게 오해를 하실 법도 할 것 같습니다. 그래서 하는 부탁입니다만 제발 폐하께 가서 말씀 좀 잘 해주십시오!"

웅사리는 밭고랑처럼 깊게 패인 주름에 땀방울이 그렁그렁 맺혀 있는 알필륭의 쭈글쭈글한 얼굴을 바라보고는 일순 마음이 약해졌다. 나가려다 말고 돌아서더니 한숨을 내쉬었다.

"이런 때일수록 남에게 부탁하기보다 스스로 나서야 합니다. 폐하가 불러들일 때를 기다리지 말고 직접 찾아가 얼굴을 보면서 빌어보는 것이 낫지 않겠습니까?"

"맞습니다, 맞아요. 웅 대인의 말씀이 천만 지당한 말씀이에요! 지적해 주셔서 고맙습니다!"

알필륭은 웅사리의 말을 통해 목숨을 부지할 방법을 찾은 듯했다. 바로 웅사리를 향해 허리를 깊숙이 굽혀 인사를 하고는 문화전을 나와 건청궁으로 줄달음질쳤다.

경운문 부근에는 경계가 삼엄했다. 알필륭은 황급히 통행 허가증을 내밀었다.

"죄신罪臣 알필륭이 폐하를 알현하려고 하옵니다!"

얼마 후 건청문 저편에서 강희가 부르는 소리가 들려왔다.

"알필륭은 안으로 들라!"

알필륭은 다리를 부들부들 떨면서 건청궁 안으로 들어갔다. 무조건 무릎부터 꿇었다. 그가 머리를 깊이 숙인 채 힐끔 곁눈질했다. 옆에 누군가가 같은 자세로 꿇어앉아 있는 모습이 시야에 들어왔다. 강친왕 걸서였다.

강희는 평소부터 벼르고 있던 두 사람이 제 발로 찾아와 무릎을 꿇고 있는 모습을 지켜보다 명령을 내렸다.

"걸서, 먼저 일어나게!"

강희가 다시 알필륭을 향해 물었다.

"알필륭, 그대는 무슨 죄를 지었는지 알겠는가?"

"소인……, 지은 죄를 알겠사옵니다!"

"지은 죄를 낱낱이 말해 봐!"

강희가 뻗대지 않고 순순히 죄를 인정하는 병들고 초췌한 얼굴의 알필륭을 바라봤다. 순간 가엾다는 생각이 그의 뇌리를 스쳐 지나갔다. 알필륭이 그런 강희의 마음을 아는지 모르는지 장황하게 대답했다.

"소인은 명색이 보정대신이옵니다. 그럼에도 선제의 기대에 부응하지 못했사옵니다. 그로 인해 오배의 안하무인인 행동을 방조한 셈이 됐사옵니다. 결과적으로 기고만장한 오배가 군주를 기만하고 나라를 어지럽게 만드는 죄를 지었는데도 방치하는 중죄를 저질렀사옵니다. 오늘 영명하신 천자께서 용맹과 지혜로 만인의 원수를 제거하셨사옵니다. 이는 백성들의 크나큰 복이 아닐 수 없사옵니다. 그러나 소인은 도움이 된 바가 전혀 없사옵니다. 정말 면목이 없고 창피하기 그지없사옵니다. 어떠한 벌이라도 달게 받겠사옵니다."

"말로는 뭔들 못하겠나!"

강희가 알필륭의 말을 싹둑 잘라버렸다. 그의 입에서 거침없이 쏟아져 나오는 말을 듣자 다시금 화가 치민 것이다.

"알필륭, 자네는 오배가 무슨 짓을 하고 다니는지 다 알고 있었어. 그러면서도 왜 그동안 입을 다물고 있었나? 또 땅을 함부로 빼앗지 말라는 명령을 수도 없이 어긴 오배에 대해 왜 찍소리 한번 못하고 있었나? 조정의 기강을 세우고 나라의 안정을 도모하기 위해 오배를 탄핵하려 했던 소극살합을 도와주지는 못할망정 오배와 한통속이 됐어. 충신을 사지로 몰아넣었잖아!"

강희가 흥분한 나머지 알필륭의 죄상을 일일이 거론했다. 알필륭은 어쩔 줄 몰라 했다. 급기야 바닥에 머리가 부서져라 조아리면서 죄를 인정하고 용서를 빌고 또 빌었다.

걸서의 얼굴도 사색이 돼 있었다. 눈앞에 펼쳐지는 모든 광경을 지켜보다 자연스럽게 뒤가 켕긴 것이었다. 강희가 이번에는 고개를 돌려 걸서를 노려보면서 분노를 터트렸다.

"강친왕 걸서!"

"예, 폐하!"

걸서가 깜짝 놀라 움찔거리면서 다시 무릎을 꿇었다. 지나치게 긴장했는지 미처 두루마기자락을 잡지 못해 하마터면 걸려 넘어질 뻔했다.

무너지듯 땅에 엎드린 걸서는 강희가 뭐라고 묻기도 전에 심하게 떨리는 목소리로 먼저 죄를 자백하기 시작했다.

"소인 역시 죽어 마땅한 큰 죄를 범했사옵니다. 소인의 죄는 이루 다 말할 수 없이 많사옵니다. 죄질도 알필륭보다 훨씬 무겁다고 생각하옵니다. 폐하께서 엄벌을 내리시는 대로 달게 받겠사옵니다!"

걸서는 원래 황족皇族이었다. 그래서 어린 강희가 커오는 모습을 쭉 지켜볼 수 있었다. 때로는 무릎 위에 올려놓고 재롱을 떠는 모습을 보며 잠시나마 마음의 시름을 잊었던 시기도 있었다. 강희 역시 이런 사실을 모르지 않았다. 당연히 측은한 마음이 드는 것을 어쩌지 못했다. 친왕으로서 제 구실을 못한 데에 대한 괘씸함을 잠시 잊기로 마음을 먹었다.

강희는 흰 머리카락을 휘날리면서 죽어라 머리를 조아리는 걸서를 고통스러운 듯 바라보다 눈을 지그시 감았다.

"결서의 왕작王爵을 박탈한다. 알필륭의 정대화령頂戴花翎(신분이 높은 관리가 쓰는 관모)을 회수한다! 둘 다 그만 나가 보게!"

"예!"

알필륭과 결서가 입을 맞춘 듯 대답을 하자 동시에 두 명의 시위가 달려들었다. 이어 두 사람이 머리 위에 쓰고 있던 왕관과 모자를 벗겼다. 둘은 목숨을 건졌다는 안도감에 쿵쿵 소리가 나게 머리를 조아리면서 감사를 표하고는 물러났다.

강희가 뒤돌아서는 두 사람의 축 처진 어깨를 바라보다 갑자기 다시 불러 세웠다. 알필륭의 경우는 그의 손녀를 곧 황비皇妃로 맞이하는 데다 어찌 됐든 무호에 가서 군량미 문제를 잘 마무리하고 온 공은 인정해야 했던 것이다.

계단을 내려서던 두 사람이 느닷없는 강희의 부름에 황급히 되돌아와 다시 무릎을 꿇었다. 강희가 긴 한숨을 내쉬면서 입을 열었다.

"그대들이 저지른 죗값을 따지자면 직위 해제 정도야 아주 경미한 벌이라고 할 수 있지. 그러나 어쨌든 황친이고 선조 때부터 대청제국을 섬겨온 노신인 점을 감안해 특별히 속죄의 기회를 주겠어. 그대들을 먼저 형부로 보내겠어. 그곳에서 오배를 심문하고 감시하는 책임을 지라고. 속죄하고 참회하면서 옛날의 영화를 다시 찾을 수 있는 마지막 기회야. 그 사실을 명심하고 열심히들 하게."

강희가 말을 마친 다음 발치에 엎드려 있는 두 사람을 힐끔 일별했다. 생각지도 않은 예상 밖의 특혜였다. 결서와 알필륭은 눈물범벅이 된 채 이마를 쿵쿵 찧었다.

"폐하의 하해와 같은 너그러우심과 깊은 아량에 영원무궁토록 감사드리옵니다. 이 한 목숨 붙어 있을 때까지 두고두고 은혜에 보답하겠사옵니다!"

"위동정!"

강희는 두 사람이 물러가기를 기다렸다가 위동정을 불렀다. 위동정이 황급히 자리에서 일어나 바닥에 무릎을 꿇으면서 우렁차게 대답했다.

"소인 위동정, 대령했사옵니다!"

"자네의 특별공로를 인정해서……."

강희가 잠시 생각하더니 말을 이었다.

"자네를 북안백北安伯으로 봉하겠네."

강희는 그러고도 모자랐는지 다시 덧붙였다.

"명주를 일등 시위로 임명한다. 나머지 유공자는 위동정이 공로를 치하하도록 한다."

"오육일!"

위동정이 물러나자마자 이번에는 오육일을 불렀다.

"소인, 대령했사옵니다!"

오육일이 대답과 함께 미끄러지듯 무릎을 꿇었다.

"나는 자네를 중용하기로 이미 마음을 굳혔네. 일단 병부상서를 맡도록 하게. 조만간 자네 같은 인재가 더 필요한 자리로 옮겨주겠네."

강희가 또다시 생각에 잠기더니 덧붙였다.

"또 강친왕 걸서, 알필륭과 함께 오배를 심문하고 자백을 받아내도록 하라!"

"성지를 받들겠사옵니다!"

오육일이 큰 소리로 대답하고 나서는 잠시 주저하다 입을 열었다.

"소인, 감히 폐하께 아뢸 말씀이 있사옵니다."

"뭔가? 무엇이든 말해 보게."

강희가 애정이 듬뿍 담긴 눈으로 오육일을 바라봤다.

"다름이 아니라 소신의 막료인 하지명이 이번에 오배를 체포하는 과정에서 큰 공을 세웠사옵니다. 그 공에 따라 병부주사兵部主事 겸 시랑으로 임명됐사옵니다. 그러니 폐하께서 직접 조서를 내리시어 널리 공표해 주시옵소서!"

"알았네. 이부吏部에 지시해 처리하도록 하겠네."

강희가 흔쾌히 대답하고는 자리에서 일어났다. 이제껏 누구 못지않게 마음을 졸이고 궁금해 하고 있을 태황태후를 뵈러 가기 위해서였다.

40장

드디어 황제를 만나는 오차우

오배의 집은 철저하게 압수수색을 당했다. 오배가 체포됐다는 사실과 함께 삽시간에 북경 전체에 퍼진 이 소식은 그야말로 천하를 진동시켰다. 내무부와 순방아문에서 일하던 오배의 측근들은 상황이 궁금할 수밖에 없었다. 당연히 오배의 집으로 몰려갔다. 그러다 하마터면 그곳을 지키고 있던 오육일의 부하들에 의해 감금을 당하는 횡액을 당할 뻔했다.

오육일이 부하들을 동원해 오배의 집에서 찾아낸 갖가지 물건들은 대청 안에 산더미처럼 수북하게 쌓여 있었다. 이 물건들은 종류별로 분류되어 장부에 하나하나 빠짐없이 기재되었다.

오배의 부인 영씨는 동쪽 곁채에 갇혀 있었다. 사감매를 비롯한 다섯 명의 시녀들은 오배의 집이 수색을 당하는데도 의리 있게 그녀의 곁을 함께 지켰다. 그러나 하인들은 마치 왕벌이 떠난 벌집의 벌처럼 우왕좌왕했다.

오육일은 오배 가족을 감금한 반면 하인들은 그대로 내버려뒀다. 따라서 400여 명에 이르는 하인들 가운데 절반 이상은 신속히 자신의 거취를 결정할 수 있었다. 미련 없이 떠나버렸다. 물론 오갈 데 없는 하인들은 요행을 바라면서 그대로 남아 있었다.

영씨는 집안에 갑자기 불행이 닥쳤으나 평소의 그녀답게 의연하고 침착하게 일처리를 해나갔다.

"다들 이리로 와 봐!"

영씨가 시녀들을 불러 모았다. 여기저기에 흩어져 있던 시녀들이 그녀의 주변으로 모여들었다. 모두들 힘없이 어깨를 축 늘어뜨린 모습을 하고 있었다.

"어르신께서 사고로 붙잡히고 나니 우리 집도 꼴이 말이 아니구나. 앞으로 내가 잘해줄 자신도 없어. 때문에 너희들을 잡아둔 채 고생을 시키고 싶지는 않아. 그러니 너희들도 친척집으로 가든지 알아서 하도록 해. 고향에 집이 있으면 고향으로 돌아가도 좋고. 어서 짐을 챙겨가지고 떠나도록 해라."

영씨가 말을 마치고는 슬픔에 북받쳐 눈물을 훔치다 다시 입을 열었다.

"내가 반포이선은 가까이 할 인물이 못 된다고 그렇게 귀띔을 해줬는데! 미심쩍다고도 했고. 그래도 건성으로 듣더니, 그예 믿는 도끼에 발등이 찍히고 말았어! 잘은 모르겠지만 이번에는 아주 제대로 걸린 것 같아!"

영씨가 눈물을 흘리면서 푸념을 늘어놓았다. 그 말을 들으면서 사감매는 뭐라고 형언할 수 없는 감정에 사로잡혔다.

그녀는 처음 북경을 찾았을 때만 해도 복수하려는 일념에 불타 있었다. 때문에 만주족이라고 하면 이가 갈릴 정도로 증오했다. 그러다 소꿉 동무인 위동정을 우연히 만나면서 강희를 서서히 받아들였다. 그의 영향을 받은 것이다. 더구나 의부인 사용표가 청나라에 귀순하면서 자신도 모르게 강희가 오배를 생포하는 작전에 휘말리게 됐다.

또한 그녀는 오배의 부인 영씨와도 두터운 정을 쌓았다. 어느 쪽도 쉽게 등질 수 없는 난감한 처지에 놓이게 되었다. 게다가 영씨는 다른 것은 제쳐 두더라도 비천한 사람과 오갈 데 없는 불쌍한 처지에 놓인 사람들을 누구보다 후덕하게 안아주는 따뜻한 마음의 소유자였다. 그랬기 때문에 사감매는 지난 수 년 동안 늑대와 같은 오배와 한 지붕 아래 살 수가 있었다.

한 치 앞도 내다볼 수 없는 것이 인생이라는 말이 있다. 그러나 천하를 호령하면서 으스대고 다니던 오배가 하루아침에 역적이 되어 깊고 깊은 황궁의 감옥에 갇힌 것만큼은 정말 상상할 수조차 없는 일이었다. 영씨가 하루아침에 집안이 망하는 아픔을 겪게 된 것은 더 말할 필요도 없었다.

사감매는 평소 영씨가 나약한 모습을 보이는 것을 단 한 번도 보지 못했다. 그랬으니 영씨가 눈물을 흘리는 모습을 안타까이 지켜보면서 왠지 모를 삶의 무상함에 사로잡힐 수밖에 없었다. 결국 그녀는 영씨에게 다가가 조용히 위로를 했다.

"마님, 너무 슬퍼하지 마세요. 이번 일은 운명에 맡기고 마님께서도 어서 추스르고 일어나셔야죠. 저는 언제까지나 마님 곁을 지킬 거예요!"

"그런 말 하지 마."

영씨가 사감매의 말에 억지로 웃음을 지어보이면서 극구 말렸다.

"이제까지 나를 믿고 따라준 너희들한테 험한 꼴을 보인 것이 정말 미안하기 그지없구나. 잘해 주지는 못할망정 이게 무슨 꼴이냐!"

영씨가 땅이 꺼져라 한숨을 내쉬면서 덧붙였다.

"내가 좀 숨겨둔 돈이 있는데……."

영씨가 목소리를 낮추면서 주위를 두리번거렸다. 이어 안주머니에서 은표 한 장을 꺼냈다.

"나는 돈이 필요 없어. 그러니 너희들이 이걸 가져다 바꿔서 나눠 쓰도록 해라!"

영씨는 모든 것을 포기한 사람처럼 담담했다. 부들부들 떨리는 손으로 사감매에게 은표를 건네줬다.

"만 냥이야. 너는 다른 애들보다 늦게 들어왔어. 그래도 저 애들보다 일처리가 똑 부러지고 생각이 깊었어. 내가 너를 더 좋아했던 것은 그래서였지. 내 마음을 잘 헤아려서 이 돈을 가져다 다들 똑같이 나눠 쓰도록 해라!"

시녀들은 영씨의 말에 감동했는지 눈물범벅이 돼 서로 부둥켜안고 울었다. 사감매는 잠시 어떻게 할지를 몰라 망설이다 은표를 다른 시녀에게 넘겨줬다.

"네가 가져다 바꾼 다음에 골고루 나눠줘. 마님은 누군가 지키고 있어야 하니까 나는 아무 데도 안 갈 거야!"

"안 돼!"

영씨가 갑자기 안색이 변하면서 나지막이 외쳤다.

"사실 나는 어제부터 단식에 들어갔어. 평생 역적의 마누라로 낙인찍혀 사람들 손가락질을 받으면서 거지같이 살 바에야 차라리 굶어 죽는 게 나아."

역시 영씨는 보통 사람과는 달랐다. 오배가 체포된 후부터 일찌감치 죽음을 준비하고 있었던 것이다! 시녀들은 영씨의 말에 대성통곡을 했다. 사감매도 가슴이 미어질 듯 아팠다. 그러나 영씨는 굳은 결심을 한 듯 옅은 미소를 지으면서 자신의 의지를 관철시키겠다는 결연함을 보였다.

사감매는 오랜 세월을 영씨와 가깝게 지냈다. 때문에 그녀의 고집을 모르지 않았다. 그녀가 자리에서 일어서면서 순간적으로 기지를 발휘한 것도 그래서였다.

"마님, 어르신 일 때문에 죽음을 결심했다면 저도 왈가왈부할 수는 없습니다. 하지만 어르신은 아직 살아남을 희망이 있습니다. 그런데 마님께서 먼저 죽어버리시면 나중에 억울해서 어떡해요? 제가 나가서 뭘 좀 알아보고 올 테니 마님께서는 그때까지 다른 마음을 먹지 마시고 계세요."

사감매는 말을 마치자 바로 무릎을 꿇고 머리를 조아리고는 밖으로 나갔다.

사건은 며칠 동안의 심문을 통해 생각보다 훨씬 복잡한 것으로 드러났다. 강희는 양심전에서 매일 걸서, 알필륭, 오육일을 만나는 것이 일과가 돼버렸다.

위동정 역시 심문 내용에 대해 훤히 꿰고 있었다. 지난번 강희가 반포이선에 대해 내렸던 평가가 적중했다는 사실도 알 수 있었다. 그는 반포이선이 결코 오배와 같은 배에 타지 않았다고 했던 강희의 말을 떠올리면서 열다섯 살밖에 안 되는 어린 황제에게 다시 한 번 감탄했다.

"옛말이 하나도 틀린 것이 없어. 걷는 놈 위에 뛰는 놈 있고, 뛰는 놈 위에 나는 놈 있다더니!"

강희가 말을 이었다.

"짐은 반포이선이 오배의 뒤통수를 칠 것을 미리 짐작했어. 그러고 보니 오배와 반포이선은 누가 역모의 주모자인지도 가려내기 애매하게 됐네."

"폐하께서는 역시 영명하시옵니다!"

걸서가 아부하듯 비굴한 웃음을 지어보이면서 덧붙였다.

"주모자는 역시 오배이옵니다. 하지만 반포이선도 명색이 황실과 가까운 혈족이라는 사람이 황궁을 탈취하려는 역모를 꾀했으니 오배 못지않은 죄를 범했다고 생각하옵니다."

"일리가 있네."

강희가 머리를 끄덕였다.

"간사하고 교활하기 이를 데 없는 자인지도 모르고 밤낮 머리를 맞대고 있었으니, 오배가 아무리 날고 긴다고 해도 그의 손바닥 안에서 놀아날 법도 하네, 뭐."

알필륭은 강희의 말에 오배를 은근히 비호하는 의미가 숨어 있다고 생각했다. 그래서 보다 자세하게 황제의 속내를 떠보고 싶었다. 그가 내친 김에 바로 말을 꺼냈다.

"《대청률》에 의하면 이런 중죄인들은 누가 주모했느냐를 떠나 모두 능지처참의 형벌에 처해야 마땅하옵니다. 나머지는 폐하의 뜻을 따르면 될 것이옵니다."

알필륭의 목소리에는 힘이 넘쳤다. 며칠 사이에 건강도 많이 좋아진 듯했다. 마음 역시 편해 보였다.

"하여튼 제 버릇은 남 못 준다니까!"

강희는 알필륭의 말뜻을 완전히 이해하지 못한 듯했다. 알필륭이 또 책임을 떠안기 싫어 미루는 줄 알고 핀잔을 주었다. 강희가 다시 입을 열었다.

"충신의 허울을 쓰고 자신의 주장 하나 말하지 못한다면 어디에 쓰겠나! 나머지는 짐의 명령을 따르니 어쩌니 하면 어떻게 하겠다는 거야?

그럴수록 짐은 더 궁금해져. 오배를 도대체 어떻게 처리하는 것이 좋겠는지 어디 한번 말해봐!"

강희가 계속 압박을 하자 알필륭이 대답했다.

"죽이는 것은 당연하옵니다. 문제는 죽이는 방법도 여러 가지이기 때문에 어떤 것을 선택하느냐에 달렸다고 생각하옵니다. 오배는 그래도 명색이 보정대신이옵니다. 또 대청제국이 산해관을 넘어온 이래 적지 않은 공로도 세웠사옵니다. 그런 만큼 그냥 목을 베는 것이 좋을 것 같사옵니다. 이것도 폐하의 자비로운 마음이 계시기에 가능하지 않을까 하옵니다."

강희는 알필륭의 마지막 말이 그나마 마음에 드는 듯했다. 옆에 있던 태황태후도 만족스럽게 고개를 끄덕였다.

강희가 갑자기 시선을 옆으로 돌렸다. 그곳에는 내내 한마디도 하지 않고 있는 웅사리가 서 있었다.

"그대는 왜 말이 없는가?"

웅사리가 아무 생각도 하지 않고 있었던 것은 아니었다. 오히려 오배 문제를 보다 넓고 또 깊게 생각하고 있었다. 그러던 중 강희가 자신에게 묻자 황급히 허리를 굽히면서 아뢰었다.

"폐하께서 말씀하신 대로 오배의 죄행은 어떤 형벌을 내려도 지나치지 않다고 생각하옵니다. 그러나 이제부터는 오배에 더 이상 집착할 필요는 없사옵니다. 그저 군주의 통치에 유리한 방향으로 오배 사건을 마무리했으면 하옵니다. 그까짓 오배를 처단하는 것은 어찌 보면 간단하기 이를 데 없사옵니다. 하지만 그것은 폐하께서 앞으로 나라와 조정을 이끌어 나가시는데 막대한 영향을 끼칠 수가 있사옵니다. 때문에 신중하지 않을 수 없사옵니다."

"이게 바로 노련하고 유능한 대신이 필요하다는 산 증거네!"

강희는 웅사리의 말을 높게 평가했다. 그가 걸서와 알필륭을 쳐다보면서 가볍게 질책을 했다.

"걸서와 알필륭은 무술만 잘했지 이런 쪽으로는 약하다는 것이 문제야! 다들 짐의 눈치를 보지 말고 대국적인 면에서 잘 의논해 보도록. 이게 짐의 뜻이야."

위동정은 퇴청 후에 오차우를 만나러 가기 위해 간편한 복장으로 갈아입었다. 오차우는 이때 색액도의 집에 머물고 있었다. 오배가 체포된 다음 색액도가 사람을 보내 그를 자신의 집으로 데리고 온 것이다.

위동정이 오차우를 만나려는 이유는 간단했다. 오배를 어떻게 처리하는 것이 '군주의 통치'에 유리한지 그것을 오차우에게서 듣고 싶었던 것이다. 그는 발걸음을 재촉했다.

오차우와 명주는 뭔가 신나게 얘기를 나누고 있는 중이었다. 그러다 위동정이 들어오자 재빨리 자리를 권했다.

"어서 오게."

"무슨 재미나는 얘기를 하고 있었습니까?"

위동정이 자리에 앉으면서 물었다.

"오배 얘기지 뭐."

명주가 덧붙였다.

"형님이 지금 그러시잖아. 이번에 조정에서는 오배를 죽이지 않을지도 모른다고 말이야. 그게 말이 된다고 생각해?"

순간 위동정은 대단한 흥미를 느낀 듯 의자를 바싹 앞으로 당기면서 물었다.

"내가 방금 순덕順德 다관茶館에서 오는 길입니다. 그런데 시중의 여론이 다들 한결같았습니다. 지금 당장 오배를 능지처참의 형벌에 처해야 한다고요."

명주가 위동정의 말에 바로 손뼉을 쳤다.

"어때요, 형님! 제 말이 맞죠!"

"죽이는 것은 실수야!"

오차우는 여전히 단호하게 부정적인 의견을 피력했다.

"오배는 지금 도마 위에 오른 생선이야. 죽이든 살려주든 그게 무슨 대수라고! 지금 조정에서는 그의 손발을 묶어놓고 눈과 귀, 혀까지 다 잘라버린 셈이야. 가둬 놓는다고 무슨 큰일이 나는 것도 아니잖아? 네 명의 보정대신들 중에 한 명은 병들어 죽었어. 또 한 명은 억울하게 맞아죽었지. 그리고 이번에는 능지처참까지 당하게 됐어. 그러면 소위 보정대신의 체면이 뭐가 되겠냐고? 그러니 폐하의 입장이나 조정으로서는 문무백관들의 정서도 고려하지 않을 수가 없다는 거지."

오차우가 차를 한 모금 마셔 목을 축인 다음 말을 이었다.

"이게 이유 중의 하나야. 또 더욱 더 중요한 것은 지금 남쪽 지방에 황실에 복종하지 않고 군대를 일으키겠다고 아우성치는 많은 왕들과 장군들이 있다는 사실이야. 특히 그 가운데는 오배와 친분이 두터운 사람들이 적지 않아. 이런 상황에서 오배를 죽이면 그들이 어떤 반응을 보일지 장담할 수 없어."

위동정과 명주는 오차우의 말을 듣고 나자 새로이 뭔가를 깨달았다. 강희가 오배의 처리에 대해 쉽게 용단을 내리지 못하는 이유가 확실히 그 때문인 것 같았다.

"형님!"

명주가 오차우를 부르면서 뭔가를 말하려고 했다. 그러나 시원스럽게 뱉어 내지 못하고 잠시 우물거렸다. 그는 오배가 전에 두 번씩이나 강희를 모해하려고 한 사실을 말한 다음 그런 것까지도 용서해야 하느냐고 물으려 했다. 그러나 마지막 순간에 목구멍까지 올라온 말을 겨우 도로 삼켰다. 오차우가 그 두 가지 일의 내막을 잘 모르는 데다 비밀을 반드시 지키라는 강희의 명령이 있었기 때문이었다. 명주가 에둘러 물었다.

"오배는 여러 차례 군주를 살해하고 자기가 황제가 되려고 했어요. 이런 죄인을 안 죽인다는 게 말이 됩니까?"

"평소의 소행에 비춰 추측한다면 그런 일을 저지르고도 남을 위인이지."

오차우가 잠시 고민을 하다 다시 말했다.

"아직까지 황제의 명이 내려지지 않는 것을 봐서는 그런 일에 발목이 잡혀 있는 것이 틀림없어."

오차우가 싱긋 웃어 보였다.

"자네들은 이 모든 것을 피부로 느끼는 지위에 있으니 오배의 처리에 대해 왈가왈부할 수 있어. 그런데 나는 싱겁게 왜 이러지?"

오차우 등이 얘기를 주고받는 사이 색액도가 돌아왔다. 위동정과 명주가 얼른 자리에서 일어섰다. 오차우 역시 황급히 허리를 굽혀 인사를 했다.

"어르신, 축하드립니다. 며칠 안 있으면 더욱 높은 자리로 올라가시겠죠?"

"나만 축하받을 수 없습니다. 오 선생님은 더욱 축하받아야 해요!"

색액도가 껄껄 사람 좋게 웃으면서 자리에 앉았다. 그러더니 전혀 뜻 모를 말을 했다.

"지금처럼 어지러운 시절에는 선생님 같은 유능하신 분들이 조정에 중용될 것이 분명합니다!"

"용공자는 어디 있죠? 제가 돌아온 지도 며칠이나 지났습니다. 그런데 용공자가 보이지 않는군요. 예불을 드리러 갔다가 아직도 돌아오지 않은 건가요?"

색액도가 웃으면서 오차우의 말을 받았다.

"용공자요? 그렇지 않아도 어제 동생이 소식을 전해왔습니다. 사흘 동안의 예불이 끝나면 북경으로 돌아온답니다. 그때 가서 만나면 되죠."

위동정은 별다른 일은 없는 것 같다는 생각이 들자 자리에서 먼저 일어났다.

"재미있게 얘기 나누세요. 저는 남은 일이 좀 있어서 이만 가보겠습니다."

위동정이 색액도의 집에서 막 호방교에 있는 자신의 집으로 돌아와 잠시 숨을 고르고 있을 때였다. 밖에서 문지기가 황급히 들어오더니 아뢰었다.

"어르신, 밖에서 어떤 여자가 어르신을 찾는데요?"

"여자?"

위동정은 잠시 놀란 표정을 짓다가 '누굴까?' 하고 생각을 하면서 일단 밖으로 나왔다. 그런데 뜻밖에도 문 앞에 사감매가 서 있는 것이 아닌가!

두 사람은 갑자기 멍한 표정을 한 채 서로 한동안 바라보기만 했다. 북경에서 이들의 만남은 이번이 세 번째였다. 처음에는 서하 시장에서 잠시 만났다가 목리마에게 쫓겨 헤어졌다. 두 번째는 사감매가 야밤에 찾아와 기밀을 알려준 덕분에 강희를 구했을 때였다. 그 뒤로 두 사람은 유화 등을 통해 자주 소식을 주고받았다. 하지만 최근에는 만나지 못했다. 그 사이 두 사람은 그야말로 각자 엄청난 풍랑을 겪었다.

위동정 앞에 나타난 사감매의 몰골은 말이 아니었다. 머리가 마구 헝클어진 채 창백한 얼굴로 가쁘게 숨을 몰아쉬고 있었다.

위동정은 흐트러진 모습을 보고 오배가 체포된 이후 그녀가 겪었을 고통을 어렵지 않게 짐작할 수 있었다. 그는 가슴이 미어졌다.

위동정은 한참이나 할 말을 잃었다가 드디어 입을 열었다.

"감매야, 네가 거기에서 이 정도로 고통스런 나날을 보낼 줄은 정말 몰랐다. 요새 내가 너무 바쁜 탓에 너를 제대로 돌보지 못해서 미안하다. 하지만 오육일 장군에게 그 집 시녀들과 하인들에게는 손을 대지 말라고 특별히 부탁을 했는데……."

"오빠, 그런 얘기는 나중에 해요."

사감매가 가까이 다가서면서 덧붙였다.

"중요한 일 한 가지만 물어볼게요."

위동정은 황급히 그녀를 자신의 침실로 안내했다. 위동정의 침실은 모든 것이 1년 전과 그대로였다. 책상 위에는 당시 위동정이 읽었던 책이 놓여 있었다. 사감매가 앉았던 방석도 그대로 놓여 있었다. 그날 밤 사감매가 화장을 하느라고 갖다놓았던 경대와 빗들도 그 자리에 있었다. 며칠 동안 청소를 하지 않은 듯 먼지가 살짝 내려 앉아 있는 것만이 다를 뿐이었다.

사감매는 얼굴이 홍당무가 되더니 손으로 헝클어진 머리카락을 대충 빗어 넘겼다.

"우리 이쪽 일은 어떻게 돼요?"

"너는 갈수록 그 집 사람이 돼 가는구나!"

위동정이 말을 이었다.

"하기야 네가 오늘 이렇게 찾아왔는데, 그게 뭐가 문제야! 그런데 우리 어머니가 너를 얼마나 보고 싶어 하는지 모르지?"

"남은 급해 죽겠는데 무슨 말을 하려고 그래요?"

사감매는 얼굴이 귀밑까지 빨개지면서 애교스럽게 화를 냈다. 그러더니 머리를 다소곳이 숙이며 덧붙였다.

"만날 자기 좋은 생각만 하고 있어!"

"그러면 우리보다 중요한 일이 또 어디 있어?"

위동정이 농담조로 말했다. 그러나 사감매의 분위기가 어쩐지 이상하다고 느끼고는 정색을 하고 물었다.

"그러면 오늘 저녁에 날 찾아온 것은 긴급히 상의해야 할 무슨 다른 일이 있어서야?"

사감매는 그제야 자신이 오배의 집에 들어간 후 어떻게 영씨의 사랑을 받아왔는지에 대해 낱낱이 말해줬다. 또 자신이 어떻게 영씨를 속였는지에 대해서도 털어놨다. 더불어 영씨가 단식을 하면서 자살을 시도하고 있다는 사실, 이 모든 것을 바라보는 자신의 심경까지도 숨김없이 밝혔다.

위동정은 눈물까지 흘리면서 하소연하는 사감매의 말을 듣고는 더욱 마음이 복잡해졌다. 또 난감하기도 했다. 세상에서 가장 종잡을 수 없는 것이 있다면 그것은 바로 인간의 감정이리라. 사감매만 하더라도 그랬다. 그녀는 처음에는 오배와 같이 죽는 한이 있더라도 원수를 갚겠다고 이를 앙다물었다. 그런데 이제는 영씨를 위해 다시 오배의 구명운동을 벌이고 다니지 않는가!

위동정은 사감매의 말이 억지스럽다고 생각했다. 또 다른 한편으로는 어딘가 일리가 있는 것 같기도 했다.

"너…… 너라는 애는 왜 이렇게 대책이 없냐?"

위동정이 한참 고민에 빠져 있다 사감매를 나무라면서 앞으로 다가갔다. 이어 그녀의 어깨를 살며시 감싸안아 주었다. 잠시 후 그가 무거운 어조로 말했다.

"너도 알다시피 지금 이 모든 것을 주관하는 사람은 황제폐하야!"

"그건 나도 알아요."

사감매가 풀죽은 목소리로 말을 이었다.

"나도 오빠의 처지를 모르는 것은 아니에요. 그러니 꼭 어떻게 해달라고 강요하는 것이 아니라 그렇다는 사실을 알려주고 싶었을 뿐이에요. 사람은 양심과 의리를 저버려서는 안 된다고 생각해요. 또 마님이 돌아가시면 나는 일품 고관의 부인이 된다고 해도 사는 재미가 없을 것 같아요!"

사감매가 자리에서 일어서더니 쓸쓸한 웃음을 지어 보이면서 덧붙였다.

"이만 가볼게요. 째려보지는 마요. 죽지는 않을 테니까 너무 걱정하지도 말고. 하다하다 안 되면 심산유곡에 있는 암자를 찾아가 한평생 속죄하면서 살 거예요!"

위동정은 순간 이대로 그녀를 보내면 다시는 못 만날 것 같은 불안감에 휩싸였다. 그런 생각이 들자 성큼 다가가 그녀의 앞을 막고 어깨를 부여잡는 용기를 낼 수 있었다.

"가지 마! 나는 너와 같이 있고 싶어!"

위동정의 눈에서는 어느덧 눈물이 글썽거렸다. 사랑에 약한 순정파 사내의 모습이었다. 그가 자신의 눈물에 쑥스러워졌는지 황급히 머리를 돌려 손등으로 닦고 나서 말했다.

"오배의 일은 그렇게 쉽게 결정이 나는 것이 아니니까 내가 다시 알아볼게!"

위동정이 말을 마치고 돌아서서 앞으로 몇 발짝 걸어갔다. 그러다 다시 머리를 돌려 정감어린 눈으로 사감매를 바라봤다.

"감매야, 그러지 말고 여기에서 소식을 기다려 줘! 다른 데 가면 절대 안 돼, 알았지?"

다음 날 오차우는 청교青轎에 올라타고 자금성으로 향했다. 옆에는 색액도가 말을 타고 따라가고 있었다.

색액도는 이미 이름과 얼굴이 많이 알려진 유명한 사람이었다. 때문에 길을 가던 행인들은 이렇게 대단한 사람이 허름한 청교를 호송한다는 사실에 놀란 나머지 눈을 떼지 못한 채 행렬을 쳐다봤다. 당연히 너나 할 것 없이 가마 안에 탄 사람이 도대체 누굴까 하고 궁금해 하고 있었다.

오차우는 그때까지도 이번 '외출'의 목적에 대해 정확하게 알고 있지 못했다. 그저 용공자가 돌아온다는 정도로만 알고 있었다. 그래서 색액도와 같이 바람 쐬러 나갔다가 색액도의 어머니와 함께 용공자를 맞이하자는 뜻으로 받아들였다.

하지만 가마는 정양문 밖까지 가서 갑자기 북쪽 방향으로 향하는 것이 아닌가? 오차우는 그제야 이상한 생각이 들었는지 발을 구르면서 소리쳤다.

"잠깐만요!"

가마꾼들이 서로 얼굴을 번갈아 보면서 망설였다. 그러나 색액도가 미소를 지으면서 계속 앞으로 나아가자 감히 가마를 세울 엄두를 내지 못하고 따라갔다.

오차우는 어쩔 수 없이 다시 자리에 앉아 창밖만 내다봤다. 왠지 모를 불안감이 그를 엄습하고 있었다. 가마가 어디로 가는지 궁금했지만 아무도 말해주지 않았기 때문이었다.

가마가 오문 앞에 이르렀을 때였다. 앞에서 누군가의 고함 소리가 들려왔다.

"문관은 가마에서 내려 주십시오. 무관은 말에서 내려 주십시오!"

그러나 색액도는 들은 척도 하지 않았다. 그러자 오문에서 누군가가 달려 나오면서 큰 소리로 물었다.

"오 선생님을 태운 가마인가요?"

오차우는 목소리의 주인공이 명주라는 것을 알아차리고 마음이 한결 가벼워지고 안심이 되었다.

색액도가 천천히 말에서 내리면서 고삐를 부하에게 넘겨주고 대답했다.

"맞소, 오 선생님을 모신 가마요."

명주가 방금 가마에서 내리라고 소리친 사람에게 말했다.

"폐하의 성유聖諭가 계셔서 오 선생님의 가마는 자금성 안으로 들어가도 괜찮소!"

"들어가시죠!"

명주의 말을 들은 사람이 들어가라는 시늉으로 손을 저어 보였다. 교위들이 재빨리 가마가 지나갈 만큼의 자리를 비켜줬다. 가마꾼들은 대전 안이라는 곳에 처음 들어와 봤는지 모두들 어리둥절한 표정이었다. 또 가는 곳마다 교위들이 지키고 선 채 삼엄한 경계를 펼쳤으므로 잔뜩 겁에 질려 더욱 조심스럽게 걸었다. 가마 안에 앉아 있는 오차우는 다시 오리무중에 빠졌다. 머리가 몹시 혼란스러웠다.

그 시각, 넓고 화려한 태화전에는 높고 낮은 관리들이 저마다 무릎을 꿇고 있었다. 그들은 힐끔힐끔 곁눈질을 하면서 평범한 서민들이나 이용할 법한 청포青布로 덮인 작은 가마가 궁 안으로 들어오는 광경을 쳐다봤다. 모두의 얼굴에 의아하다는 표정이 어려 있었다.

'저런 가마가 도대체 무슨 자격으로 태화전까지 들어왔지?'

그들의 놀라움은 가마의 소박함에만 그치지 않았다. 그 안에 누가 타고 있는지 몰라도 천자의 신임을 한 몸에 받고 있는 신하인 색액도가 공손하고 깍듯하게 앞에서 인도한다는 사실에 더욱 놀랐다.

가마는 태화전의 계단 밑에서 드디어 멈췄다. 색액도가 가마의 휘장을 걷어 올리면서 조용히 불렀다.
"오 선생님!"
이어 돌담 모서리에 부딪쳐 눈 앞에 별이 번쩍이는 것처럼 정신을 못 차리고 있는 오차우를 부축해서 내리도록 했다.
오차우가 가마에서 내렸다. 동시에 대내시위大內侍衛 목자후가 노란 마고자를 입고 씩씩하게 걸어 내려왔다. 그가 오차우 앞에 서서 큰 소리로 외쳤다.
"폐하께서 태화전에서 오차우를 접견하신다!"
목자후가 딱딱한 어조로 용건을 전한 다음 이내 환하게 웃으면서 인사를 올렸다.
"오 선생님, 정말 진심으로 축하드립니다!"
"대…… 대체 무슨 일입니까?"
오차우가 색액도와 목자후를 번갈아 보면서 어안이 벙벙한 표정으로 물었다. 제일 만만한 명주는 이미 자리를 뜨고 없었다. 오차우는 멀다면 멀고 가깝다면 가까운 이 두 사람을 보면서 꿈인지 생시인지 분간할 수가 없어서 정색을 했다.
"무슨 일인지 분명하게 말씀을 해 주세요!"
목자후가 대답했다.
"올라가 보시면 바로 아실 겁니다."
목자후는 말을 마치기 무섭게 색액도와 함께 오차우의 팔을 하나씩 부축하고는 계단을 올라갔다.
오차우는 귀가 멍해지고 가슴이 두근거렸다. 게다가 다리까지 후들거렸다. 하마터면 중심을 잃을 뻔했다. 그가 비틀거리다 겨우 정신을 차리면서 혼잣말처럼 중얼거렸다.

"무슨 일일까……. 도대체 이게 무슨 일이지?"

그러나 오차우가 무슨 영문인지 아는 데는 그리 오랜 시간이 걸리지 않았다. 그는 거의 끌려가다시피 태화전으로 들어섰다. 그런 다음 색액도의 안내를 받으면서 그가 하는 대로 따라서 삼궤구고의 대례를 올렸다.

오차우는 천천히 머리를 들어 위에 앉은 사람을 쳐다봤다. 순간 그는 심장이 멎는 듯한 충격에 휩싸이고 말았다. 제대로 정신을 차릴 수가 없었다. 온몸의 피가 흐르고 있는지, 자신이 지금 살아있기나 하는지조차 생각나지 않을 정도였다.

금빛 찬란한 태화전 한가운데 용무늬가 선명한 어좌御座에 늠름하게 앉아 있는 사람은 다름 아닌 자신과 수 년 동안 서로 아끼고 존경하면서 학문을 가르쳐주고 배우던 용공자였던 것이다. 그가 어느 날 갑자기 황제로 돌변해 높은 자리에 앉아 아래를 굽어보면서 빙그레 웃고 있으니, 어찌 놀라지 않겠는가!

태화전 양 옆에는 각 부서의 당관들과 장군들, 패륵을 비롯한 황친들 수십 명이 두 줄로 길게 늘어서 있었다. 그 밖에도 수많은 문무백관들이 숙연한 분위기 속에 조용히 서 있었다. 강희 옆에 서 있는 명주, 목자후, 노새, 넷째만 눈에 익은 얼굴들이었다. 걸서와 웅사리 역시 당연히 안면이 있었다.

순간 오차우는 모든 것을 깨달았다. 그가 목구멍까지 올라온 "용……" 자를 꿀꺽 삼키면서 황급히 외쳤다.

"용주만세龍主萬歲!"

오차우는 동시에 머리도 조아렸다. 강희는 순간적으로 평소에 자존심 강하고 성품이 바르기로 소문난 멋쟁이 선생님 오차우가 마치 말 잘 듣는 어린애처럼 시키는 대로 절하고 일어서는 모습을 지켜보면서 만족감과 쾌감을 동시에 느꼈다. 그것은 위에서 굽어보는 자의 특권이었다. 그러나 강희는 동시에 "용……"에서 황급히 "용주"로 바꿔 부르는 대목에서는 고독과 비애도 동시에 느꼈다.

'사제 간의 인연은 이로써 끝나는구나!'

강희가 아쉬움에 가벼운 한숨을 내쉬고는 곧바로 오차우를 불렀다.

"오 선생님!"

옆에 꿇어앉은 색액도가 황급히 팔꿈치로 오차우를 툭툭 건드렸다. 빨리 대답하라는 신호였다. 그러자 무슨 영문인지도 모르는 오차우가 무작정 "쿵!" 소리가 날 정도로 바닥에 머리를 조아리고는 그냥 가만히 있었다.

"수 년 동안 스승님의 훌륭하신 가르침 덕분에 저는 많은 것을 배웠습니다."

강희가 약간은 자책하듯 말을 이었다.

"결코 짧다고 할 수 없는 기간 동안 본의 아니게 스승님을 속인 것은 제가 정말로 제대로 된 학문을 닦아야 했기 때문이었습니다. 또 시련을 겪으면서 여러모로 홀로서기를 하는 것도 필요했었습니다. 어쩔 수 없이 스승님을 잔혹하리만치 속인 점은 넓은 아량으로 부디 용서해 주시기 바랍니다."

"제대로 된 학문을 닦고 시련을 겪는다"라는 말은 오차우가 《맹자》를 가르칠 때 설명했던 말이었다. 그 말을 이 장소에서 용공자, 아니 황제인 강희의 입에서 직접 들으니 감회가 새로웠다.

오차우는 다른 여념이 생길 수 없을 정도로 열심히 기억을 더듬기 시작했다. 용공자라는 소년을 처음 만난 것은 바로 열붕점이었다. 이후 수도 없이 많은 의문스러운 일들이 자신의 주변에서 일어났다. 그러나 강희를 만나는 지금 이 순간 그 의문들은 순식간에 엉킨 실타래 풀리듯 풀려버렸다. 그는 더 길게 생각할 경황이 없는 듯 연신 머리를 조아리면서 아뢰었다.

"소인이 일개 선비로서 군주를 알아 뵙지 못했사옵니다. 군주 앞에서 조정을 아무렇게나 비난하고 멋대로 사람을 평가했사옵니다. 정말 죽을죄를 지었사옵니다!"

"스승님은 저에게 있어서는 공로가 만만찮은 분입니다. 그런데 죄라니요!"

강희가 엷은 미소를 지으면서 덧붙였다.

"먼저 신분을 밝혔더라면 저는 아마 영원히 스승님의 그 좋은 말씀을 들을 기회를 놓쳤을 거예요."

오차우는 여전히 머리를 조아리고 있었다.

"오 선생님, 우리 둘 사이는 이제부터 군신 사이가 되겠지만 사제 간의 정은 영원히 남을 거예요. 또 저는 선생님한테만은 이후로도 저를 '용공자'라고 부를 자격을 부여하겠습니다!"

흥분에 흠뻑 젖은 강희가 발그스레한 얼굴을 들어 주위에 지시를 내렸다.

"여봐라! 선생님께서 왕년에 작성하신 그 과거시험 답안지를 가져오너라!"

명주가 황급히 태감의 손에서 돌돌 감긴 종잇장을 받아 두 손으로 받들어 강희에게 바쳤다. 강희가 종이를 펴고 흡족한 미소를 지으면서 쭉 훑어봤다. 이어 걸서에게 그것을 넘겼다.

"이것이 바로 삼 년 전에 오 선생님이 쓰신 〈권지난국론〉이야. 오배가 눈에 쌍심지를 켠 채 찾아다니던 그 문제의 답안지지. 문필과 서체에서 무한한 힘이 느껴져서 짐이 이것만 보면 기운이 나고 그랬어. 그때 벌써 치국治國의 요략要略을 이처럼 일목요연하게 논했다는 사실이 놀랍지 않은가? 다들 시간 내서 읽어볼 만한 훌륭한 글이야."

결서가 강희의 찬사를 들으면서 말로만 듣던 과거시험 답안지를 꼼꼼히 훑어봤다. 그리고는 옆에 있던 과이심왕科爾沁王을 비롯해 석공왕碩恭王, 의왕懿王, 태왕泰王 등에게도 보여줬다. 이어 여러 패륵들도 차례로 읽어보고는 알필륭에게 넘겨줬다. 답안지의 모서리가 사람들의 손에서 나는 땀 때문에 젖을 정도였다.

알필륭은 말로만 듣던 오차우의 답안지를 받아들고 읽으면서 점점 몸 둘 바를 몰랐다. 오차우의 기개에 비해 눈치나 살핀 자신의 행동이 너무 창피스러운 모양이었다. 그의 이마에서는 어느덧 굵은 땀방울이 맺혀 굴러 내려오고 있었다.

그는 그것을 다 읽은 다음 다른 사람에게 넘겨주면서 바닥에 엎드린 채 감탄을 했다.

"시국에 일침을 놓고 난정亂政과 폐정弊政의 이유를 정확하게 꼬집어낸 오차우 선생님은 그야말로 이 나라의 기둥이 되기에 손색이 없사옵니다!"

강희는 진심어린 여러 대신들의 극찬을 표정과 말에서 충분히 읽을 수 있었다. 그는 괜스레 으쓱해지는 기분을 주체하지 못하겠는지 자리에서 일어나 뒷짐을 지고 왔다 갔다 했다.

"스승님, 기억나세요? 열붕점에서 우리가 처음 만났던 때를 말입니다. 그때 스승님께서는 술을 드시면서 공명을 논했잖습니까. 그때는 정말이지 스승님의 말씀이 신선한 충격으로 다가왔습니다. 지금 생각해도 배울 것이 많고 재미있었던 순간이었어요."

오차우는 강희의 말에 자신이 공명이 어쩌고저쩌고 하면서 시국을 들먹거렸던 당시를 떠올렸다. 갑자기 긴장과 불안이 그를 엄습했다. 급기야 땀을 비 오듯 흘렸다. 그래도 머리를 숙인 채 여전히 꼼짝 않고 있었다.

"명주!"

시간이 많이 흐르자 강희가 명주를 불렀다.

"스승님은 이제 더 이상 색 대인의 집에 머무를 수가 없으니 일단 원래의 열붕점으로 모셔. 그런 다음 짐의 조치를 기다려. 또 여러분들은 그만 가서 쉬도록 해."

이윽고 세상이 떠나갈 듯한 예포 소리가 울렸다. 동시에 조회를 마친 강희가 자리를 털고 일어났다.

41장

이루어질 수 없는 사랑

양심전으로 돌아온 강희는 아침 햇살을 받아 반짝거리는 여의를 손에서 내려놓았다. 이어 금색 비단실로 수놓은 용무늬 마고자를 벗어던진 다음 길게 기지개를 켜면서 자리에 털썩 주저앉았다. 소마라고가 재빨리 더운 물수건을 가져와 강희에게 건넸다.

"오월밖에 되지 않았는데도 벌써부터 살인적인 더위가 기승을 부리네요!"

소마라고가 얼음이 가득 담긴 접시를 가리키면서 말했다.

"이가 시리지 않으시면 시원하게 드시옵소서."

강희가 땀을 닦으면서 싱긋 웃음을 지었다.

"요새 옷차림새가 예사롭지 않군. 부쩍 시집을 가고 싶은 생각이 드는가 보지?"

소마라고가 얼굴을 붉히면서 애교스럽게 투정하듯 강희를 흘겨봤다.

"폐하께서는 군주가 돼 가지고 노비를 놀리시면 안 되죠!"

소마라고가 머리를 숙인 채 애꿎은 손톱만 물어뜯었다. 그러다 이내 강희가 세수한 물을 들고 밖으로 나가버렸다.

강희는 모든 번민과 고뇌가 말끔히 가시고 날아갈 듯한 기분에 휩싸였다. 오배를 제거했으니 그럴 수밖에 없었다. 물론 곰곰이 생각해 보면 걱정거리가 전혀 없는 것은 아니었다.

제일 큰 골칫거리는 역시 평서왕 오삼계였다. 강희는 오배와의 싸움을 앞두고 오삼계가 끼어드는 것을 미연에 방지하기 위해 오차우가 전체적인 분위기 파악도 못한 채 건의한 제안을 덜컥 받아들였다. 사전에 오삼계의 아들인 오응웅吳應熊을 태자태보太子太保로 승진시킨 것이다. 그렇다면 이제는 어떻게 해야 하는가?

이때 오삼계는 무려 10만 명이 훨씬 넘는 대병력을 거느리고 운남雲南을 근거지로 세력을 확장하고 있었다. 게다가 광산 개발과 화폐 주조를 직접 하는 것에 그치지 않고 소금까지 유통하고 있었다. 또 병기도 대량으로 제조하는 등 거의 모든 물품과 무기류를 자급자족하면서 엄청나게 많은 식량을 비축하고 있었다. 게다가 마음대로 각 성省마다 관리를 파견했다. 속셈은 사실 뻔했다.

이외에 평남왕 상가희, 정남왕 경정충도 각각 광동廣東과 복건福建에 둥지를 틀고 있으면서 뭔가 수상쩍은 짓을 하고 있었다.

이 삼번三藩의 세력뿐만이 아니었다. 대륙의 서북쪽에서는 몽고 부족인 준갈이準噶爾의 반란 움직임도 감지되고 있었다. 동남쪽에 있는 섬인 대만臺灣의 소요 역시 솔직히 간과할 수 없는 중대한 사안이었다. 하지만 아직은 크게 세력을 형성하지는 못한 만큼 급하게 서두를 단계는 아니었다.

어쨌든 가장 큰 걱정거리는 삼번이었다. 실제로 이 세 왕이 손을 잡는 날에는 엄청난 문제가 야기될 수 있었다. 자칫하면 천하대란이 일어날 가능성도 배제할 수 없었다.

최악의 상황에까지 생각이 미치자 강희는 가슴이 서늘해졌다. 게다가 어디론가 종적을 감춘 호궁산과 취고의 죽음에 대한 회상은 그에게 조용한 자금성을 더더욱 을씨년스럽게 느껴지게 했다.

바로 그때 밖에서 귀에 익은 목소리가 들려왔다.

"폐하, 소인 대령했사옵니다!"

"위동정인가?"

강희가 갑자기 깊은 잠에서 깨기라도 한 듯 놀란 목소리로 말하고는 싱긋 웃었다. 천하가 태평한데 뭐가 두려워 쓸데없이 겁에 질려 있었는지 못 말리는 자신을 비웃은 것이었다.

위동정의 방문은 끊임없이 깊은 우려의 늪으로 추락하는 강희의 마음에 제동을 걸었다. 강희는 그런 위동정이 너무나 반가웠다. 표정 관리를 하면서 웃음 띤 어조로 말했다.

"왔으면 얼른 들어오지, 밖에서 뭘 꾸물거리는가!"

위동정이 노란 마고자를 입고 근엄한 얼굴을 한 채 들어섰다. 이때 차를 내오던 소마라고가 그를 보고 말했다.

"이제는 정말 대신다운 티가 물씬 나네요. 어쨌거나 폐하께서 끌어주고 밀어주지 않았다면 어찌 위 대인의 오늘이 있었겠어요?"

소마라고가 밉지 않게 질투를 했다. 그러나 강희가 중요한 일을 위동정과 상의하려 한다는 느낌을 받았는지 두 손을 공손히 드리우고 바로 옆방으로 물러났다.

"오 선생을 만나봤는가?"

강희가 덧붙였다.

"오해하지 않게 잘 얘기해야 될 텐데. 좀 억울하다는 생각이 들지도 모르나 당분간은 한림원에 몸담고 있으면서 짐을 좀 도와줘야 한다고 말씀드리게. 뭐 꼭 한림원에 들어가 앉아 있을 필요가 없기는 하지. 한림원 학사의 직책을 가지고 집에 있으면서 짐이 필요할 때 도와주는 것이 나을 수도 있어. 다시 한 번 강조하는데 오차우 선생은 짐이 기필코 중용할 인재야. 물론 지금은 대놓고 높은 자리에 앉힐 수는 없어. 자네도 알다시피 다른 사람들의 안목도 있고 본인도 너무 성격이 강직하고 도도해서 다른 대신들과의 마찰이 불가피하기 때문이네. 참, 밖에서 다른 사람들은 오 선생에 대해 뭐라고 말하던가?"

"오 선생님을 아직 만나 뵙지는 못했사옵니다."

위동정이 덧붙였다.

"하지만 곧 돌아가서 만나 뵙고 폐하의 뜻을 그대로 전하겠사옵니다. 밖에서는 다들 오 선생님과 폐하의 만남을 놓고 축하하는 분위기였사옵니다. 하나같이 폐하의 공덕이 하늘보다 높다고 입에 침이 마르게 칭송하고 있사옵니다!"

"오배는?"

강희가 다시 한 번 물었다.

"오배에 대해서는 사람들이 뭐라고 하던가?"

"만나는 사람들마다 한결같이 오배는 백번 죽어 마땅하다고 했사옵니다!"

사실 위동정은 오는 도중 오배를 처리하는 문제에 대해 많은 생각을 했다. 또 어떻게 강희에게 사감매의 부탁과 관련한 얘기를 꺼내야 할까 고민도 많이 했다. 그는 먼저 오차우가 말한 대로 서두를 꺼낸 다음 천천히 다른 얘기를 하기로 결정했다. 하지만 강희가 단도직입적으로 물어오자 용기를 냈다.

"오배가 그동안 저지른 죄행으로 봐서는 가차 없이 죽여야 하옵니다.

그러나 소인은 다른 생각을 가지고 있사옵니다. 감히 말씀드려도 되는지 모르겠사옵니다."

강희는 다른 생각이라고 해봤자 기존의 틀에서 얼마나 벗어날까 하는 생각을 했다. 그래서 무덤덤하게 대답했다.

"말해 보게. 괜찮아."

위동정이 자세를 고쳐 앉으면서 속내를 털어놓기 시작했다.

"소인이 용기를 내어 진언을 드리겠사옵니다. 오배를 죽이지 않는 것이 어떨까 하옵니다!"

위동정은 자신이 말을 꺼내놓고도 정말 의외라는 생각을 했다. 일반의 상식과 동떨어진 너무나 파격적 발언인 탓이었다. 옆방에 앉아 있던 소마라고 역시 깜짝 놀라기는 마찬가지였다. 너무 놀란 나머지 자리에서 벌떡 일어나면서 소리까지 지를 뻔했다. 그녀는 세차게 뛰는 가슴을 다잡으면서 다시 귀를 기울였다.

"어? 그래?"

강희 역시 몹시 놀랐는지 자리에서 일어나서 실내를 두어 바퀴 돌았다. 그러더니 다시 자리에 앉았다.

"자네 생각을 구체적으로 말해 보게!"

"오배는 온갖 만행을 저질렀사옵니다. 죽어 마땅하옵니다. 그럼에도 그런 자를 죽이지 않으면 이로운 점이 더 많사옵니다. 이 기회에 폐하의 인자하시고 넓으신 도량을 온 천하에 알릴 수가 있사옵니다. 소신은 그게 더 중요하다고 생각하옵니다. 이제 오배는 폐물과 다름이 없사옵니다. 죽이고 죽이지 않고는 폐하께 그다지 중요하지 않다고 생각하옵니다."

"음!"

강희가 생각에 잠긴 채 머리를 끄덕여 보였다.

"오배가 조정의 살림을 도맡아 한 지도 몇 년이나 되옵니다. 그 동안에 안팎으로 자기 사람을 많이 심어 놓았사옵니다. 때문에 그들은 오배로 인해 자신들도 수난을 당하지 않을까 걱정이 태산 같을 것이옵니다. 그러니 오배를 죽이지 않으면 이런 부류의 사람들의 우려까지 씻어줄 수 있사옵니다. 또 만에 하나 들고 일어날 위험을 잠재우는 효과도 볼 수 있사옵니다. 일석이조라고 생각하옵니다."

"음, 좋아!"

강희는 위동정의 말에 감탄을 금치 못했다. 위동정은 강희의 표정을 훔쳐보고는 용기를 얻어 계속 말을 이어나갔다.

"지금 대내외적으로 불안정한 요소들이 꿈틀거리고 있사옵니다. 오배의 부하들도 어디나 할 것 없이 박혀 있사옵니다. 그런 만큼 별 가치도 없는 오배를 죽였다가 괜히 이들이 반란을 일으키는 날에는 득보다 실이 더 클 수도 있사옵니다. 명백한 실수가 되지 않을까 염려되옵니다!"

강희는 겉으로는 아무런 내색도 하지 않았다. 그러나 위동정은 속으로는 이미 강희가 자신의 말에 공감을 표하고 있다는 것을 눈치채고 있었다.

"그래! 오배에 대한 처리 문제는 결코 소홀히 할 수 없어!"

강희는 땀방울이 송송 맺힌 자신의 이마를 툭툭 치면서 단호하게 말했다.

"먼저 그런 뜻으로 조서를 만들어 올려 보내게. 짐이 읽어보고 나서 결정할 테니!"

위동정은 바로 강희의 속마음을 확인할 수가 있었다. 뭐라고 분명한 의사표시는 하지 않았으나 얼굴 표정이 바로 한편의 글과 같았기 때문이다. 그는 홀가분한 기분으로 머리를 조아렸다.

"폐하의 용단에 탄복했사옵니다. 소인이 곧 조서를 만들어 올리겠사옵니다. 폐하께서 성재聖裁(결재)해 주시기를 바라옵니다."

위동정이 말을 마치고 물러가려고 했다. 그러자 강희가 다시 그를 불러 세웠다.

"뭐가 그리 급해서 그래? 오 선생님과 소마라고 두 사람 일은 자네가 보기에 어떻게 처리하는 것이 좋을 것 같은가?"

소마라고는 옆방에서 귀를 쫑긋 세우고 있다 자신의 문제가 화제에 오르자 살짝 얼굴을 붉혔다. 순식간에 가슴도 방망이질치기 시작했다. 그녀는 몰래 엿들어서는 안 된다고 생각은 했다. 그러나 듣고 싶은 욕구를 물리칠 자신이 도저히 없었다. 그녀는 문에 귀를 더욱 바짝 갖다 댔다.

위동정은 준비라도 하고 있었다는 듯 강희의 물음에 바로 대답했다.

"폐하께서 보시는 대로 소인이 보기에도 두 사람은 천생연분인 것 같사옵니다!"

"맞아, 그거야! 천생연분!"

강희가 덧붙였다.

"오 선생이 몇 살 많기는 하나 소마라고가 오래 전부터 좋아하고 있는 것 같아."

"그러면 폐하께서 적극적으로 추진해 보시는 것이 어떨까 하옵니다!"

"서두르는 것은 조금 그렇고."

강희가 웃으면서 말을 이었다.

"만주족과 한족은 서로 결혼을 할 수 없잖아! 몰랐는가?"

위동정은 강희의 말에 입을 꾹 다물고 말았다. 소마라고는 숨죽이고 엿듣고 있었으나 심장이 뛰는 소리가 너무 컸다. 강희와 위동정이 눈치 채지 않을까 걱정해야 할 정도였다.

잠깐 숨을 고른 후에 위동정이 다시 입을 열었다.

“소인이 주제넘은 얘기를 해서 폐하의 심기를 어지럽게 하는 것은 아닌지 심히 염려스럽사옵니다. 하지만 사랑에는 국경도 없고 나이도 없사옵니다. 심지어는 만주족과 한족이라는 걸림돌도 없다고 생각하옵니다. 정 안 되면 폐하께서 오 선생을 기적旗籍(팔기의 호적)에 들게 하면 되지 않겠사옵니까?”

“그것도 능사는 아니야.”

강희는 신중했다.

“서두르지 말고 천천히 잘 생각해서 처리해야 할 것 같네.”

위동정은 오차우와는 평소 말이 잘 통하고 친하게 지내왔다. 당연히 소마라고 못지않게 초조했다. 그가 머리를 숙이면서 아뢰었다.

“폐하의 깊은 마음을 소인이 어찌 다 헤아리겠사옵니까? 그저 폐하의 뜻대로 하시면 잘못 되지는 않을 것이라고 확신하옵니다.”

강희가 위동정의 말에 갑자기 너털웃음을 터트렸다.

“소마라고, 그만 엿듣고 어서 나와! 빨리 나와서 위동정에게 고맙다는 인사를 올리게!”

강희의 말에 옅은 초록색 관포官袍를 입은 소마라고가 쑥스러운 듯 머리를 숙인 채 천천히 걸어 나왔다. 얼굴이 발그레 상기돼 있었다. 그래서일까, 더욱 예뻐 보였다.

그녀는 자신이 뭔가를 말한 것 같다고 생각했다. 입술이 씰룩거렸으니까. 하지만 무슨 말을 했는지는 전혀 기억나지 않았다. 너무 긴장한 탓이었다. 그녀는 이내 강희와 위동정을 향해 큰절을 올리고는 얼굴을 감싸 쥔 채 서난각에 있는 자신의 방으로 도망치듯 달려갔다. 이어 침대에 쓰러져 펑펑 울기 시작했다.

한 달 동안의 심문을 거치면서 오배의 사건은 거의 마무리 단계로 접어들었다. 걸서와 알필륭은 이 사건의 조사에 대한 전권을 부여받은 황제의 흠차欽差였다. 그러나 그것은 어디까지나 겉으로 드러난 모습일 뿐이었다. 실제로는 사사건건 위동정과 오육일의 지시에 따르지 않으면 안 됐다.

이날도 강희는 알필륭이 가지고 온 오배에 대한 상주문을 보고 있었다. 상주문에서는 오배의 죄행을 30가지로 열거했다. 강희는 하나도 빠짐없이 읽어보고 나서 위동정이 사전에 강희 자신의 의사를 간접적으로 두 사람에게 내비쳤다는 사실을 알 수가 있었다.

상주문의 주요 내용은 새로울 것이 없었다. 우선 오배가 사사롭게 사당私黨을 결성해 군주를 기만했다는 사실이 적혀 있었다. 또 선제의 글을 마음대로 뜯어 고쳤다는 내용도 포함돼 있었다. 마구잡이 권지를 통해 땅을 무자비하게 약탈했다는 내용은 더 말할 것이 없었다. 그러나 황제를 시해한 후에 자신이 황제가 되려고 했다는 것에 대해서는 간단하게 몇 글자만 적혀 있었다.

마지막에는 '오배를 사형에 처할지의 여부는 폐하의 성재에 따른다'라고 명시돼 있었다. 이렇게 명시함으로써 오배는 사실상 목숨을 건진 셈이 됐다.

강희는 두 시간 가량 상주문을 읽고 또 읽어봤다. 그러고 나서야 천천히 내려놓으면서 밖을 향해 소리쳤다.

"장만강! 먹을 것 좀 챙겨 와!"

강희가 붓을 들고 붉은 먹물을 묻혔다. 직접 조서의 초안을 작성하려는 모양이었다.

"음식은 말고 다과나 좀 가지고 와."

"예!"

장만강이 대답과 동시에 밖으로 나갔다. 이어 작은 쟁반에 배와 금귤,

자두, 복숭아 등 네 가지 과일을 담아 들고 왔다. 겉으로 보기에도 자홍황백紫紅黃白의 네 가지 색이 조화를 이뤄 너무 예뻐 보였다. 강희가 만족스러운 표정을 지었다.

"거기 놓고 나가 있어."

강희가 한참동안 뭔가 생각하더니 드디어 일필휘지로 써내려가기 시작했다.

> 오배는 훈구대신으로서 나라의 중임을 떠맡은 보정대신이었다. 마땅히 정무를 보좌함에 있어 충성을 다하고 깨끗한 마음으로 선제의 은혜와 믿음에 보답했어야 했다.
>
> 하지만 오배는 보정輔政은 커녕 난정亂政을 일삼았다. 또 군주를 기만하고 극도로 무시했다. 문무관원들을 모두 자신의 휘하로 임명하는 것도 모자라 대외적으로 요로에는 전부 자신의 간당奸黨 일색으로 도배를 했다. 반포이선, 목리마, 새본득, 갈저합, 눌모, 태필도 등과 함께 자신의 집을 근거지로 탈궁奪宮의 꿍꿍이도 꾸며왔다. 자신의 말에 무조건 따르는 자는 중용하고, 아닌 자는 가차 없이 밀어내는 독단 역시 저질렀다. 그야말로 집안 도둑이라도 이같이 간 큰 도둑은 없었다!
>
> 짐은 오래 전부터 오배의 죄행을 알고 있었다. 그러나 설마 하는 생각에 여러 번 개과천선하기를 기대하고 믿어왔다. 하지만 자신의 공로를 깡그리 까먹는 짓을 서슴지 않는 오배에 대해 짐은 더 이상 미련이 없다. 단호하게 대처할 수밖에 없다. 이는 온 천하가 실망할 일이다!

이 글에서 강희는 오배가 황제는 안중에도 없이 제멋대로 군주를 희롱했다는 사실을 적당히 읊었다. 특히 자신을 시해하고 스스로 황제가 되려고 한 죄상에 대해서는 빠트리지 않고 짚고 넘어갔다.

강희는 잠시 고민을 했다. 제 구실을 못한 보정대신 알필륭에 대해서도 전혀 언급하지 않을 수는 없다는 생각이 든 것이다. 그가 또다시 붓을 들었다.

> 알필륭에게는 오배의 죄행을 알고서도 눈감아준 죄를 묻는다. 보정대신으로서의 소임을 다하지 못한 죄도 묻지 않을 수 없다.
> 여러 날의 국문鞠問과 조사를 거쳐 크고 작은 수많은 오배의 죄행들이 드러났다. 죄질이 악랄하기 때문에 극형에 처해야 마땅하다. 그러나 대청제국에 기여한 공로를 인정해서 죽이지는 않기로 했다. 단 모든 직무를 박탈하고 평생 구금상태에 처할 것이다. 알필륭은 오배와 결탁한 사실이 드러나지 않았기 때문에 중하게 처벌하지는 않는다. 태사 직급과 맡고 있는 직무에서 물러나게 하는 것으로 끝낸다.

강희는 처벌의 정도에 대해 결정을 내렸으니 나머지는 쓰기가 쉬울 것 같았다. 한숨을 내쉬면서 이를 악물고 마저 써내려가기 시작했다.

> 반포이선, 목리마, 갈저합, 새본득, 태필도, 눌모 일당 및 이들과 한 통속인 대신과 좌우 시위, 권력에 아부해 안팎으로 결탁한 자들은 모두 극형에 처한다. 나머지 죄질이 미약한 자들, 일시적인 일탈을 꿈꿨거나 요행을 바라고 한 번 흙탕물에 발을 집어넣었던 자들은 죽이지 않고 적당히 죄를 묻는다.

강희는 숨 돌릴 새도 없이 써내려갔다. 그러다 마지막에 '흠차'欽差라는 큰 글자를 써넣은 다음 다시 한 번 읽었다.

강희가 고개를 갸웃거렸다. 뜻은 제대로 전달됐으나 글의 내용이 썩 마음에 들지 않는 모양이었다. 그러나 고칠 생각은 하지 않았다. 그는 과일 하나를 입에 넣고 천천히 음미하면서 또 다른 생각에 잠겼다.

오차우는 열붕점에 머물고 있었다. '주인'은 여전히 하계주였다. 이때 하계주는 이미 호부戶部의 주사主事로 출세해 있었다. 당당한 오품의 관리가 된 것이다.

다만 열붕점은 이제 더 이상 과거의 열붕점이 아니었다. 때문에 장사는 하지 않았다. 그곳은 오차우와 명주 그리고 목자후가 거처로 이용하는 곳이었다. 이뿐만이 아니었다. 순방아문에서는 매일 12명의 교위들을 보내 열붕점을 지키도록 했다. 이로 인해 열붕점은 규모가 작기는 해도 아문 같은 느낌을 주는 결코 평범하지 않은 거처가 되었다.

어느 날, 명주가 찾아왔던 친구를 배웅하고 들어오더니 웃으면서 오차우에게 말했다.

"형님, 그 황씨가 보기와는 다르게 눈치가 좀 있는 것 같습니다. 이런 물건을 보내올 줄도 알고 말입니다. 이건 나보다도 형님이 더 좋아하실 것 같은데요?"

명주가 돌돌 말린 족자 하나를 오차우 앞으로 쑥 내밀었다.

오차우는 별생각 없이 족자를 펴봤다. 한 폭의 수묵화였다. 위에는 붉은 먹도장이 다닥다닥 찍혀 있었다.

하계주가 그림을 보고는 실망한 듯 투덜댔다.

"나는 또 무슨 대단한 물건인가 했네! 이까짓 그림 한 장 어디 가면 못 구할까? 이런 것을 다 선물이라고 들고 왔나!"

명주가 옆에서 호기심에 찬 눈으로 들여다보다 하계주의 말에 적잖이 실망하는 눈치를 보였다. 하지만 오차우의 판단은 전혀 달랐다.

"이 그림은 가격으로 따지면 만금萬金을 호가하는 진품이야. 명품이기도 하고."

오차우가 한참 뚫어지게 그림을 응시했다. 그러더니 두 눈을 보석처럼 반짝이면서 미소를 띤 채 하계주에게 말했다.

"자네는 매일 진자앙陳子昂 화백의 말 그림이 어떻고, 송宋나라 휘종徽宗의 매 그림이 어떻고 하는 말을 입에 달고 다니더니 실제 그림은 한 번도 보지 못했는가? 이 그림이 바로 진짜 송 휘종이 그린 매 작품이야!"

명주와 하계주는 세상에 널리 알려진 송宋나라 휘종徽宗의 대작이 눈앞에 펼쳐진 그림이라는 말에 깜짝 놀랐다. 둘은 서둘러 그림을 다시 들여다봤다. 희미하고 반듯한 네모의 '도군'道君(휘종의 별칭)이라는 낙관이 그제야 둘의 눈에 들어왔다. 반면 다른 글자들은 이미 형체가 희미해서 전혀 알아볼 수가 없었다.

오차우가 한참 넋을 놓고 그림을 바라보다 재미있다는 듯 말했다.

"여기 좀 봐. 이 그림 한 장을 얼마나 많은 충신과 간신들이 소장했었는지를 알 수 있잖아. 악비岳飛를 비롯해 진회秦檜, 위소危素, 왕양명王陽明 다 있잖아!"

명주는 오차우의 설명에도 불구하고 겉으로 보기에는 시커먼 먹물 자국이 어지럽게 흩뿌려진 그림에 그다지 호감이 가지 않는 눈치를 보였다.

"형님께서 마음에 드시면 소장하세요!"

오차우가 한참을 생각하더니 천천히 그림을 감아올리면서 대답했다.

"내가 무슨 능력이 있다고 이렇게 비싼 그림을 가질 수 있겠어. 명주 아우, 그러지 말고 폐하께 드리지 그래?"

"황씨 그자가 우리가 예뻐서 이걸 가져다 준 줄 아세요? 먼저 폐하께 드렸다가 '완물상지'玩物喪志(아끼고 좋아하는 사물에 정신이 팔려 원대한 이상을 상실함)라는 말만 폐하께 들었어요. 그렇게 호되게 면박을 당하고는 이리로 가져온 거죠. 그 사실을 뻔히 알고 있으면서 어떻게 이 그림을 또 폐하께 드리겠어요?"

명주가 계속 오차우에게 간직하라고 권유했다.

"나도 받을 수 없어."

오차우가 손을 내저었다.

"이렇게 비싼 물건을 받으면 내가 무엇으로 보답할 수 있겠어?"

명주는 그림을 어떻게 처리할까를 두고 고민했다. 바로 그때 문지기가 들어와 아뢰었다.

"명주 대인, 색액도 대인께서 잠시 다녀가시라고 했습니다! 오 선생님과 위 대인 그리고 여러분들도 함께 오셔서 술 한잔 하시자고 합니다."

명주가 오차우에게 물었다.

"형님, 우리와 같이 가는 거죠?"

"그러는 수밖에."

오차우가 어쩔 수 없다는 듯 덧붙였다.

"명주 아우부터 먼저 가. 우리도 곧 뒤따라 갈 테니!"

색액도는 상다리가 부러지게 술과 음식을 차려놓은 채 기다리고 있었다. 원래 그가 직접적으로 부른 사람은 명주였다. 그러나 사실 긴히 할 얘기가 더 많은 사람은 오차우였다. 근래 강희의 지시에 따라 철번撤藩에 관한 밀조密詔를 작성 중인 그가 백관들과 마음대로 만날 수 없다는 사실을 웅사리로부터 전해 듣고 초대한 것이다.

색액도는 그럼에도 오차우가 오지 않을 수도 있다는 걱정을 했다. 그러다 명주가 기분 좋게 들어서자 환한 표정으로 물었다

"다 같이 오는 거요?"

"예, 곧 올 거예요!"

명주는 색액도와 허물 없는 사이였다. 때문에 간단하게 인사를 나누고는 바로 자리에 편하게 앉았다.

"내가 먼저 우리 형님이 올 자리인가 아닌가 살펴보러 왔어요!"

"허튼소리 하지 마시오! 나는 오 선생님이 반드시 나의 체면을 살려줄 거라고 확신하고 있소."

색액도가 덧붙였다.

"어쨌든 아침부터 지금까지 별의별 인간들이 다 찾아오지 않았겠소. 그러니 숨 한 번 제대로 쉴 수가 없어요. 이럴 때는 오 선생님처럼 담백한 사람이 정말 그립소."

색액도는 오차우가 다소 어려운 처지에 있으면서도 자신의 부름에 응해준다는 사실이 자랑스러운 듯 어깨를 으쓱했다.

명주가 황급히 물었다.

"무슨 일인데 그렇게 바쁩니까?"

"기쁜 일과 우울한 일이 각각 반반이오!"

색액도가 후유! 하고 한숨을 길게 내뱉으면서 우울한 일에 대해 먼저 언급하기 시작했다.

"오늘이 우리 마누라가 죽은 지 일주일이 되는 날이 아니겠소. 그 당시는 오배를 체포하는 작전 때문에 정신이 없을 때니까 잘 못해줬지. 그래서 오늘 아침에 숭복사崇福寺에 가서 수륙도량水陸道場(물과 뭍의 중생과 원귀들을 해탈에 이르도록 하기 위해 거행하는 대규모의 불사佛事)을 하고 왔지 뭐겠소. 남편 구실을 조금이나마 하려고 말이오."

명주가 묵묵히 색액도의 우울한 얘기를 듣고 나더니 이어서 물었다.

"그러면 기쁜 일은 뭡니까?"

색액도는 이상하게도 즉각 대답하지 않았다. 대답을 한 것은 한참을 머뭇거린 뒤였다.

"혁사리赫舍里라는 애 기억나오?"

"기억나고 말고요! 며칠 전에도 봤는데요. 먼저 좋은 일이 뭔지 말씀하시지 말아주세요. 제가 알아맞혀 볼 테니까요!"

명주가 흥분했는지 이맛살을 찌푸린 채 생각에 잠긴 모습을 보였다. 이어 박수를 치면서 껄껄 웃어댔다.

"대단한 일인 것만은 틀림없는 것 같네요! 제가 알아맞히지 못하면 벌주를 마시고, 알아맞히는 날에는 대인께서 부백浮白(벌주를 연거푸 마심)을 해야 합니다. 아시겠죠?"

색액도가 명주의 말에 기분 좋은 웃음을 지으면서 자리에서 일어나 큰 대접에 술을 따라줬다.

"아무튼 그대는 이 술을 마셔야 할 거요. 그러니 뜸 들이지 말고 어서 마셔요!"

"외람된 말인지는 모르겠지만 저 명주는 제 느낌을 믿어요. 대인의 조카따님이 입궁하는 것이 맞죠?"

색액도가 활짝 웃으면서 머리를 끄덕였다. 명주의 말이 맞는다는 것을 인정하는 자세였다. 명주가 말을 이었다.

"대인의 조카따님이 평범한 시녀로 들어갈 리는 없을 겁니다. 그렇다면 황후로 간택이 된 것이군요!"

색액도가 명주의 추측이 싫지는 않다는 듯 기분 좋은 표정이었다.

"그것까지는 아직 단언하기 어렵소. 아무튼 태황태후마마께서 오늘 아침 일찍 우리 조카딸을 부르셨어요. 또 알필륭의 손녀도 함께. 지금은 우리 어머니께서 화장을 시키고 같이 데리고 들어갈 준비를 하고 있소!"

색액도가 조카딸에 대한 얘기를 털어놓다 말고 술잔을 들어 쭉 들이켰다. 기대가 넘치면서 흥분이 되는 모양이었다. 그런 한편으로는 적지 않게 긴장도 되는지 길게 숨을 내쉬었다.

"세상을 떠난 마누라가 살아 있다면 오늘 같은 날에 얼마나 좋아했겠소! 참으로 안타깝고 비참하게 죽었지. 병도 병이기는 하나 반은 놀라서 죽지 않았나 싶소……."

"색 대인!"

명주의 얼굴에 순간적으로 화색이 돌았다.

"제가 일석이조의 방법을 생각해 냈습니다! 대인도 차제에 좋은 일이 있어야 할 것 아닙니까!"

색액도가 명주의 자신감 넘치는 말에 의아한 표정을 지었다. 명주는 지체 없이 바로 자신의 생각을 들려줬다.

"대인께서 보기에 소마라고가 어떤 것 같습니까? 새로운 부인으로 말입니다."

색액도는 명주의 말뜻을 알겠다는 듯이 다급히 입을 열었다.

"그 사람에 대해서는 무슨 말이 필요하겠소. 좋은 여자인 것은 분명하오. 하지만 어디 그렇게 되겠소? 태황태후마마께서 소마라고를 폐하께 딸려 보내지 않았소이까? 더구나 내가 보기에 폐하께서는 소마라고를 오차우 선생한테 시집보내려는 것 같던데!"

"대인께서는 왜 하나만 알고 둘은 모르십니까?"

명주가 술기운이 오른 얼굴에 흥분한 기색을 보이면서 입을 비죽거렸다.

"우리 형님과 소마라고가 서로 좋아하는 것은 틀림없는 사실이에요. 폐하의 뜻도 둘을 결혼시키는 것이기도 합니다. 하지만 만주족과 한족은 서로 결혼해서는 안 된다고 법에 명시돼 있는 한, 두 사람이 맺어지는 것은 어렵습니다. 대인께서는 지금 대청제국의 제일가는 명신입니다. 게다가 태황태후마마의 신임을 한 몸에 받는 충신이기도 합니다. 어디 그 뿐입니까. 만주족이기도 합니다. 그만하면 조건이 다 구비된 것 아니에요? 태황태후마마의 한마디면 이 일은 안 될 리가 없다고 생각하는데요?"

명주가 잠시 숨을 고른 다음 덧붙였다.

"우리 형님은 조만간에 크게 될 사람입니다. 어디 여자가 없어서 소마라고에게 목숨을 걸겠습니까."

"맞는 말인 것 같기는 하오. 그러나 오늘은 이만하고 나중에 다시 얘기하도록 합시다!"

색액도가 고개를 살짝 가로저으면서 일어섰다. 망설이는 듯한 모습이었다. 또 명주에게 너무 많은 말을 했다는 생각을 하는 것도 같았다.

"이 사람들이 올 때가 다 된 것 같네요. 내가 모태주를 가져오는 동안 손님을 대신 맞이해주기 바라오!"

색액도는 더 이상 깊이 있는 말을 해서는 안 되겠다는 생각이 드는지 바로 방을 나갔다. 자신의 어머니를 찾으러 가는 듯했다.

42장

삭발하는 소마라고

강희는 침대에 비스듬히 기댄 채 잠시 눈을 붙이고 있었다. 조회를 마치고 난 다음 모처럼 찾아온 한가한 시간이었다. 그는 눈을 붙이다 말고 갑자기 어제 저녁에 소마라고가 당직을 섰다는 생각이 들자 도로 벌떡 일어났다.

'지금쯤이면 일어났겠지.'

강희는 이런 생각이 들자 곧바로 궁녀를 불렀다.

"이 과일을 소마라고에게 갖다 줘. 점심은 태황태후마마한테 가서 먹을 거야."

강희가 말을 마침과 동시에 밖으로 나가려고 했다.

바로 그때였다. 희색이 만면한 태황태후가 궁녀들의 부축을 받으면서 들어와 앉더니 큰 소리로 외쳤다.

"소마라고는 어디 있는가! 어서 소마라고를 불러오너라!"

강희가 미소를 머금은 채 태황태후에게 공손히 인사를 올렸다.

"할마마마, 오늘은 기분이 아주 좋아 보이시네요! 그렇지 않아도 손자가 지금 막 그쪽으로 가려던 참이었어요. 가서 모처럼 점심 한 끼 얻어먹고 오려고 했었는데."

"한 가지도 아니고 두 가지 좋은 일이 있어. 그러니 어디 가만히 앉아 있을 수가 있어야지!"

태황태후는 꽤 기분이 좋아 보였다. 곧 소식을 전해들은 소마라고가 생글생글 웃으면서 들어왔다.

소마라고의 인사를 받은 태황태후가 머리를 끄덕이면서 앉으라는 눈짓을 보냈다. 이어 강희에게 말했다.

"색액도와 알필륭 두 집의 여자애들이 함께 다녀갔어. 애들이 하나같이 참하고 예뻤어. 또 똑똑해 보였어. 그래서 하는 얘기인데 말이야. 황제는 그들을 만나 봤나? 어때? 성격이나 얼굴이 마음에 들었어?"

강희는 태황태후의 물음에 즉각 대답하지 않은 채 소마라고의 눈치를 살폈다. 소마라고가 입을 씰룩거리면서 웃어보였다. 그러자 강희가 쑥스러운지 얼굴까지 살짝 붉혔다.

"할마마마께서 마음에 드시면 되죠, 뭐."

소마라고는 평소부터 태황태후를 별로 무서워하지 않았다. 때로는 장난도 마다하지 않았다. 아마 그 때문에 옆에서 키득키득 웃을 여유가 있었을 터였다.

"폐하께서는 대만족인 것 같사옵니다. 두 황귀비 감도 마치 용녀龍女같이 예쁘고 착하니 잘 어울릴 것 같았사옵니다!"

"남 얘기만 하고 있구먼!"

태황태후가 애정이 가득 담긴 표정으로 소마라고를 살짝 흘겨보면서 덧붙였다.

"네 얘기도 오늘 좀 해야겠어!"

태황태후의 입에서 나올 말이야 너무나도 뻔했다. 소마라고의 결혼 얘기일 터였다. 소마라고는 짐짓 별 관심이 없다는 듯 말했다.

"노비는 언제나 노비일뿐이옵니다."

소마라고가 이어 하던 말을 계속했다.

"알필륭 대인의 손녀는 몇 번 만나보지 못했기 때문에 뭐라고 말씀드리기가 그렇사옵니다. 그러나 색액도 대인 댁의 아가씨는 잘 모실 자신이 있사옵니다."

소마라고는 일부러 말귀를 못 알아듣는 척했다. 태황태후가 자기 말만 하는 그런 소마라고를 보면서 웃음을 터트렸다.

"그게 아니야. 이치대로라면 너도 어린 나이는 아니잖아. 여섯 살 때부터 날 따라다녔지. 나중에는 황제의 시중을 들게 되면서 나는 너를 공주나 마찬가지로 여겨왔다고. 그러니 아무한테나 시집보낼 수는 없어! 내가 너 때문에 요즘 아주 고민이라고."

태황태후가 잠시 말을 멈췄다 살짝 눈을 돌려 소마라고의 표정을 살폈다.

"그러던 차에 좋은 자리가 하나 생기기는 했어……."

순간 태황태후가 말끝을 흐렸다.

강희는 태황태후의 말이 자신의 생각과 확연하게 차이가 있어 보인다는 사실을 간파했다. 그래서 할머니의 말뜻을 음미하면서 소마라고를 바라봤다.

소마라고는 눈치가 빨랐다. 곧바로 뭔가 불길한 낌새를 챘다. 즉각 표정이 어두워졌다. 강희가 그 모습을 안쓰럽게 쳐다보다 재빨리 분위기를 바꿨다.

"할마마마의 말씀이 맞습니다! 소마라고의 혼사에 대해서는 저도 나름대로 신경을 많이 쓰고 있습니다. 그런데 소마라고에게는 아무래도 글 잘 쓰는 사람이 어울릴 것 같다는 생각이 들어요. 그래서 몇 년 동안 주위를 살펴보고는 했었는데, 멀리 갈 것도 없다는 생각이 드네요. 오차우 선생이 제격인 것 같더라고요!"

태황태후는 처음에는 사뭇 진지한 태도로 강희의 말을 듣는 듯했다. 하지만 강희의 마지막 말을 듣고는 갑자기 미소를 거둬들였다. 이어 다소 굳은 표정으로 입을 열었다.

"오 선생이 좋은 사람인 것은 나도 알아. 나도 거기까지 생각을 해보지 않은 것은 아니야. 하지만 그는 어쨌든 한족이야. 우리 만주족의 여자애들을 전부 한족들과 짝을 지어주면 나중에 가서 어떻게 하려고 그래?"

순간 태황태후의 성격을 잘 아는 소마라고는 더 이상 가망이 없다는 것을 직감했다. 바로 넋이 나간 눈빛으로 태황태후를 바라보면서 입을 다물었다.

"소마라고는 우리에게 다른 사람과는 차원이 다르잖아요. 그러니 이번 한 번만 맺어주는 것이 어떨까요?"

강희는 이대로는 포기할 수 없다는 듯 약간 사정하는 자세를 보였다.

"우리 만주족이 아닌 오삼계의 아들 오응웅도 예외적으로 높은 관직을 받았잖습니까!"

"그건 그렇다손 치더라도 소마라고의 결혼만은 절대 안 돼!"

태황태후는 단호했다.

"시대가 다르면 상황도 다르게 돼 있어. 게다가 이미 색액도의 어머니에게 대답을 한 상태야. 황제, 나더러 거짓말쟁이가 되라는 말인가?"

강희는 태황태후의 완고한 태도에 속으로 자신을 수없이 원망했다. 미리미리 할머니에게 소마라고의 문제를 상의하지 못한 것이 한이 됐던 것이다.
바로 그때였다.
쿵!
소마라고가 난데없이 울먹이면서 땅바닥에 무릎을 털썩 꿇었다. 이어 눈물이 글썽거리는 두 눈으로 태황태후를 바라보면서 아뢰었다.
"노비는 어린 나이에 입궁한 이후 오늘날까지 태황태후마마의 시중을 들면서 한 번도 명을 어겨본 적이 없사옵니다. 그러나 이번만은 감히 거절하겠사옵니다!"
소마라고의 말은 거의 애원조였다. 그래서일까, 눈물이 그녀의 볼을 타고 주르륵 흘러내렸다.
"일어나!"
태황태후는 소마라고의 눈물어린 호소에 측은한 마음이 들지 않은 것은 아니었다. 그러나 그녀가 무례하다는 생각이 더 강했다.
"이게 다 너를 위해서 이러는 거야. 그러니까 할 말이 있으면 차근차근 얘기해 봐!"
"태황태후마마와 황제폐하께서 비천한 노비에게 베풀어주신 은혜는 죽은 이후에도 다 못 갚을 것이옵니다! 하지만 노비는 오 선생도 색 대인도 다 싫사옵니다! 그저 이대로 태황태후마마의 곁에서 영원히 시중을 들 수 있게 해주시옵소서!"
소마라고는 기어이 흐느끼기 시작했다.
"말도 안 되는 소리는 그만 해!"
태황태후가 그예 안색을 바꾸더니 불호령을 내렸다. 양심전 안팎에 있던 사람들은 그녀의 호통소리에 놀란 나머지 숨도 크게 못 쉬었다. 무겁고도 오랜 침묵이 흘렀다. 한참 후 태황태후의 목소리가 또다시 쩌렁쩌렁 울렸다.

"바보같이! 그래, 시집을 안 가고 그대로 늙어 죽으려고 그래? 여자가 시집을 안 가겠다면 어디 비구니라도 되겠다는 얘기야?"

태황태후는 얼떨결에 평소 생각과는 전혀 다른 말을 내뱉고 말았다. 그러나 그 말은 소마라고에게는 커다란 계시가 됐다. 그대로 가슴에 콱 박혔다. 그녀는 바로 이거다, 라는 생각을 하면서 급히 아뢰었다.

"비구니가 되는 것도 나쁘지는 않사옵니다! 태황태후마마께서도 한 때는 독실한 불교 신자가 아니었사옵니까. 출가를 생각해보신 적도 있으시고요. 그런데 노비라고 비구니가 되면 아니 되옵니까? 태황태후마마께서는 '한 사람이 도를 깨달으면 칠대七代 조상까지 하늘로 올라간다'라고 늘 입버릇처럼 말씀하셨지 않았사옵니까. 그러니 백년 후에 보살이 되시면 옆에서 시중들 용녀龍女도 필요하실 것 아니옵니까!"

"됐어! 그만해! 나도 피곤해."

태황태후가 할 말이 궁해진 듯 소마라고의 입을 강제로 막았다. 그러다 잠시 후 다시 의지를 밝혔다.

"이 일은 이렇게 결정이 난 것으로 하고, 나머지는 나중에 황제가 알아서 준비해 줘. 한평생이 달린 문제인 만큼 제멋대로 하는 날에는 용서를 못 받을 줄 알아!"

태황태후는 그렇게 내뱉고는 곧바로 찬바람을 일으키면서 떠나가 버렸다. 할머니를 바래다주고 돌아온 강희는 이상한 인기척을 느꼈다. 안쪽의 상황을 궁금해 하는 이들이 밖에서 기웃거리고 있었다. 그는 그들을 보면서 퉁명스럽게 쏘아붙였다.

"썩 물러가지 못해?"

강희는 태황태후가 색액도의 조카딸이 쓴 편지를 들고 왔을 때만 해도 기분이 좋았다. 그러나 소마라고의 혼사에 대한 자기의 주장이 맥없이 무너지면서부터는 순식간에 속이 상해 버렸다. 기분도 잡쳐 버렸다.

강희는 소마라고가 자리에 없다는 사실을 곧 깨달았다. 그렇다고 찾으러 갈 생각을 하지는 않았다. 상심한 나머지 어딘가에 숨어 훌쩍거리고 있을 것이라고 생각했다. 그는 좋지 않은 기분을 떨쳐버리기 위해 가만히 혼자서 서성거렸다. 그러나 그러면 그럴수록, 생각을 하면 할수록 화가 났다. 우선 태황태후를 설득하지 못한 자신에 대해 화를 참을 수가 없었다. 또 첩을 여럿 거느리고 있으면서 마누라가 세상을 떠난 지 얼마 되지도 않은 상태에서 여자 문제로 게걸스럽게 구는 색액도 역시 너무 미웠다. 더구나 그는 오차우와 소마라고가 서로 연모하는 감정이 보통이 아니라는 사실을 뻔히 알고 있지 않은가!

"짐이 어디 가만히 있나 봐라!"

강희는 생각할수록 화가 났다. 급기야 큰 소리로 지시를 내렸다.

"여봐라! 웅사리에게 지금 당장 지고旨稿(조서의 원고)를 보러 오라고 전하라!"

강희는 명령을 내리고는 다시 털썩 자리에 주저앉았다. 이어 연신 한숨을 몰아쉬었다. 그러다 목이 마른지 탁자에 놓여 있던 차를 마셨다. 그러나 차는 이미 차갑게 식어 있었다. 강희는 신경질적으로 찻잔을 바닥에 내동댕이쳤다. 정교한 청옥 찻잔은 그대로 산산조각이 나버렸다.

궁녀들이 깜짝 놀라 황급히 청소를 하고 있을 때였다. 웅사리의 목소리가 들려왔다.

"소인 웅사리, 폐하의 명을 받고 대령했사옵니다!"

"들어오라!"

웅사리가 무릎을 꿇고 인사를 했다. 그제야 강희는 자신의 흐트러진 모습을 바로 잡으면서 엄숙한 표정으로 말했다.

"일어나서 저쪽 의자에 앉게. 짐이 이미 조서의 초안을 작성했네. 그대가 한번 보고 잘못된 부분이 없으면 오늘 중으로 걸서더러 발표하라고 하게."

웅사리가 두 손으로 공손히 붉은 인감 자국이 선명한 지고를 받아들었다. 그런 다음 자리에 앉아 천천히 읽어보기 시작했다. 조서에는 단어의 사용이 조금 완벽하지 못한 부분이 가끔 있었다. 하지만 열다섯 살 짜리가 작성했다고 하기에는 상당한 수준이었다. 웅사리는 탄복을 금치 못했다.

"폐하의 학문은 정말 나날이 대단한 진전이 있사옵니다! 오배의 사건을 이렇게 처리하면 조정의 신하들도 감복할 것이옵니다. 뿐만 아니라 천국에 계신 선제께서도 기뻐하실 줄로 믿사옵니다!"

"그런 말은 듣고 싶지 않아."

강희는 담담했다.

"다시 한 번 잘 훑어보게. 보태고 빼고 할 것이 없는가?"

웅사리가 한참 생각에 빠져 있다가 조심스레 입을 열었다.

"뺄 것은 없사옵니다. 다만 백관을 위로하는 내용을 좀 첨부하는 것이 어떨까 하옵니다."

"그래, 맞아!"

강희는 웅사리의 말에 일리가 있다고 판단했다. 그러자 화가 조금 풀렸다. 그가 한결 부드러워진 어투로 말했다.

"자네가 써 보게!"

웅사리는 곧 탁자 앞으로 다가가 준비돼 있는 붓을 들고 잠시 생각을 가다듬었다. 그러더니 바로 강희의 어투로 끝부분을 첨가했다.

> 이번 일에 오배의 일당으로 가담했던 문무백관들은 그의 위협과 압력에 못 이겨 그랬든, 아니면 요행을 바라고 권세에 아부해서 그랬든 간에 죗값을 물어야 마땅하다. 그러나 이번 한 번만은 관대하게 봐주기로 한다. 이제

부터라도 개과천선해 법도를 철저하게 지키고, 맡은 바 직무에 더욱 충실하기를 바란다. 또 백성을 자기 부모형제처럼 아끼고, 나라에 충성하는 참된 관리로 거듭나기를 바란다!

웅사리가 수정한 조서를 읽어본 강희는 만족스러운 미소를 지었다.

"잘됐네. 이대로 상서방에 보내 내일 발표하라고 하게!"

웅사리가 분부대로 하겠다면서 허리를 굽힌 다음 나가려고 했다. 그런 그를 강희가 다시 불러 세웠다.

"가서 색액도에게 전하게. 짐이 소마라고를 황비로 맞아들이기로 결정을 내렸다고 말이네. 그리고 얼른 가서 태황태후마마께 전하게. 소마라고와 색액도의 결혼은 절대로 안 된다고 말일세. 꿈에서라도 그건 안 된다고 하라고!"

웅사리가 소마라고를 황비로 맞아들이겠다는 강희의 말을 듣자마자 바로 황급히 무릎을 꿇었다. 자신이 잘못 알아들었다는 생각이 든 것이다.

"소인은 청각장애가 없지 않아 있사옵니다. 폐하께서 다시 한 번 말씀해 주시면 곧 명에 따르겠사옵니다!"

강희는 웅사리가 대경실색하는 모습을 보고는 터져 나오는 웃음을 참을 수가 없었다. 이번에는 더욱 큰 소리로 말했다.

"짐은 소마라고를 황비로 맞아들일 마음의 결정을 내렸어. 그러니 색액도한테 이 사실을 전해줘!"

"폐하!"

웅사리는 당황해 어쩔 줄을 몰라 하면서 외마디 소리를 질렀다. 해서는 안 될 말을 강희가 했기 때문이었다. 그는 급기야 시녀를 황비로 맞아들인다는 강희를 이해하지 못하겠다는 듯 엎드려 머리를 조아렸다.

"폐하! 이 일은 결코 작은 일이 아니옵니다. 그러니 신중을 기하셔야 하옵니다. 소인이 목이 날아갈 각오로 진언을 드리옵니다!"

강희는 뭔가 오해한 것 같은 태도를 보이는 웅사리를 넌지시 바라봤다. 그러다 일부러 놀려주기라도 하듯 명쾌하게 반박을 했다.

"소마라고는 짐을 낳아준 사람도 아니야. 또 짐이 낳은 자식도 아니야. 그런데 단순히 비천하다는 이유로 황비로 맞이해서는 안 된다는 게 무슨 말인가? 어쨌거나 이건 짐의 사생활이야. 자네는 간섭하지 말게!"

강희가 다시 차가운 음성으로 덧붙였다.

"어서 가서 색액도한테 그대로 전하게! 여기저기 소문낼 것은 없고 그저 조용히 색액도에게만 전하면 되네!"

강희가 말을 마치고 그만 가보라는 뜻으로 손을 내저었다. 웅사리는 별로 내키지는 않았으나 어쩔 수 없이 뒷걸음쳐 나왔다.

강희는 한차례의 작은 소동을 거친 후 오히려 마음의 평온을 찾았다. 그래서 웅사리가 색액도를 찾아 떠나자마자 바로 소마라고를 찾아 나섰다.

소마라고를 황비로 맞아들이겠다는 말은 사실과는 거리가 멀었다. 그저 강희가 색액도에게 겁을 주려고 임기응변식으로 뱉어낸 말일 뿐이었다. 하지만 어느 정도는 진심이 담겨 있기도 했다.

'오차우와 맺어주지 못하고 색액도에게 시집보낼 바에는 지금 내가 한 말이 현실이 될 수는 없을까? 그것도 나쁘지는 않겠지?'

강희는 별로 실현 가능성이 높지 않은 생각을 하면서 서각에 있는 소마라고의 방을 직접 찾았다.

그는 한시라도 빨리 소마라고를 만날 생각에 문도 두드리지 않은 채 성큼 그녀의 방으로 들어섰다. 그러다 그만 깜짝 놀라고 말았다. 눈앞에 나타난 광경은 그의 눈을 의심하게 만들기에 충분했던 것이다. 그녀는 어느새 삭발을 한 상태였다. 게다가 금방 목욕을 하고 나온 듯 실 한 오라기 걸치지 않은 알몸으로 검은 승복僧服을 갈아입고 있었다!

"자네……?"

"폐하……!"

강희와 소마라고는 거의 동시에 서로를 쳐다봤다. 강희의 눈에 그녀의 알몸이 고스란히 들어왔다. 그러나 그녀는 전혀 부끄러운 기색도 없이 천천히 옷을 챙겨 입었다. 그러더니 결국에는 처량한 웃음을 지어 보였다.

"노비는 이제부터 세속을 떠난 사람이옵니다. 그러니 창피할 것도 없고 무서울 것도 없사옵니다!"

"소마라고! 아니, 완낭!"

강희가 고통스런 신음을 토해내면서 닥치는 대로 이름을 불렀다. 눈에서는 어느새 눈물이 가득 고이고 있었다.

"이러지 마. 차라리 황비가 돼 짐의 곁에 있어주면 안 되겠나? 짐도…… 짐도 완낭을 많이 좋아한단 말이야!"

소마라고는 강희의 절규에 아랑곳하지 않았다. 그저 벽에 걸려 있는 액자만 넋 놓고 바라볼 뿐이었다.

노을은 구름의 혼백이요, 꿀벌은 꽃의 정신이다.

그녀가 바라본 액자는 의미가 있었다. 몇 년 전 오차우와 처음 만나던 날 그가 선물한 바로 그 작품이었다. 다시 한 번 읽어도 정곡을 찌르는 말이었다. 그러나 그녀는 그때는 미처 몰랐다. 먼 훗날 이렇게 좋아하고 사랑하게 될 줄은. 또 이 남자로 인해 자기가 세속을 등지게 되리라는 것도.

소마라고는 고통으로 일그러진 강희의 얼굴을 애써 외면했다. 이어 또박또박 아뢰었다.

"노비는 전생에 죄를 많이 지은 탓에 현세에서는 착하게 잘 살아보려고 했었사옵니다. 그러나 본의 아니게 또다시 사람들의 가슴에 못을 박고 죄지은 몸으로 세속을 등지게 됐사옵니다. 앞으로 청등고불青燈古佛 앞에서 폐하와 모든 착한 이들의 평안을 기도하면서 여생을 마치려 하옵니다. 폐하께서 시간이 나시는 대로 노비의 이 말을 그 사람들에게 전해주시면 감사하겠사옵니다!"

소마라고의 결심은 차돌처럼 단단해 보였다. 강희는 그녀의 고집을 모르지 않았다. 설득한다는 것은 거의 불가능했다. 그는 그런 생각이 들자 너무너무 속이 상하고 애달팠다. 급기야 눈물까지 보였다.

"이미 결심을 굳혔다면 짐도 더 이상 막지는 않겠어. 태황태후마마를 만나러 다녀와야겠으니 준비나 잘하고 있어!"

사흘 후 웅사리는 어린 하인 한 명만 데리고 푸른 두루마기 차림으로 성지를 전하러 색액도의 집으로 향했다. 그러나 색액도는 이미 예전의 그가 아니었다. 곧 황비의 숙부가 될 사람이었으니 그럴 수밖에 없었다. 웅사리는 그토록 존귀한 사람에게 별로 반갑지 않은 내용의 황명을 전한다는 것이 왠지 찜찜했다. 나중에라도 자신에게 불똥이 튀지 않을까 하는 걱정도 됐다. 그러나 그에게는 역시 도학가 특유의 교활함이 있었다.

웅사리는 고심 끝에 강희가 시킨 대로 하지 않기로 결정을 내렸다. 일부러 놀러온 척하면서 자연스럽게 말을 꺼내기로 한 것이다. 끝에 가서 강희의 뜻을 간단하게 전하기만 하면 된다는 것이 그의 판단이었다.

때는 6월이라 날씨가 무척 더웠다. 바람 한 점 없이 햇살만 푹푹 내리

쬐고 있었다. 귀청을 찢는 매미소리는 유난히 소란스러웠다. 반면 색액도의 집 앞은 평화로웠다. 몇몇 문지기들이 큰 걸상을 놓고 앉아 부채질을 해가면서 잡담으로 시간을 죽이고 있을 뿐이었다. 그들은 웅사리가 가벼운 차림을 하고 나타나자 황급히 일어나 깍듯하게 인사를 했다.

"마침 잘 오셨습니다. 위 어르신과 오 어르신께서도 와 계시니 어서 들어가 보십시오!"

"아니야, 가서 전할 필요 없네. 나는 그 사람들을 놀라게 하려고 온 사람이니까!"

웅사리는 곧장 안으로 들어가지 않고 자신이 왔다는 소식을 전하기 위해 돌아서려는 문지기를 붙잡았다. 이어 자신이 데리고 온 어린 하인을 밖에서 문지기들과 함께 놀게 하고는 혼자 부채를 부치면서 천천히 걸음을 옮겼다.

그는 후당을 돌아 화원 쪽으로 갔다. 저 멀리 연못 위의 정자에서 색액도와 위동정, 오육일 등이 수박을 먹거나 얼음물을 마시면서 웃고 떠들어대고 있었다.

그들은 먼발치에 서 있는 웅사리를 보지 못한 듯했다. 웅사리는 잠시 버드나무 그늘 밑에 앉아 연못에서 노니는 금붕어를 바라보면서 그들의 말에 귀를 기울였다.

"호신 아우!"

오육일의 목소리가 들려왔다.

"내 듣자하니 아우가 이제부터는 무예보다는 글에 더 신경을 쓰고 있다고 하더군. 부인이 될 사람도 무술이 뛰어나다고 하고. 자네 부부는 그러면 문무겸전의 부부가 되겠군."

"그게 어디 제 마음대로 되겠어요!"

위동정이 말을 이었다.

"폐하께서 지난번에 남경은 육조六朝(명明나라를 비롯한 여섯 왕조)의 요지로 문사文士들이 구름같이 많고 경치가 그만이라고 하셨죠. 그러면서 언제 기회가 되면 저를 데리고 한번 다녀오고 싶다고 하셨습니다. 그래서 제가 폐하께 남경에 남아 남쪽 땅의 풍치를 조금 공부하도록 해주십사 하고 말씀드려 봤습니다."

"그랬더니 폐하께서는 뭐라고 하시던가?"

색액도가 수박을 한 입 가득 베어 문 채 물었다. 그러자 위동정이 허허 웃으면서 대답했다.

"다른 말씀은 없으시고 고개만 끄덕이셨습니다. 아마 허락하신다는 뜻으로 받아들여도 될 것 같습니다."

웅사리가 더 이상 엿들을 필요가 없다고 생각했는지 자리를 털고 일어났다. 이어 정자로 다가가려고 했다. 그 순간 색액도의 목소리가 또렷하게 들려왔다. 웅사리는 재빨리 다시 주저앉아서 그들의 말에 귀를 기울였다.

"폐하의 총명함에 대해 말을 하려고 하면 내리 사흘을 꼬박 새면서 해도 다 못할 걸요? 이틀 전에 우리 어머니께서 태황태후마마를 만나셨소. 태황태후마마께서 말씀하시기를, 폐하께서는 오배를 생포한 이후로 더욱 바빠지셨다고 하던데요?"

색액도의 말에 오육일이 물었다.

"또 무슨 급한 일이라도 있는 겁니까?"

그러자 색액도가 목소리를 낮추면서 뭐라고 말했다. 하지만 소리가 너무 작아서 웅사리로서는 제대로 알아들을 수가 없었다. 그러나 잠시 후 오육일이 크게 고함치는 소리는 들을 수 있었다.

"그 자식이 뭔데 그래요! 폐하께서 병사 십만 명만 주신다면 내가 가서 그냥 모조리 쳐부숴 버릴 텐데 말입니다!"

오육일이 흥분했다. 그러나 영문을 모르는 웅사리는 잠시 멍한 상태로 있을 수밖에 없었다.

곧이어 "쉿!" 하면서 손가락을 입에 가져다 대는 위동정의 모습이 보였다.

"큰 소리 내지 마십시오! 이 일은 절대 비밀이니까요. 제 생각에 철개 형님은 조만간 감독관 신분으로 지방으로 발령이 날 것 같습니다. 또 범승모 역시 폐하께서 복건성 쪽으로 보내 책임을 지게 하실 거고요. 오배 문제는 이제 사실상 끝났으니 이제부터 또 다른 전투가 서서히 시작될 것 같습니다!"

위동정이 얼음물을 한 모금 삼키고는 다시 말을 이었다.

"지난번에 알필륭이 폐하의 공과 덕이 삼황오제三皇五帝(중국의 전설 속 황제들)보다 높다는 글을 올렸다가 혼이 나지 않았습니까. 속 보이게 아부 떤다고 말이에요. 제가 보기에는 지금 황제폐하의 꿈은 당唐 태종太宗(이세민李世民)보다도 훨씬 더 큰 것 같습니다!"

정자 위의 세 사람은 위동정의 말이 끝나자 한동안 침묵했다. 그럼에도 웅사리는 대충 그들의 대화 내용을 짐작할 수는 있었다. 순간적으로 강희가 전각 기둥에 '삼번'이라는 두 글자를 붙여 놓았다고 하던 위동정의 말을 떠올렸다. 그는 바로 등골이 서늘해지는 느낌에 사로잡혔다.

웅사리는 위동정 등의 대화에 끼어들려는 생각으로 엉거주춤 일어섰다. 그러다 다시금 그 자리에 주저앉고 말았다. 그 전에 뭔가 골똘히 더 생각해볼 문제가 있다는 판단을 내린 것이다.

"갈 사람은 다 가시게! 사내대장부로 태어나 부귀와 공명, 영화 그 어느 것도 일부러 놓칠 필요는 없지 않겠소. 그것도 사람 사는 재미가 아니겠소!"

색액도의 목소리였다. 그러자 오육일이 껄껄 웃으면서 화답했다.

"색 대인이야말로 최근 들어 제일 잘 나가는 대신이 아닌가 합니다. 무엇보다 대학사의 임명장이 곧 나올 것입니다. 게다가 황후의 숙부로서 대신 중에서 최고의 대우를 받지 않겠습니까. 어제 손전신이 그러더군요. 태황태후마마께서 소마라고를 색 대인에게 시집보낸다고요! 참말로 세상은 너무나 불공평해요. 한 사람한테만 모든 것을 다 주면 우리는 어떻게 하라고?"

오육일이 농담조로 말하면서 크게 웃었다. 그러자 색액도가 몸 둘 바를 몰라 했다.

뿌지직!

이때 갑자기 뭔가 부서지는 소리가 들렸다. 동시에 위동정의 손에 쥐어져 있던 찻잔이 산산조각 났다. 하지만 위동정은 너무나 흥분한 나머지 자신이 쥐고 있던 찻잔이 깨진 것조차 모르고 있었다. 색액도와 오육일이 그런 위동정을 바라보면서 이구동성으로 물었다.

"호신, 왜 그러는 거요?"

"소마라고를 색 대인에게 시집을 보낸다고요?"

위동정이 황당하고 놀란 표정으로 두 눈을 치켜 뜬 채 물었다. 웅사리는 이때 이제는 그만 모습을 보여야겠다고 생각하고 나무그늘 밑에서 나가려고 했다. 그러다 목소리까지 덜덜 떨면서 민감한 반응을 보이는 위동정의 반응에 다시금 주춤했다.

"아직 정식으로 약혼한 것은 아니오. 그러나 태황태후마마께서 이미 어머니에게 허락을 하신 것으로 알고 있소."

색액도가 이어 물었다.

"그런데 왜? 뭐가 잘못되기라도 한 건가?"

"잘못 되다마다요!"

그 순간 드디어 웅사리가 불쑥 앞으로 나서면서 크게 말했다.

"오차우든 색액도 대인이든 소마라고를 얻는 사람은 언젠가는 큰 화를 입게 될 겁니다!"

세 사람은 그동안 자신들의 얘기에만 정신이 팔려 있었다. 때문에 연못 저쪽에서 웅사리가 지금까지 엿듣고 있었다는 사실을 전혀 눈치채지 못했다. 그들은 눈이 휘둥그레진 채 동시에 고개를 돌렸다. 그들의 시야에 청포를 입고 부채를 펴든 채 우뚝 서 있는 웅사리의 도골선풍道骨仙風 모습이 들어왔다.

색액도가 황급히 웅사리를 향해 읍을 했다.

"잘 왔소이다. 같이 얘기나 나누죠!"

웅사리가 황급히 맞절을 하면서 돌다리를 건너 정자 위로 올라갔다. 색액도는 그가 자리에 앉자마자 더는 못 참겠다는 듯 물었다.

"동원東園(웅사리의 호) 공께서 방금 했던 말씀에 대해 자세히 알고 싶소!"

웅사리가 지체 없이 대답했다.

"나는 원래 귀가 솔깃한 얘기 아니면 말하지 않습니다. 방금 했던 말은 결코 농담이 아닙니다."

웅사리는 강희가 자신을 불러 했던 말들을 다시 한 번 들려줬다. 이어 마지막으로 색액도에게 충고를 했다.

"대인이 지금 소마라고를 후처로 받아들인다면 폐하께서는 태황태후마마의 눈치를 보느라 당연히 뭐라고 말하지는 못할 것입니다. 하지만 시간이 흘러 적당한 시기가 되면 폐하는 결코 대인을 그냥 내버려두지 않을 겁니다. 그때 가서는 어느 누구도 대인을 구해줄 수가 없습니다!"

색액도는 웅사리의 말을 듣자마자 순식간에 두려움에 사로잡혔다. 극심한 공포가 엄습해오는 기분도 느꼈다. 심지어 소마라고를 후실로 받아들이라고 방정맞을 정도로 극성을 떨던 명주가 못내 야속하기까지

했다.

그러나 그는 자신의 감정을 애써 내색하지 않았다. 명주와 가까운 사이인 위동정이 어떤 식으로든 얘기를 전할 것 같아 부담스러웠던 것이다. 그가 자신의 감정을 꾹꾹 눌러 참다 겨우 입을 열었다.

"다 내가 주책을 떨어서 화를 자초할 뻔했소이다. 그런데 일이 이 지경까지 커졌으니, 이제 어떡하면 좋소이까?"

위동정은 계속 가슴이 쿵쾅거리는 것을 어쩌지 못했다. 그러나 이제는 놀라움보다는 이상하다는 생각이 앞섰다. 그는 강희와 소마라고, 오차우 세 사람의 관계를 누구보다 잘 알고 있었다. 때문에 오차우와 소마라고를 맺어주려고 애를 쓰던 강희가 갑작스럽게 심경의 변화를 일으킬 것이라고는 정말 생각조차 못했다.

웅사리가 다시 입을 열었다.

"방울을 단 사람이 떼야 한다는 말이 있어요. 다시 말하면 문제를 일으킨 당사자가 해결의 열쇠를 쥐고 있는 법입니다. 그러니 색 대인이 직접 태황태후마마를 찾아가서 너무 경솔했다면서 잘못을 인정하세요. 또 아내가 죽은 지 얼마 안 돼서 후처를 들일 마음의 준비가 안 됐노라고 말씀드리세요. 색 대인이 그렇게 나가면 나머지는 태황태후마마께서 알아서 수습할 것 아니겠습니까?"

"그러면 오 선생한테는 뭐라고 합니까? 소마라고와 워낙 정이 많이 들어있는 상태라 해명하기가 쉽지 않을 텐데요!"

위동정이 궁금증을 참지 못하고 물었다.

"그 문제는 호신 아우의 몫이 아니겠소?"

웅사리가 당연하다는 투로 대답했다. 그는 오차우와 학문 면에서 지향하는 바가 많이 달랐다. 더구나 강희가 가끔은 기분 나쁘게 이를 근거로 오차우를 치켜세우면서 자신의 실력에 대한 의문을 제기하기도 했기에 당연히 오차우에게 은근히 좋지 않은 감정을 품을 수밖에 없었다. 그가 비아냥거리는 어투로 덧붙였다.

"사내가 그까짓 여자 하나 때문에 죽느니 사느니 할 정도라면 뻔할 뻔자 아니겠소? 제 아무리 문재文才가 뛰어나고 박학하다 한들 관리로서 대성하기는 어렵다고 봐야지."

위동정은 오차우에 대한 웅사리의 비아냥조의 말이 귀에 거슬렸다. 하지만 당장 어쩔 수는 없었다. 그는 오차우를 설득해봐야겠다는 생각을 하면서 먼저 자리를 털고 일어났다.

43장

엇갈린 운명과 선택

위동정은 뜻하지 않은 일로 그야말로 완전히 기분을 잡쳤다. 그바람에 우울한 심정으로 열봉점을 찾았다. 그곳에서 목자후의 모습은 보이지 않았다. 하지만 오차우는 혼자 남아 책을 정리하고 있었다.

그는 오차우를 보는 순간 뭐라고 입을 열어야 할지 난감하기만 했다. 눈앞이 캄캄했다. 오차우의 얼굴은 창백했다. 마치 큰 병을 앓고 난 사람처럼 기운이 하나도 없어 보였다.

위동정은 날씨 탓이겠지 하고 생각하면서 위로의 말을 꺼내려고 했다. 그러나 오차우가 한발 빨랐다.

"호신, 나는 완낭이 출가한 사실을 이미 알고 있네. 애써 나를 위로하려고 들지 마. 나는…… 나는 괜찮으니까."

오차우는 정보가 빨라도 너무 빨랐다. 위동정은 순간 다시 한 번 기절초풍할 정도로 놀라고 말았다. 소마라고가 출가를 하다니! 전혀 뜻밖이었다. 그에 관해서는 전해들은 바 역시 없었다. 그가 황급히 물었다.

"소마라고가 출가를 했다고요? 아니 왜요? 도대체 언제……, 어쩌다 그런 일이! 그건 누구한테서 들었어요?"

오차우는 줄기찬 위동정의 질문에도 불구하고 입을 꾹 다문 채 대답하지 않았다. 한동안 침묵의 시간이 흘렀다. 그런 다음에야 그가 천천히 입을 열었다.

"누구한테서 들었느냐는 중요하지 않아. 폐하께서 우리 둘을 맺어주려고 많은 노력을 했음에도 불구하고 결국은 일이 이렇게 됐어. 하지만 나는 폐하의 은혜에 깊이 감사드리네. 나에 대한 완낭의 감정도 잘 알아. 우리 두 사람이 서로 좋아하는 감정만 있다면 같이 살지 못한다고 해도 너무 슬퍼할 것만은 없지 않겠어? 하늘과 땅 만큼 멀리 떨어져 있다 해도 마음만은 갈라놓을 수 없을 테니까."

오차우는 가슴이 미어지는지 숨을 한 번 크게 고르더니 계속 말을 이었다.

"호신, 나는 완낭을 마음속에 간직하고 살 수 있는 추억이 있다는 것만으로도 만족해. 그러니 너무 걱정하지 말았으면 해!"

오차우는 오히려 위동정을 위로했다. 위동정은 그의 그런 태도에 너무 놀랐다. 또 이 모든 것이 믿기지 않았다. 그는 입을 벌린 채 달리 할 말을 찾지 못했다.

그러자 오차우가 창백한 얼굴로 위동정을 바라보면서 천천히 말을 이었다.

"사실 완낭은 재주도 뛰어나고 신분도 고귀해. 나 같은 선비와는 어울리지 않는다고 생각해. 그래서 처음에는 그녀가 나하고 같이 살면 억울할 거라는 생각에 좀 주저했지. 그러나 결국 나는 그녀의 정성을 저버릴 수가 없었지!"

오차우는 생각하면 생각할수록 고통스러운 모양이었다. 끝내 자신의 속내를 끝까지 밝히지 못하고 입을 다물어 버렸다.

"선생님께서는 이제 어떻게 하시려고요?"

"산을 베개 삼고, 하늘을 이불 삼아 이 강물 저 바다를 친구로 여기고 어디든 발길 닿는 데로 여행을 떠날까 해. 세상 구경도 좀 할 겸 말이야."

"예?"

위동정은 오차우의 선택에 깜짝 놀랐다.

"폐하께서 선생님을 웅사리, 색액도 두 대인 못지않게 중용하실 것으로 알고 있습니다. 그런데 왜 남녀 간의 감정 때문에 실의에 빠져 창창한 앞날을 저버리려고 하세요?"

"맞는 말이긴 해."

오차우가 머리를 끄덕이면서 덧붙였다.

"우리는 몇 년 동안 얼굴을 맞대면서 참 의좋게 살았지. 나는 이 모든 것을 결코 잊을 수 없을 거야. 그대와 명주 둘 다 아직은 나를 잘 모르는 구석이 있어. 하지만 폐하께서는 나의 선택을 이해하고 존중해 주시리라 굳게 믿어."

"벌써 말씀드렸어요?"

위동정이 못내 의아해 하면서 물었다.

"그래!"

오차우가 담담하게 덧붙였다.

"나는 원래 성격상 사람 많고 법석대는 곳을 싫어해. 그래서 막힘이 없고 조용한 분위기를 찾아 떠나려고 해. 북경에는 사람이 너무 많아. 더구나 나는 관리로 출세하는 것에는 별로 관심이 없어. 특히 자신의 출세와 공명을 위해서 남을 무자비하게 짓밟고 서로 피투성이가 되도록 아귀다툼을 벌이는 것은 가슴 떨려 못 보는 성격이야."

오차우는 이미 결심이 확고한 듯했다. 거침없이 속에 있던 말들까지 다 털어놓고 있었다.

"호신, 지난 몇 년 동안 같이 지내면서 팔자에도 없는 황제의 스승까지 해봤어. 또 자네와 같은 의리 있고 능력 있는 아우들과 평생 잊지 못할 추억을 만들었지. 사실 여자 하나 때문에 떠난다는 느낌은 주지 말았어야 했어. 그렇지만 그게 전부는 아니야. 나는 수 년 동안 자네들 뒤에서 귀동냥도 하고 또 내 눈으로 직접 보고 피부로 느끼면서 정치풍파의 무서움을 알았어. 그리고 그런 것들이 나와는 체질적으로 맞지 않는다는 사실도 뼈저리게 실감했어. 지금 모든 미련을 버리고 떠나가야 그나마 완전히 전신全身(몸을 온전히 하는 것), 전명全名(이름을 온전히 하는 것), 전절全節(지조를 온전히 하는 것)을 지킬 수 있다고 생각했어. 박수칠 때 떠나라는 말이 있잖아. 바로 그거야! 관료 세계는 한번 발을 들여놓으면 물귀신이 돼도 빠져나올 수 없는 곳이야. 나는 평범하게 살지언정 관직에 나아가 부침을 거듭하기는 싫어."

오차우는 위동정에게 아예 말할 기회조차 주지 않았다. 자신의 생각을 끊임없이 이어나갔다.

"호신, 자네도 몇 년 동안 책을 많이 읽었으니 알 거야. 나같이 앞뒤가 꽉 막힌 사람이 끝까지 황제의 대업을 보좌해 낸 사례가 있는가?"

위동정이 솔직하게 가볍게 고개를 흔들었다.

"그것 봐! 자네, 지금 고개를 흔들었지. 내 말이 틀리지는 않다는 거야. 재주가 뛰어난 어떤 사람들은 제왕을 보좌함에 있어 들어갈 때와 물러설 때를 몰라 곤욕을 치르는 경우가 많아. 또 지금 폐하께서 두 가지 큰일을 벌이려고 하는 것으로 알고 있어."

오차우가 잠시 숨을 고르더니 다시 말을 이어나갔다.

"그 중의 하나가 할거하는 제후들을 제거하는 것이야. 제후들을 진압하는데 나 같은 선비가 왜 필요하겠나? 또 다른 하나는 태평성대의 길을 제창하는 것이야. 이와 관련해서도 역시 내가 조정에서 할 일은 별로 없어. 술 좋아하고 시詩와 사詞를 노래하는 선비는 강호를 떠돌면서 군주의 성세盛世를 위해 기도하고 백성들의 질곡을 종이에 담는 것이 훨씬 나아. 그렇게 하는 것이 나라에 더 도움이 되지 않겠는가?"

오차우가 마지막에 한 말은 황제에게 올린 글에서도 언급했던 부분이었다. 노장老莊 사상의 분위기가 다분한 말이었다. 그러나 위동정으로서는 처음 듣는 얘기였다.

위동정은 오차우의 말을 끝까지 듣고 나자 공감 가는 부분이 상당히 많았다. 적당하게 반박할 말도 생각나지 않았다. 그가 길게 한숨을 내쉬었다.

"선생님께서는 박수칠 때 떠나신다고 하셨습니다. 그러나 제가 생각하기에는 아무래도 선생님의 재주가 너무 아까워요."

"폐하께서도 그런 생각을 하고 계실 거야."

오차우가 희미한 미소를 지으면서 덧붙였다.

"그러나 폐하께서는 워낙 심모원려하시는 대단한 분이네. 비록 내가 곁에 없다고 하더라도 금방 그런 생각에서 벗어날 거라고 나는 믿어."

"저도 오 선생님을 따라갈까요?"

위동정이 쓸쓸한 웃음을 지었다.

"마음 움직이는 대로, 발길 가는 대로 강호를 떠돌면서 영웅의 본색을 잃지 않는 것도 좋을 것 같아요. 관료 세계에 빠져 저도 모르게 썩어가는 것보다는 그게 낫죠."

"일부러 그럴 것까지는 없네. 자네와 나는 처지가 다르지. 명주가 그러더군. 폐하께서 자네를 곧 금릉金陵으로 발령 내실 거라고 말이야. 그렇게 되면 살기 좋은 금릉에서 여생을 보내는 것도 나쁘지는 않다고 생각해."

오차우가 잠시 생각에 잠기더니 덧붙였다.

"오늘 내가 한 말들은 가까운 지기知己로 생각하니까 할 수 있었던 말들이야. 자네가 듣기에 좀 거북한 부분이 있었다면 안 들은 걸로 해주게!"

위동정은 무거운 발걸음으로 오차우를 만나러 갔었다. 그랬다가 더욱 무거운 마음을 안고 돌아서지 않으면 안 됐다. 그는 호방교에 위치한 자신의 집으로 돌아온 뒤 곧장 조회朝會에 참석할 때 입는 예복으로 갈아입고 강희를 만나러 가려 했다. 딱 집어 뭐라고 표현할 수 없을 정도로 짓눌리고 갑갑한 심정을 황제 앞에서 한바탕 눈물로 쏟아내고 싶었던 것이다.

위동정이 그런 생각을 하고 방에서 막 나가려고 할 때였다. 갑자기 서른 살 정도 돼 보이는 웬 사내가 들어오면서 인사를 했다.

"소인, 오늘부로 다른 임무를 부여받고 장군에게 작별 인사를 드리러 왔습니다!"

위동정은 갑작스런 그의 말에 영문을 몰라 어리둥절해하면서 물었다.

"나는 그대를 잘 모르겠는데……, 누구요?"

그러자 사내가 대답했다.

"어르신을 오 년씩이나 따라다녔는데도 소인을 잘 모르시겠습니까?"

위동정은 5년이나 따라다녔다는 말에 깜짝 놀랐다. 그래서 앞으로 가까이 다가가 사내의 얼굴을 자세히 뜯어봤다. 그가 이리저리 생각을 떠올려보다 한참만에야 다시 입을 열었다

"자네……, 자네는 우리 집 문지기가 아닌가? 그런데 어떻게……?"

"소인은 원래 십삼아문十三衙門에서 일했습니다."

사내가 빙그레 웃으면서 말을 이었다.

"웅사리 대인께서 찢어지게 가난한 소인의 처지를 동정해 위 어르신께 보내주셨던 겁니다. 나이가 어려 위 어르신께서 꺼리실 것 같아 그동안 나이가 많이 들어보이도록 분장도 하고 다녔습니다. 그러다 보니 본의 아니게 어르신을 오 년씩이나 속인 셈이 됐네요! 이제는 이 집에서 더 이상 머무를 필요가 없게 됐습니다. 그러니 그만 가보려고 합니다. 정말 죄송합니다!"

위동정은 사내의 말을 듣는 순간 갑자기 머리가 어지러워졌다. 하마터면 쓰러질 뻔했다. 그래도 워낙 체질적으로 튼튼한 몸을 타고난 탓에 간신히 몸을 지탱할 수가 있었다. 그가 억지로 미소를 지어보이면서 말했다.

"어디를 가나 다 폐하를 위한 일이 있을 테니, 미안해 할 것까지는 없네. 헤어진다고 해도 별로 줄 것이 없구먼. 이거 얼마 안 되는 돈이지만 나의 자그마한 마음의 표시야. 받아주게!"

위동정은 얼른 주머니에서 은자 200냥을 꺼내 사내의 손에 쥐어 주었다. 은자를 받아든 사내는 고개를 깊숙이 숙이고는 바로 떠났다. 위동정은 그가 떠났음에도 여전히 다리에 기운이 하나도 없었다. 겨우 정신을 차린 것은 한참 후였다. 그는 다시 몸을 추스르고 말에 올라 강희를 만나기 위해 궁으로 향했다.

그가 융종문까지 왔을 때였다. 마침 색액도가 오육일, 웅사리와 함께 어깨를 나란히 하고 나오고 있었다. 세 사람은 아무런 말도 없이 숙연한 분위기로 걸음을 옮겼다. 그를 보고도 두 손을 들어 인사만 하고는 그냥 스쳐지나갔다.

그가 얼마를 더 갔을 때였다. 오육일이 갑자기 되돌아오더니 위동정을 불러 세웠다.

"호신 아우!"

위동정은 순간적으로 불길한 예감을 느꼈다. 오육일의 얼굴 근육이 움찔거리는 것을 본 것이다.

"자네는 모르고 있는 것 같은데……."

오육일이 잠시 머뭇거렸다. 그러더니 굳게 결심을 한 듯 무섭게 덧붙였다.

"넷째가 사고를 쳤네!"

뜻밖의 말에 위동정이 눈을 크게 뜨면서 물었다.

"무슨 일을? 어떻게요?"

"큰 사고는 아니야."

오육일이 말을 이었다.

"아직 확실하지는 않아. 그러나 반포이선과 밀모를 한 죄야. 지금 대리시大理寺에 갇혀 있어!"

"그럴 리가요?"

위동정의 이마에 순식간에 식은땀이 맺혔다. 가뜩이나 후들거리던 다리를 간신히 지탱하고 있었다.

위동정은 오육일과 헤어진 다음 곧바로 양심전으로 들어갔다. 여전히 심장은 심하게 두근거렸다. 강희는 아무 일도 없는 듯했다. 위동정을 보자마자 반겨주었다.

"어서 오게. 그렇지 않아도 자네를 찾으려던 참이었어!"

강희 역시 소마라고의 일 때문에 마음이 편치 않을 터였다. 하지만 그는 그런 내색을 전혀 보이지 않았다. 여느 때와 마찬가지로 위동정을 따뜻하게 대해줬다.

전각 가운데에는 명주와 낭심 두 사람이 서 있었다. 위동정은 그들을 힐끗 일별한 다음 시위가 황제를 배알할 때 하는 예절대로 엎드려 인사를 올리고는 일어나면서 아뢰었다.

"폐하께서는 또 밤을 꼬박 새우셨나 보옵니다. 눈언저리가 검은 것이 심히 건강이 염려되옵니다. 옥체에 각별히 신경을 쓰시옵소서!"

"위 군문!"

강희가 잠시 숨을 고른 다음 말을 이었다.

"여기 전각 기둥에 뭐라고 쓰여 있나 보라고! 이 세 가지 일이 마무리되지 않는 한 짐은 건강 따위에는 관심을 둘 수가 없어. 몇 년이 될지는 모르나 그때까지는 밤잠도 제대로 못 잘 테고, 입맛도 안 돌 거야!"

위동정이 머리를 들었다. 그곳에는 새로 쓴 표어가 붙어 있었다.

三藩

河務

漕運

위동정은 과거에 소마라고한테서 들은 말을 떠올렸다. '삼번·하무·조운'이란 표어를 황제가 손수 써놓고는 붙이지 않았다는 말을. 그런데 그 표어가 오늘 이 자리에, 기둥 한가운데에 떡 붙어 있었다. 유난히 눈길을 끌 수밖에 없었다.

위동정이 소마라고에게서 들은 기억을 떠올리면서 조심스럽게 입을 열었다.

"폐하의 포부는 정말 대단하시옵니다. 소인은 탄복을 금할 길이 없사옵니다! 그러나 막 큰일을 치르고 원기를 회복하기도 전에 또다시 너무 큰 수술을 준비하는 것은 무리라는 생각이 드옵니다. 심히 걱정스럽사옵니다."

강희가 그러자 호쾌하게 웃었다.

"송宋나라의 태조太祖(조광윤趙匡胤)가 한 말이 있어. '나의 침대 옆에 어찌 다른 사람이 코 골면서 자는 것을 허락할 수 있으리.' 너무 멋지지 않은가? 우리가 두 다리 쭉 뻗고 잠자려면 옆에서 코 골면서 잠자는 사람부터 쫓아내야 한다고! 그런데 자네가 말한 '원기를 회복하기도 전'이라는 말은 짐의 마음에 와 닿았어. 철번은 천천히 한다고 쳐도 나머지 두 개는 원기를 빨리 회복시켜야 해!"

위동정은 강희의 높은 안목에 다시금 감탄했다. 황급히 허리를 굽혀 경의를 표했다.

"폐하의 예리한 통찰력과 뛰어난 판단력은 소인이 천리마를 타고 쫓아가도 따라가지 못하겠사옵니다."

"짐은 이미 조서를 내렸네."

강희가 거침없이 말했다.

"소극살합은 너무 억울한 죽음을 당했어. 그의 세직世職(생존 때의 직위)을 복원시켜 줘야겠어. 그의 조카인 백이도白爾圖도 그렇게 큰 공을 세웠음에도 불구하고 오배에게 당했어. 이제 그의 아들에게 소극살합의 세직을 이어받게 해야겠네. 명주가 이미 그 아들을 찾아냈으니, 곧 시행될 것이네."

강희는 위동정에게 이것저것 자질구레한 것까지 다 말해줬다. 오래간만에 만난 것도 아닌데 그랬다.

"그렇게 뿌리 깊은 권지 현상도 이제는 슬슬 마무리 단계에 접어들었어. 아직 몇몇 고지식한 자들이 겁 없이 설치기는 하지만 짐이 아주 뿌리째 뽑아낼 거야! '권지'라는 말조차 영원히 사라지게 금지 조치를 취할 거야. 남의 땅을 빼앗은 자는 깨끗하게 돌려주라고 짐이 이미 명령했어!"

"폐하!"

명주가 참지 못하고 끼어들었다.

"소인 생각에는 대학사 소납해, 총독 주창조, 그리고 순무 왕등련 등의 억울한 누명도 벗겨주시고, 이제라도 제대로 처리를 해줘야 되는 것이 아닌가 하옵니다."

"당연하지!"

강희의 어투는 단호했다.

"그 일은 짐이 이미 예부에 지시를 내렸어. 누명을 벗겨줄 뿐만 아니라 시호도 내려줄 것이야."

위동정은 강희가 그 정도까지 세세하게 생각하고 있을 줄은 정말 몰랐다. 겨우 열다섯 살, 재위 8년이 채 되지 않은 소년천자라고 하기에는 너무나 뛰어났다. 강희가 잠시 뜸을 들이더니 계속 말을 이었다.

"또 자네들이 미처 생각하지 못한 한 가지 부분이 있어. 산섬山陝(산서성山西省과 섬서성陝西省) 총독인 막락莫洛, 섬서 순무인 백청액白清額, 이자들은 오배와 의기투합해 설치던 자들이야. 특별히 손을 봐줘야 해. 그렇지 않으면 남방에서 반란이 일어났을 경우 문제가 생겨. 이자들이 서쪽에서 함께 호응을 하는 날에는 큰일이 난다고! 그러니 이 일을 누가 처리하러 갔으면 좋겠는가?"

명주가 발 빠르게 강희 앞으로 한 발 다가섰다. 이어 위동정을 제치고 먼저 손을 들었다.

"소인이 가겠사옵니다!"

명주가 웃으면서 슬쩍 위동정을 쳐다봤다. 그 모습을 보고 강희가 말했다.

"위 군문, 자네는 그동안 짐과 함께 고생을 너무 많이 했어. 좀 쉬었다가 또다시 큰일을 준비해야 하기도 하고. 때문에 지금 자네를 그런 험한 곳에 보내 고생시키기는 싫어. 그러니 이번에는 명주한테 맡기는 것이 어떻겠나?"

위동정은 강희가 이미 명주를 기용하려는 결심을 굳혔다는 사실을 알고도 남았다. 그럼에도 강희는 상대의 자존심을 배려해 따뜻하게 가슴을 녹여주는 말을 건넸다. 아무리 사소한 일일지라도 늘 상대가 마음을 다칠까 봐 최선을 다해 배려해주는 강희다웠다.

위동정은 그의 마음 씀씀이에 며칠 동안 우울했던 기분이 봄눈 녹듯 녹아내리고 말았다. 끝내 눈물이 왈칵 쏟아지는 것을 주체할 수가 없었다.

"폐하……."

강희가 위동정의 느닷없는 눈물에 놀랐는지 황급히 물었다.

"자네, 왜 그러나?"

위동정이 다시 한 번 무릎을 꿇으면서 아뢰었다.

"성은이 너무나 망극해 감동했사옵니다. 그런 나머지 눈물을 흘렸사옵니다. 기쁨이 넘치면 슬픔이 온다고 하지 않사옵니까."

"그것 때문만은 아닌 것 같은데?"

강희가 위동정을 똑바로 쳐다보더니 넘겨 짚었다.

"넷째의 일 때문에 그러는 것 아닌가?"

강희는 위동정의 속을 훤히 꿰뚫고 있는 것 같았다. 자신에 대한 황제의 사랑에 감격한 것 외에도 넷째의 일 때문에 걱정이 되는 복잡 미묘한 그의 마음을 꼭 찌르고 있었던 것이다. 위동정이 자세를 고쳐 잡으면서 엎드려 아뢰었다.

"넷째의 일은 방금 전해 들었사옵니다. 하지만 무슨 짓을 했기에 폐하를 노엽게 했는지는 모르옵니다."

"자기는 뭐 하늘과 땅을 경외하고 황제를 받든다고 했잖아? 세상천지에 하늘, 땅, 그리고 황제밖에 무서운 구석이 없어서 넷째라는 별명이 붙었다고 했지. 그런데 전혀 그게 아니었어!"

강희가 느릿느릿하게 말하면서 탁자에 놓여 있던 책갈피 속에서 편지 한 장을 꺼냈다. 이어 그것을 위동정에게 건네줬다.

"자네들끼리는 죽고 못 사는 사이라는 것은 알아. 그래서 자네 두 눈으로 똑바로 확인하라는 뜻이야. 짐이 이런 자를 용서할 수가 있겠는지!"

위동정은 떨리는 가슴을 진정시키면서 편지를 받아들었다. 가슴이 점점 옥죄어들고 사지가 사시나무 떨리듯 떨렸다. 종이쪽지에는 묘한 내용의 글이 적혀 있었다.

황제는 백운관에 없습니다.

위동정은 혹시나 싶어서 두 눈을 부릅뜨고 다시 한 번 확인해 봤다. 그러나 틀림없는 넷째의 비뚤비뚤한 글씨체였다. 순간 그는 가슴이 쿵 내려앉으면서 그 자리에서 쓰러질 것만 같은 심한 충격을 받았다.

위동정의 눈은 금세 희뿌옇게 흐려졌다. 동시에 산고점이 물샐틈없이 포위당했을 때의 위험천만했던 장면들이 스치고 지나갔다. 이제 보니 넷째는 지원병을 부르러 간 것이 아니었다. 반포이선과 오배에게 강희가 백운관에 없다는 소식을 전하러 갔던 것이다.

위동정은 그제야 오배가 선뜻 명주와 목리마를 맞바꾼 이유를 알 것 같았다. 그러나 이해가 되지 않는 부분이 없지는 않았다. 오배가 왜 굳이 날이 어두워지기를 기다렸다 둘을 바꿔치기 했는지가 궁금했던 것이다.

명주가 이런 위동정의 속내를 알고 있기나 한 듯 옆에서 천천히 입을 열었다.

"넷째는 거의 막판에 배신한 것 같아. 그러니 오배와 반포이선이 처음에는 그를 믿어줄 리가 없었겠지!"

위동정은 시퍼런 비수로 난도질당하는 것처럼 가슴이 아팠다. 너무나 갑작스럽고 뜻밖의 일이었다. 그는 어떻게 해야 할지를 몰라 황급히 강희 앞에 무릎을 꿇고 죽어라 머리를 바닥에 조아렸다.

"소인은 넷째 그자가 그렇게 파렴치한 인간인 줄 정말 몰랐사옵니다! 소인은 어전시위이면서 그자의 이상한 낌새를 눈치채지 못한 죄를 피할 수 없게 됐사옵니다. 폐하께서 내리시는 어떠한 벌이라도 달게 받겠사옵니다!"

"그만 일어나게!"

강희가 위동정의 모습을 안쓰러운 눈으로 바라봤다. 이어 길게 한숨을 내쉬었다.

"열 길 물속은 알아도 한 길 사람 속은 모른다고 했네. 부모도 자기가 낳은 자식 속을 모른다고 했어. 더구나 그자는 교묘하게 위장까지 했어. 그러니 자네가 어찌 그의 속셈을 알 수가 있었겠나? 하지만 모든 것은 이미 명명백백하게 밝혀졌네. 넷째가 찾아간 사람은 오배가 아니라 반포이선이었네."

"폐하!"

명주가 앞으로 나섰다.

"넷째의 죄행은 저희들도 뭐라고 드릴 말씀이 없사옵니다. 하지만 그의 마지막 가는 길에 제사를 지내러 갔다 올 수 있도록 허락을 해주셨으면 감사하겠사옵니다. 어쨌든 힘든 나날을 같이 했던 옛정은 남아있지 않사옵니까. 그에 대한 미련은 남겨두고 싶지가 않사옵니다."

"그럴 것 없어."

강희가 덧붙였다.

"대리시에서 아직 심문을 하지 않은 상태야. 무슨 죄를 지었다고 확실하게 단정하기는 아직 이르네."

강희가 위동정과 명주를 번갈아 바라봤다. 그러더니 다시 말을 이었다.

"자네 두 사람의 얼굴을 봐서 특별히 시신만큼은 온전히 넘겨주겠네."

강희가 탁자 쪽으로 걸어갔다. 이어 붉은 먹물을 묻힌 붓으로 뭔가를 적어서 낭심에게 건네줬다.

"어서 속히 대리시로 가서 여기 이름이 적힌 사람을 나중에 열붕점으로 보내주라고 해!"

강희의 배려에 위동정이 감격한 나머지 울먹였다.

"폐하의 인자하신 마음을 가슴속 깊은 곳에 고이 간직하겠사옵니다. 넷째도 저승에서 폐하의 은혜에 감읍할 것이라고 믿어 의심치 않사옵니다!"

강희가 위동정을 향해 머리를 끄덕여 보이면서 탄식을 했다.

"짐과 자네가 인연이 있었기 때문에 이렇게 만난 것이 아닌가? 그동안 자네 모자는 성심성의껏 짐한테 잘해줬어. 자네의 재주나 인품만 생각하면 영원히 짐의 곁에 붙들어 매어두고 싶어. 그게 짐의 욕심이기도 하고. 하지만 수 년 동안 힘든 싸움을 하느라 자네도 지칠 대로 지친 것 같아. 짐으로서는 다른 험한 일은 더 시키고 싶지 않은 것이 솔직한 마음이야. 그러나 짐의 곁에 몇 년만 더 있어 주게. 그러다 짐이 좋은 자리를 마련해주면 그때 어머니하고 함께 그쪽으로 부임하는 것이 어떻겠나?"

강희는 말 한마디를 해도 지극히 인간적이고 따뜻했다. 진심이 가득 담기기도 했다. 위동정은 그런 강희의 배려에 급기야 눈물을 왈칵 쏟고 말았다. 명주와 낭심 두 사람도 깊은 감명을 받은 듯 가슴이 뭉클

해졌다.

잠시 후 강희의 말이 다시 이어졌다.

"이번 대사를 치르면서 짐은 더욱 더 하늘을 믿게 됐어. 우리 대청제국이 하늘의 보살핌을 받고 백성들의 도움을 얻었기에 위험으로부터 탈출해 승리를 거둘 수 있었어. 짐은 그 점을 확신해. 앞으로 또 어떤 시련이 닥친다고 해도 짐은 결코 두렵지 않아!"

강희는 말을 하다 말고 깊고 긴 한숨을 내쉬었다.

"그렇지만 짐도 어쩔 수 없는 인간이야. 그래서 뜻대로 할 수 없는 것도 있어. 오 선생과 소마라고를 맺어주지 못한 것은 두고두고 짐을 괴롭힐 것 같군!"

"완낭의 일은 돌이킬 수 없다손 치더라도……."

명주가 잠시 눈치를 살피다 급히 말을 이었다.

"오차우 선생의 거취는 여전히 폐하의 결심에 달려 있사옵니다. 오 선생의 자질은 세상에 드물다고 생각하옵니다. 폐하께서 다시 한 번 심사숙고해 주시기를 바라옵니다!"

명주의 말에 낭심도 한마디 거들었다.

"말재주도 별로 없는 소인이 주제넘게 끼어들 자리는 아닌 줄 아옵니다. 하지만 수많은 대신들이 오차우 선생에 대해 엄지를 치켜세우는 것을 소인은 많이 목격했사옵니다. 이런 인재를 폐하께서는 어찌 잡으려 하시지 않고 내버려두려 하시옵니까?"

"자네들은 아직도 오 선생을 잘 모르네!"

강희가 탁자를 가볍게 내리쳤다. 내심 흥분과 아쉬움을 감추지 못한 표정이었다.

"그는 우리 만주 조정의 문무학文武學과 추구하는 것이 전혀 달라. 나무가 숲보다 빼어나면 바람이 가만히 놔둘 리가 없어. 또 사람이 너무 앞서가면 따돌림을 당하는 거야. 지금 다들 오 선생을 높이 평가하는 것은 짐의 눈치를 보고 아부를 떠는 것일 뿐이야. 결코 오 선생을 존경해서가 아니야. 자네들은 그 사실을 알아야 하네. 짐이 알고 있기로는 어떤 이는 벌써부터 오 선생을 질시하고 있어. 단순히 미워하는 정도가 아니라고 해! 오 선생의 꺾일지언정 굽히지 않는 강직한 성격은 정치판에서 자칫 잘못하면 나쁜 세력들에게 이용당하기 십상이야. 그때 가서는 짐이 어떻게 처리하라는 말인가? 이것이 짐이 오 선생을 굳이 붙잡지 않는 첫 번째 이유이네. 둘째 이유도 있지. 오 선생은 자타가 공인하는 뛰어난 재주를 지니고 있어. 천하에 그 이름이 널리 알려지지 않았는가? 송충이는 솔잎을 먹어야 살아. 오 선생은 마음껏 강호를 돌아다니면서 한족 유사儒士들과 어울려 시국을 논해야 해. 때로는 따끔한 충고, 때로는 가슴 훈훈한 격려로 우리 조정에 충분히 도움을 줄 수 있어야 해. 그 정도로 막강한 실력을 가지고 있어. 오 선생은 또 한족들에게 우리 만주족에 대한 거부감을 해소시켜주고 한 발짝씩 다가서게 해주는 중간다리 역할을 할 수 있어. 솔직히 오 선생 이상으로 잘 해낼 사람은 아직 발견하지 못했어! 게다가 짐은 오 선생과 군신 사이가 아닌 절친한 친구로 남고 싶은 마음이야."

강희의 말은 조목조목 옳기만 했다. 게다가 그 누구도 범접할 수 없는 위엄이 가득 넘쳐흘렀다. 강희가 잠시 말을 멈추고 생각에 잠겨 있다 위동정에게 말했다.

"위동정, 자네가 짐이 오늘 했던 말들을 오 선생에게 전해주게. 수 년 동안 고락을 같이 했던 사제 간의 정분을 짐이 잊지 않겠다고 말이야. 또 몸은 어디에 머물든 마음만은 항상 우리 대청제국과 함께 있어달라고 얘기해줘. 우리 대청의 대문은 오 선생을 향해 항상 활짝 열려 있으니, 좋은 제안이 있으면 주저하지 말고 짐을 찾아달라고 특별히 부탁도 해줘."

"예!"

위동정의 가슴속에서는 달콤한지 쓴지 떫은지 도무지 맛을 알 수 없는 그 무엇이 소용돌이쳤다. 그러나 그는 그런 감정들을 꿀꺽꿀꺽 씹어 삼키고 나서 아뢰었다.

"폐하의 오 선생을 향한 변함없는 깊은 정에 소인은 머리 숙여 존경의 뜻을 표하옵니다!"

강희는 위동정의 마지막 아부성 짙은 말에는 별다른 반응을 보이지 않았다. 장시간 동안의 대화에 지친 듯했다.

"오늘은 이만하고 다들 돌아가 쉬게! 위동정은 종수궁鍾粹宮에 가서 소마라고를 잠깐 보고 가는 것도 괜찮을 듯 싶어. 자네와는 칠 년 동안이나 고락을 같이 하지 않았나. 그러니 다른 사람들과는 비교할 바가 아니지."

위동정은 강희의 말대로 종수궁을 찾았다. 그의 눈에 백발이 성성한 궁녀 몇 명이 모여 있는 광경이 보였다. 그는 가까이 다가가 소마라고가 어디 있는지를 물었다. 그러자 궁녀들이 시큰둥하게 대답했다.

"혜진대사님께서는 태황태후마마와 함께 참선을 하러 가셨어요. 위 어른께서 급한 일이 있으시면 말씀을 남겨주세요. 저희들이 전해드릴게요. 아니면 여기에서 참선이 끝날 때까지 기다리든지요. 점심을 드시면 곧 돌아오실 테니까요."

위동정은 궁녀들의 말을 통해 소마라고가 법명을 혜진慧眞으로 정했다는 사실을 알 수 있었다. 순간 그의 뇌리에서는 《회진기》會眞記라는 소설에 나오는 앵앵鶯鶯의 비극적인 사랑 얘기가 번개처럼 스쳐지나갔다. '혜진'과 '회진'의 발음이 똑같았으니까. 위동정은 《회진기》에서의 앵앵이 소마라고와 거의 비슷한 시련을 겪은 여자라는 사실을 모르지 않았다. 그는 자신도 모르게 가슴이 저렸다.

그는 이왕 온 김에 조금 더 기다려 보기로 하고 청석 계단 위에 걸터 앉았다. 작은 불전佛殿 앞이었다. 어화원 쪽에서인가 어딘가에서 대나무 가지가 바람에 살랑거리는 소리와 더불어 매미 울음소리가 아련하게 들려왔다.

위동정은 순간 강희가 조금 전에 했던 말을 떠올렸다. 오차우와 처음 서하 시장에서 만난 이후부터 열붕점 술자리에서 공명을 논하던 때까지의 모습이 이내 눈에 선하게 떠올랐다. 대화를 할수록 오차우에게 깊이 매료되던 그때 그 시절의 추억 역시 자연스럽게 그의 뇌리를 꽉 채웠다. 그러던 중 갑자기 넷째의 일도 떠올랐다. 위동정은 기분이 천 길 낭떠러지로 추락하는 비애도 동시에 느끼지 않으면 안 됐다.

그가 강희에게 떼를 써서라도 북경을 떠나 먼 지방으로 가야겠다고 마음을 굳히는 데는 오랜 시간이 걸리지 않았다. 오차우처럼 명월明月을 마주한 채 청풍淸風에 귀를 씻으면서 시를 읊조리며 담백하게 살고 싶었던 것이다.

위동정이 두서없는 생각에 사로잡혀 있을 때였다. 궁녀의 목소리가 들려왔다.

"혜진대사님께서 돌아오셨어요!"

위동정은 그제야 비로소 두서없는 상념에서 깨어났다. 이어 너무나도 생소한 이름의 주인공을 바라봤다. 검은 승복을 단아하게 차려입고 얼굴에 표정 하나 없는 소마라고가 천천히 이쪽으로 걸어오고 있는 모습이 보였다.

'며칠 전만 해도 생글생글 웃는 정감어린 얼굴의 소마라고가 순식간에 이렇게 변해버리다니!'

위동정은 가슴이 아팠다. 다시 한 번 앵앵의 슬픈 사랑 얘기를 떠올리지 않을 수 없었다.

소마라고는 위동정을 향해 두 손을 모아 합장을 했다. 이어 무심한 목소리로 처음 보는 사람을 대하듯 물었다.

"거사居士, 어디서 온 뉘시오?"

위동정은 자신이 직면한 상황과 분위기가 너무 낯설었다. 그러나 애써 평소와 다름없이 웃으면서 대답하려고 했다. 하지만 여전히 무뚝뚝한 표정인 소마라고를 보고는 순간적으로 그만 주눅이 들고 말았다. 그는 입가에 담은 미소를 황급히 도로 거둬들이면서 정색을 한 채 똑같이 합장을 했다.

"폐하가 계신 곳에서 오는 길입니다. 성유聖諭를 받들고 대사님을 만나 뵈러 왔습니다."

소마라고는 위동정의 말에 가타부타 말이 없었다. 그저 찬바람을 일으키면서 전각 안으로 들어가 버렸다.

위동정은 너무나 당황스러웠다. 그러나 주저하기만 해서는 안 될 일이었다. 급기야 굳은 결심을 하고 뒤를 따라 들어갔다.

소마라고는 어느새 불상佛像 앞에 자리를 잡고 조각처럼 앉아 있었다. 위동정이 그 옆에 앉으면서 말했다.

"저 위동정이 오 선생님을 대신해 대사님께 안부를 전해드리겠습니다. 오 선생님은 며칠 내로 귀향하실 것입니다. 또다시 북경으로 돌아오실지 여부는 알 수 없습니다. 대사님께서 혹시 전할 말씀이 있으시면 주저하시지 말고 저한테 말씀해 주십시오."

"그분도 현실을 직시하고 현실에 입각한 판단을 내리는 똑똑한 사람이 틀림없는 것 같네요. 세상사에 관한 한 거사님보다는 훨씬 명철한 두뇌를 갖고 있군요."

소마라고가 약간 발그스레한 얼굴을 하고 말을 이었다.

"거사님은 명예와 이익을 추구하는 무대 위에 서 있는 사람이니 '온 곳에서 와서 가야 할 곳으로 가는' 이치에 대해서는 실감을 잘 못하시겠죠."

소마라고가 애매한 요지의 말을 한 다음 잠시 뜸을 들이더니 다시 덧붙였다.

"빈승貧僧이 보기에 여러분들 중에서는 명주 어른이 제일 똑똑해요. 좋은 게 좋은 거니까 알아서 잘 하시기를 바래요!"

소마라고는 이어 목탁木鐸을 두드리면서 눈을 감고 뭐라고 중얼거렸다.

'온 곳에서 와서 가야 할 곳으로 간다'는 말은 불가의 선어禪語였다. 위동정은 그 말을 소마라고로부터 듣자 자신이 왠지 보잘것없는 존재처럼 느껴졌다.

'나는 왜 이런 생각들을 못하고 있었을까?'

위동정은 순식간에 자괴감에 휩싸였다. 그는 혜진대사가 아닌 소마라고에게 털어놓을 얘기가 너무나 많았다. 또 그녀의 가슴속 깊은 곳에 감춰져 있는 진실도 듣고 싶었다. 하지만 소마라고는 칼로 자르듯 선을 그어놓고 마음을 추호도 열어주지 않았다.

위동정은 더 이상 소마라고를 붙잡고 늘어져봐야 허사라는 사실을 깨달았다. 자리에서 일어나 소마라고의 등 뒤에다 대고 마지막 한마디를 던지는 것이 유일한 선택이었다.

"대사님께서는 행여 머리카락이라도 보일세라 꽁꽁 숨어버리셨습니다. 또 오 선생님께서는 강호를 누비면서 물처럼 바람처럼 살아가실 것입니다. 하지만 저 위동정은 이렇게 부대끼면서 살아가는 수밖에 없을 것 같습니다. 며칠 후에 다시 찾아뵙겠습니다!"

위동정이 고개를 숙여 합장을 하고는 뒤돌아섰다. 그의 눈앞에는 더 이상 환한 미소를 지으면서 바래다주던 소마라고의 모습은 보이지 않았다. 끊어질 듯 말 듯 들려오던 목탁소리가 갑자기 높고 급하게 그의 귓가에 울려 퍼졌다.

44장
빈천지교貧賤之交

오문午門을 나선 위동정은 말을 달려 황급히 열붕점으로 향했다. 명주가 천안문天安門 앞에서 기다리고 있다 위동정을 보더니 발을 동동 구르면서 나무랐다.

"금방 갔다 온다더니 이게 뭐야! 어서 빨리 가서 넷째를 만나봐야지. 참, 어쩌다 이런 일이 다 생겼어!"

위동정은 딱히 뭐라고 변명도 하지 않았다.

"그러면 먼저 가지 왜 여태 여기 있었어? 어쨌든 늦었으니 빨리 가!"

두 사람은 급한 마음에 입씨름을 할 시간조차 없었다. 얼른 말 위에 올라 부지런히 채찍을 날리기만 했다.

열붕점 주위에는 이미 형부에서 파견 나온 병사들이 개미새끼 한 마리 마음대로 드나들 수 없도록 삼엄한 경비를 서고 있었다. 어찌 보면 별로 놀랄 일도 아닌 당연한 일이었다. 그러나 부근의 백성들은 그렇지 않았다. 이 범상치 않은 객잔客棧에 무슨 일이 일어났는 줄 알고 여기저기에서 무리를 지은 채 몰려들기 시작했다. 또 서서히 왜가리처럼 목을 길게 뺀 채로 주위를 두리번거렸다.

위동정과 명주는 열붕점에 도착하자마자 말에서 뛰어내렸다. 미리 낭심의 지시를 받은 병사들이 두 손을 공손히 드리우고 인사를 했다.

하계주는 안에서 사람들을 접대하느라 정신없이 왔다 갔다 하고 있었다. 그러다 두 사람을 발견하고는 바지춤에 손을 쓱쓱 문지르면서 다가와 인사를 했다.

"모두들 두 분을 기다리고 있습니다. 어서 빨리 안으로 들어가 보십시오!"

"자네도 들어오지!"

위동정이 잔뜩 굳은 얼굴을 한 채 말했다.

"그리고 음식은 될수록 푸짐하게 많이 차려 오게!"

위동정이 명주의 손을 잡고 후당으로 들어갔다. 명주는 겉으로는 태연한 척했다. 하지만 위동정에게 잡힌 손에는 어느새 땀이 흥건히 배어 있었다.

후당은 과거 오차우가 강희와의 첫 대면에서 술잔을 기울이면서 공명을 논하던 바로 그 장소 그대로였다. 상석에 표정이 미묘하고 복잡한 넷째가 떡하니 앉아 있는 것만 다를 뿐이었다. 넷째 옆에는 목자후와 노새가 금세 폭우라도 쏟아질 것 같은 흐린 얼굴을 한 채 앉아 있었다.

오차우는 좌중의 기분을 헤아린 듯 자리에서 일어서면서 과장되게 반색을 했다.

"넷째 아우가 두 사람을 많이 기다렸어. 어서 오게."

하계주는 일꾼들에게 서둘러 해산물과 고기 요리를 올리라면서 마구 재촉을 해댔다. 곧 40여 가지가 넘는 각종 진귀한 요리들이 상다리가 부러지게 차려졌다. 그러나 좌중의 사람들은 그 상을 묵묵히 바라보기만 할 뿐 누구 하나 선뜻 젓가락을 들려고 하지 않았다.

"넷째!"

명주가 허허로운 웃음을 지으면서 먼저 어색한 침묵을 깨뜨렸다. 이어 위로의 말을 건넸다.

"여기 앉은 여러 형제들은 이제 알 것은 다 알았어! 사내대장부가 일을 저질렀으면 끝까지 책임을 지는 자세가 더욱 중요한 거 아니겠어? 나는 모든 것을 떠나서 죽음을 초개같이 여기는 넷째를 인간적으로 존경하고 있어. 자, 먼저 이 사람의 술부터 한잔 받게!"

넷째가 명주가 부어준 술잔을 받아들고 좌중을 둘러봤다. 그러더니 갑자기 껄껄껄 웃음을 터트렸다.

"역시 명주 형은 호탕해! 먼저 가야 하는 사람이니 내가 먼저 마시겠어!"

넷째가 목을 젖히고 술을 단번에 목구멍으로 부어넣었다. 이어 다른 사람들에게도 권했다.

"자, 듭시다!"

사람들은 약속이나 한 듯 일제히 술잔을 비웠다. 그러나 하계주만은 달랐다. 술잔을 들고 두 눈을 껌벅이며 울먹였다.

"잘 나가더니 어쩌다가 이런 일이 다 있어요그래!"

"계주!"

위동정이 하계주에게 은근하게 주의를 줬다. 모두가 가슴을 쥐어짤 만큼 침통한 분위기에서 누구 하나가 먼저 울어버리면 힘겹게 마련된 술자리가 아무런 의미도 없이 끝나버리지 않을까 염려한 것이다.

"오늘은 넷째가 승천하는 기쁜 날이야. 괜히 눈물 콧물 짜고 그러지 마!"

오차우 역시 온갖 회한이 가득한 모습을 보였다. 그래도 좌중에서는 가장 어른답게 쏟아지려는 눈물을 억지로 삼켰다.

"호신 아우의 말이 맞아. 넷째 아우가 오늘로 우리 곁을 떠나가는데 되도록이면 기분 좋게 흠뻑 취해서 콧노래를 부르면서 배웅해 주도록 하자고. 넷째 아우가 왕법王法을 어겼으니 우리 형제들이 도저히 구명은 못해. 그러나 마음만은 따뜻하게 해서 보내는 것이 맞지 않을까?"

오차우의 말에 모두들 고개를 끄덕였다.

"자! 아우, 내 잔도 한잔 받게!"

넷째는 애써 호탕한 척했다. 그러나 아무리 분위기를 반전시키려 해도 자꾸만 애통한 분위기에 젖어들었다. 그는 손을 부들부들 떨면서 오차우가 따라주는 술을 받아 마셨다. 그리고는 다시 어설픈 웃음을 지었다.

"동물은 죽을 때 울음소리가 구슬픕니다. 또 사람은 임종을 앞두고는 말투가 선해진다고 했습니다. 저는 반포이선과 결탁해 폐하께 죽을죄를 지었습니다. 그러나 맹세코 여러 형제들을 해칠 생각은 손톱의 때만큼도 없었습니다! 죽어가는 마당에 거짓말은 해서 뭘 하겠습니까? 제 진심만은 믿어주십시오!"

"나도 그렇게 생각하네."

오차우가 넷째의 고백에 동의한 다음 말을 이었다.

"자네는 누구에게 앙심을 품은 것이 아니라 대세가 어느 쪽으로 기울지를 잘못 판단한 거야. 나는 진짜 그렇게 믿어. 어떻게 해서든지 우리 형제들에게 살길을 마련해주고자 애썼다고 받아들이고 싶어. 때문에 우리는 자네에게 질책을 할 이유가 없어. 이제 헤어지면 언제 또다시 만날지 몰라. 그러니 마지막으로 술이나 미련 없이 실컷 마시고 가게."

오차우가 다시 술 한 잔을 더 부어줬다. 이번에도 넷째는 묵묵히 받아마셨다. 다음에는 명주 차례였다.

"나한테 옥호춘玉壺春 술이 반 병 남아 있어요. 예전에 오차우 형님하고 마시다 남은 술입니다. 원래는 남겼다가……."

명주가 갑자기 말끝을 흐렸다. 이유는 있었다. 자신이 출세하는 날 취고와 함께 마시기 위해 옥호춘이라는 이름난 술 반 병을 몰래 남겨두고 있었기 때문이다.

명주는 순간적으로 취고를 떠올리자 울컥하는 감정을 주체하지 못했다. 목이 메고 가슴이 미어졌다. 그러나 그는 이내 감정을 수습하고 황급히 말머리를 돌렸다.

"원래는 이 술을 남겼다가 큰일을 치르고 난 다음 여러 형제들과 나눠 마시려고 했었습니다. 그러나 일이 이렇게 됐으니……. 어쨌든 오늘 넷째를 위로하는 자리에서 다 마셔버리겠습니다. 나하고 넷째하고."

넷째는 이미 술에 거나하게 취해 있었다. 얼굴에서 두려움도 많이 사라진 듯했다. 그가 얼굴을 돌렸다. 시선은 여태껏 말 한마디 않고 있는 목자후에게 향했다.

"둘째 형, 왜 말이 없어요? 셋째 형도 그렇고. 내가 원망스럽고 미워요?"

목자후가 넷째의 말에 창백한 얼굴을 들어 천천히 입을 열었다.

"아우, 큰형님이 너무 바빠서 자네한테 신경 쓸 새가 없었지. 나 또한 따뜻하게 보살펴 주지 못했어. 그런 탓에 오늘 자네가 이 지경에 빠진 것 같아. 정말 면목이 없네!"

위동정은 복잡하고 미묘한 감정의 소용돌이에 빠져 헤어나지 못하는 듯했다. 또 머리가 어지러운지 눈을 감고 아무 말도 못했다. 그때 노새가 술기운이 오른 듯 갑자기 탁자를 부서져라 내리쳤다.

"넷째가 죄를 지은 것은 사실입니다. 그러나 지금껏 세운 공을 봐서라도 한 번은 살려줘야 하는 것 아닙니까? 그게 안 된다는 말입니까? 아무리 죄가 큰들 오배보다 더 크겠어요? 내가 지금 당장 폐하를 찾아가 용서해달라고 말씀드리겠습니다!"

노새는 흥분했다. 말을 마치자마자 바로 밖으로 뛰어나가려고 했다. 위동정이 그런 그의 옷자락을 잡아당겼다. 그 바람에 방 안에서는 작은 소란이 벌어졌다. 그러자 밖에서 보초를 서고 있던 병사가 무슨 일이 일어난 줄 알고 머리를 들이밀었다. 그러나 별일이 없어 보인다고 생각했는지 다시 나갔다.

오차우가 흥분한 노새를 말리고 나섰다.

"가봤자 헛수고만 하는 거야. 천자의 마음은 그리 쉽게 바뀌는 게 아니야. 천자의 위엄 또한 평범한 사람으로서는 추측하기 어려운 법이고. 자고로……."

오차우는 그 다음에 '반군여반호'伴君如伴虎, 다시 말해서 '군주와 함께 있는 것은 호랑이와 함께 있는 것과 같다'라는 말을 하려고 했다. 그러나 분위기가 이상해질 것 같아 도로 삼켜버렸다. 대신 순발력 있게 술잔을 들어 넷째에게 권했다.

"아우, 이 잔을 단숨에 비우게. 그러면 이 형이 자네를 애도하는 만사輓詞를 읽어 주겠네!"

넷째가 오차우의 권고대로 순식간에 잔을 비웠다. 오차우가 곧바로 떨리는 목소리로 미리 준비해둔 만사를 읽어 내려가기 시작했다.

"자고로 완전한 사람은 없다. 그래서 뛰어난 선비의 죽음이 더욱 애달프구나. 구천에는 이런……."

"잠깐만요!"

위동정이 고통으로 인해 완전히 숯덩이가 된 얼굴을 한 채 오차우의 말허리를 잘랐다.

"오 선생님, 다음 구절은 말씀하시지 마세요. 우리 형제들이 내일 다

같이 폐하를 만나 뵐 겁니다. 그런 다음 일제히 관직을 버리겠다고 하겠어요. 그러면 혹시 폐하의 마음을 돌릴 수 있지 않을까 생각합니다."

바로 이때 명주가 반 병 남았다는 옥호춘을 들고 들어오다 위동정의 말을 들었다. 그는 고개를 갸우뚱거렸다.

'이 일에 대한 얘기는 오늘 폐하하고 이미 다 끝냈잖아. 그런데 어떻게 폐하의 마음을 돌린다는 말인가?'

그러나 명주는 자신의 생각을 내비치지 않았다. 오히려 위동정의 제안에 적극적으로 동조하고 나섰다.

"맞아요. 폐하께서 젖값에 해당하는 공을 인정해 주시면 될 텐데."

좌중의 사람들이 넷째의 구명을 놓고 한마디씩 계속 주고받고 있을 무렵이었다. 밖에서 병사들의 고함소리가 들려왔다.

"이 거지 같은 도사는 어디에서 굴러왔기에 이리도 무엄한 거야? 구걸도 장소를 봐 가면서 해야지. 여기가 어디라고 함부로 기웃거려! 어서 썩 꺼지지 못해?"

위동정이 무슨 일이 일어났는지 궁금해 밖을 내다봤다. 도사 복장을 한 웬 남자의 얼굴이 시야에 들어왔다. 어딘가 눈에 많이 익었다. 그가 다시 한 번 자세히 남자를 살펴봤다. 그는 바로 입산한다고 했던 호궁산이었다! 그런데 몰골이 말이 아니었다. 머리가 삼나무 덩굴처럼 엉켜 붙은 차림이었다. 정신도 조금 나갔는지 손짓발짓을 해대면서 악을 바락바락 쓰고 있었다.

"황제도 가난한 집안사람이 있는 법이야. 이거 왜 이래? 그 많은 진수성찬을 그대로 내다버릴 바에야 내가 찌꺼기를 좀 얻어먹어도 괜찮잖아. 그런다고 무슨 큰일이 나겠어?"

호궁산이 병사들의 제지에도 아랑곳하지 않고 무작정 안으로 밀고 들어왔다. 병사들은 당연히 그의 괴력을 이기지 못했다.

방 안의 사람들은 호궁산을 보고 깜짝 놀랐다. 위동정이 따라 들어온 병사들에게 괜찮으니 나가라는 눈치를 줬다. 병사들은 순순히 물러갔다. 위동정이 깍듯이 인사를 올리면서 물었다.

"학가鶴駕, 지금 어디서 오시는 거요?"

위동정이 호궁산을 '학가'라고 불렀다. 도인으로 대우한다는 뜻이었다.

"제자를 찾으러 왔소!"

호궁산이 덧붙였다.

"학가, 학가 하지 말아요. 괜히 쑥스럽네요. 내 눈에는 지금 상다리 부러지게 차린 진수성찬밖에 안 들어오니까 말이에요."

"사부님!"

넷째가 큰 소리로 외쳤다. 백운관에서 호궁산을 만났던 기억이 떠오른 모양이었다. 그가 다시 큰 소리로 외쳤다.

"사부님이 오셨구나! 하하하! 사부님이 오셨다!"

좌중의 사람들은 넷째의 반응에 깜짝 놀라 할 말을 잃었다. 그가 그토록 호궁산을 반길 줄은 전혀 예상하지 못했던 것이다. 그는 사람들이 눈이 휘둥그레져 있는 사이에 호궁산의 발치에 잽싸게 엎드렸다. 호궁산이 팔자걸음을 하고 그에게 다가가더니 하계주에게 공손히 읍을 했다.

"하 시주, 빈도가 한 끼 얻어먹는다고 큰일은 안 나겠죠?"

하계주가 대답했다.

"그럼요. 그럼요……."

위동정이 그 광경을 보고는 머리를 갸웃거리면서 배시시 웃었다. 갑자기 좋은 수가 떠오른 모양이었다.

"전에는 황제를 옆에서 모시던 분이 지금은 빌어먹는 개 신세가 됐네요. 여기에 돼지 넓적다리가 있습니다. 드실 수 있겠습니까?"

호궁산이 위동정의 말이 끝나기 무섭게 털썩 자리에 앉으면서 말을 받았다.

"역시 인정이 있는 분이시구먼. 푹 익은 돼지 넓적다리라……. 좋죠!"

하계주는 역시 분위기 파악하는 데는 선수였다. 위동정과 호궁산의 대화를 듣고는 바로 가마솥에서 푹 익힌 돼지다리를 꺼내왔다.

"좋아, 좋아! 맛 한번 끝내주겠군!"

호궁산이 입맛을 쩝쩝 다셨다. 그러나 그는 여전히 바닥에 엎드려 있는 넷째를 힐끔 쳐다보기만 할 뿐 다른 사람들에게는 눈길조차 주지 않았다. 이어 덮치듯 돼지다리를 잡아들고 정신없이 뜯어 먹으면서 물었다.

"위 시주, 이 나부랭이는 언제 저승에 가기로 돼 있습니까?"

마침 이때 낭심이 안으로 들어왔다. 넷째의 소식을 전하기 위해 달려온 듯했다. 그가 호궁산의 말을 듣고 대신 대답했다.

"폐하께서 오늘밤 자시子時에 자살하라고 명령을 내렸어요."

"굳이 자시까지 기다릴 게 뭐 있겠습니까?"

호궁산이 거의 다 뜯어 먹은 돼지다리를 손에 든 채 물었다.

"어이, 제자! 내가 말했지. 자네 가는 길은 내가 도와줄 거라고. 아직도 내가 필요하다는 말은 유효한가?"

넷째의 눈치는 결코 명주에게 뒤지지 않았다. 호궁산의 마음을 이미 읽은 듯 마치 모이를 쪼아 먹는 닭처럼 머리를 조아렸다.

"사부님의 도움이 절실히 필요합니다!"

"그러면 일어나! 이 술을 마시고 내가 배웅해 줄게!"

호궁산이 술잔을 들어 좌중을 향해 말했다.

"자, 여러분들은 내 제자인 넷째의 친구들이니 다 같이 잔을 듭시다!"

위동정을 비롯한 여러 사람들은 호궁산이 도대체 뭘 어떻게 하려는지 전혀 예상을 못했다. 그래서 어안이 벙벙한 얼굴로 서로를 번갈아보면서 술잔을 들었다. 그렇게 하지 않은 사람은 오로지 명주뿐이었다. 그는 넷째와 자신에게 부은 옥호춘 술을 그저 멍하니 바라보기만 할 뿐 술잔을 들지는 않았다.

"명주 시주!"

호궁산이 잔을 들라고 권했다.

"같이 드십시다. 한나라 광무제光武帝 때의 대신이었던 송홍宋弘이 한 말이 있습니다. '가난하고 비천할 때의 사귐은 잊어서는 안 되고, 조강지처를 버려서는 안 된다'라는 말이 바로 그것입니다. 그러지 말고 같이 듭시다!"

"그러죠. 못 마실 건 또 뭐 있겠어요?"

명주가 얼굴이 붉어졌다 희어졌다 하면서 대답하더니 뒤늦게 술잔을 들었다. 그러나 그는 끝내 마시지는 않았다.

"독주毒酒다!"

노새가 무슨 낌새를 챘는지 외마디 비명을 내질렀다. 동시에 낭패감에 젖어 있는 명주에게 달려들었다. 이어 멱살을 잡고 흔들면서 욕설을 퍼부었다.

"이 짐승보다 못한 놈아. 도대체 너하고 넷째가 무슨 철천지원수가 졌다고 이렇게 악독한 짓을 하는 거야?"

명주가 숨이 막혀 질식할 것 같은지 고통스레 고개를 저으면서 띄엄띄엄 말했다.

"셋째, 아니야……. 나는…… 그런 뜻이 아니야!"

"그래요?"

호궁산이 명주가 들었던 술잔을 빼앗다시피 받아들었다. 이어 싸늘한 어조로 말했다.

"명 어른을 그만 놔주시오. 아무래도 자비심 많은 빈도가 이 독주를 마시는 게 낫겠습니다!"

호궁산이 말을 마치자마자 술잔을 흔들었다. 그러더니 마지막 남은 한 방울까지 깨끗하게 마셔버렸다. 이어 자신의 술잔을 들어 명주에게 건네줬다.

"명 어른도 마시세요. 넷째를 기분 좋게 보내야 되지 않겠습니까!"

명주는 어쩔 수가 없었다. 호궁산이 주는 술을 받아마셨다.

"좋아, 좋아요!"

호궁산이 껄껄 웃었다. 이어 재빨리 넷째의 등을 가볍게 두 번 토닥였다. 그러자 넷째는 비명조차 제대로 지르지 못하고 그대로 땅바닥에 푹 거꾸러지더니 바로 인사불성이 돼버렸다.

낭심은 대경실색했다. 바로 검시관을 불러왔다. 검시관은 맥을 짚어 보고 눈꺼풀을 뒤집어 보는 등 열심히 넷째의 상태를 살폈다. 그러나 넷째의 동공은 이미 활짝 풀려 있었다.

"어르신, 이미 숨이 끊어졌습니다!"

검시관이 말했다. 순간 장내가 술렁거리기 시작했다. 노새는 분노로 이글거리는 두 눈을 부릅뜬 채 호궁산에게 달려들어 멱살을 잡고는 소리 질렀다.

"말해봐, 이 자식아. 무슨 수작을 부려서 우리 아우를 죽였어? 그래 놓고는 명주가 나쁜 생각을 품었다고 의심을 해? 내가 보기에는 네놈이 더 죽일 놈이야! 이 나쁜 놈아!"

노새가 계속 절규했다. 분통이 터지는 모양이었다. 명주가 그 광경을 보다가 더 이상은 참지 못하고 넷째에게 달려가 엎어지면서 오열을 터트렸다.

"넷째, 나를…… 나를 원망하지 말게! 네가…… 고통스러워하는 것을…… 차마…… 못 볼 것 같아서…… 그런 생각을 했네."

오차우는 처음에는 진짜 명주를 의심했다. 그러나 호궁산이 직접 마시는 것을 보고는 생각을 달리 했다. 마음이 조금은 편해졌다. 그러나 그는 너무나도 상심하는 명주의 모습에 자신도 모르게 눈물을 훔쳤다.

그러나 그 순간 위동정은 다른 생각을 하고 있었다. 호궁산이 사람을 죽은 상태로 한동안 있게 하는 대단한 재주를 갖고 있는 것을 이미 알고 있었던 것이다. 하지만 일부러 아무것도 모르는 척하고 손수건을 꺼내 눈물을 훔쳤다.

"정말 죽었나?"

낭심이 다시 검시관에게 확인했다.

"육맥六脈이 끊기고 숨이 완전히 넘어갔습니다!"

"죽은 것이 틀림없어?"

"예! 당연히 죽었습니다!"

"알았네!"

낭심이 별 의심 없이 호궁산에게 몸을 돌렸다. 이어 공손히 읍을 했다.

"도사님께서 대단한 재주를 가진 분이라는 소문은 들었으나 오늘 고통 없이 가볍게 제자를 보내는 것을 보니 진짜 백문이 불여일견이라는 생각을 하게 됩니다. 이것도 공덕을 쌓는 일임이 분명합니다. 평소에 넷째 아우와 친하게 지낸 저 낭심도 도사님께 진심으로 감사를 드립니다."

낭심은 곧바로 형부의 사람들을 데리고 밖으로 나갔다. 상부에 보고하러 가는 듯했다.

"명주 대인!"

호궁산이 명주를 불렀다.

"부탁이 하나 있습니다. 아시다시피 넷째는 원래 사용표 대협의 제자였습니다. 대협이 죽은 후에는 저의 제자가 됐습니다. 사람도 죽고 이제는 남아 있던 미움 같은 것도 다 사라졌습니다. 모든 것이 실구름처럼 흩어져 버렸습니다. 그래서 내가 시체나마 아미산으로 가져가 우리 도가의 관습대로 화장을 시켜주려고 합니다. 부디 허락해 주시면 고맙겠습니다."

"그게……. 형은 어떻게 생각해?"

명주가 말을 채 맺지 못하고 위동정을 쳐다봤다. 그러자 호궁산이 재촉했다.

"위 대인한테 물을 것까지는 없습니다. 명주 대인이 대답하면 됩니다. 나머지 사람들 중에 과연 나를 막을 수 있는 사람이 있겠습니까?"

호궁산이 소매를 휘저었다. 그러자 소매 안에서 술 몇 방울이 떨어졌다. 명주가 그걸 보자마자 황급히 대답했다.

"그러면 당연히 그렇게 해드려야죠. 저는 이견이 없습니다. 그러나 다른 형제들은 어떻게 생각할는지……."

"다시 한 번 말하지만 누가 나를 막을 수 있단 말입니까?"

호궁산이 갑자기 두 눈을 무섭게 부라리면서 큰 소리로 외쳤다.

"내 제자가 그대들의 손에 죽었어요. 그런데 나로 하여금 시체도 못 거두게 한다는 게 말이나 될 법한 소리입니까?"

호궁산이 위압적인 어투로 말한 다음 넷째를 들쳐 안았다. 그리고는 주저없이 성큼성큼 밖으로 걸어 나갔다. 노새가 달려가 그를 저지하려고 했다. 순간 위동정이 슬쩍 그를 옆으로 밀어냈다.

호궁산은 사람들의 시선을 한 몸에 받으면서 걸어 나갔다. 그런데 그의 발이 닿는 곳마다 비가 오면 물이 고일 정도로 바닥이 움푹하게 패이는 것이었다! 사람들은 이 못생기고 꼬질꼬질한 도사의 괴력에 놀란 나머지 그야말로 할 말을 잃고 말았다.

모두의 운명이 어떻게 되든 간에 조정의 분위기는 갈수록 정돈돼 갔다. 강희는 십삼아문을 폐지하는 대신 새롭게 내위內衛부대인 선박영善撲營을 신설했다. 이 기구 개편을 통해 목자후와 노새는 둘 다 삼품 시위로 진급했다. 또 선박영의 4천여 인마人馬를 총괄해 자금성을 전적으로 수호하는 임무를 맡게 됐다. 총사령관은 당연히 위동정이 맡았다. 그에 반해 알필륭은 대학사로 직급이 강등됐다. 결과적으로 색액도, 웅사리 등과 함께 무근전懋勤殿 상서방上書房에서 일하는 신세로 전락하고 말았다.

강희는 양심전에서 외부의 신하들을 접견하지 않았다. 대신 매일 건청궁에서 정무를 주관했다. 그가 내린 조치들은 대단히 신속했다. 우선 5월에 권지 금지령이 전격적으로 발동됐다. 이어 직예, 강남, 하남, 산서, 섬서, 호광 등 45개 주에 대한 세금을 면제해 주는 조치가 취해졌다. 8월에는 명주를 주로 섬서의 서안西安에 머무르는 좌도어사左都御使로 임명했다. 또 같은 시기에 산섬총독山陝總督이었던 막락과 순무 백청액을 북경으로 불러 죄를 물었다. 직접 지방을 시찰하면서 백성들의 질곡을 헤아린 것은 말할 것도 없었다.

때는 마침 가을인 9월이었다. 날씨는 천고마비天高馬肥라는 말이 무색하지 않았다. 어디나 할 것 없이 높고 푸른 하늘 아래 낙엽이 우수수 떨어지고 잠자리 날개 같은 엷은 구름이 한가로이 떠다녔다. 마치 지상에서 벌어지고 있는 온갖 쓸쓸한 이별을 굽어보고 있는 것 같았다.

이 무렵 오차우는 귀향을 준비하고 있었다. 명주 역시 좌도어사로 부임하기 위해 황제의 흠차 자격으로 그와 함께 길을 떠나기로 했다. 위동정은 둘이 떠나는 것이 너무나 아쉬웠다. 그래서 색액도와 웅사리를 비롯해 목자후 두 형제를 조용히 불렀다. 두 사람을 위한 송별연을 베풀어 주려고 한 것이다.

송별연이 거의 끝나갈 무렵이었다. 오차우가 자리에서 일어나면서 좌중을 둘러봤다.

"저는 순치 십칠 년에 청운의 꿈을 안고 북경으로 왔습니다. 그 이후 평소 꿈꾸던 공명과는 멀어졌습니다. 하지만 나름대로 정말 뜻깊은 나날이었습니다. 어떻게 하다 보니 황제의 스승까지 해봤네요. 그러니 더더욱 여한이 있을 수 없습니다! 저는 원래 강남 사람입니다. 강남으로 돌아가는 것이 당연하다고 생각합니다."

오차우가 말을 하다 말고 잠깐 웅사리를 바라봤다. 그리고는 다시 말을 이었다.

"웅 대인의 도덕성 높은 글은 대단하다고 생각합니다. 틀림없이 크게 쓰일 때가 있을 것입니다. 부디 황제폐하를 잘 보필해 치국안민治國安民을 이룩하기를 기원합니다. 영원히 청사青史에 길이 빛날 업적을 쌓기를 진심으로 기원하겠습니다!"

웅사리는 이학理學에 뛰어난 학자로 유명했다. 때문에 오차우가 익힌 '잡학'雜學에 대해서는 속으로 무시하고는 했다. 그러나 그는 헤어지는 마당에까지 학문을 두고 티격태격하고 싶지는 않았다. 게다가 오차우도 진지하고 다정하게 나왔다. 그는 평소에 적잖게 쌓였던 앙금을 깨끗이 씻어버리기로 다짐했다.

웅사리가 자신에 대한 칭찬에 인색하지 않은 오차우를 보면서 황급히 허리를 굽혔다. 이어 감사의 뜻을 표했다.

"오 선생님의 웅재대략雄才大略이야말로 폐하의 치하를 받아왔다고 봅니다. 이번에 잠시 자리를 비우는 것은 나중에 더 큰 업적을 이루기 위해 한발 물러나는 것이라고 생각하십시오. 부디 가는 길에 조심하시기를 바라겠습니다!"

"업적은 당치도 않습니다."

오차우가 말을 받았다.

"언제가 되더라도 우연히 길에서 만날 때 아는 척이라도 해주시면 그것으로 만족하겠습니다. 또 볼일이 있어 강남에 내려오시면 꼭 들러서 술 한잔 같이 했으면 좋겠습니다!"

웅사리가 오차우의 공손한 말에 환한 미소를 지으면서 화답했다.

"그러겠습니다. 약속하죠!"

드디어 길을 떠나야 할 시간이 됐다. 색액도는 강가에까지 배웅을 나와 버드나무 가지를 꺾어 든 채 말했다.

"명주 대인은 조만간에 다시 볼 것 같소. 그러나 오 선생님은 언제 다시 만나게 될지 기약할 수가 없구려!"

오차우가 그의 말을 받았다.

"색 대인, 또 왜 그러십니까? 괜히 눈물 나게!"

위동정도 쓸쓸한 미소를 지으면서 한마디 했다.

"우리의 이별이 그다지 길지 않았으면 좋겠습니다. 오 선생님께서도 자주 편지를 보내주십시오. 무슨 급한 일이 있으시면 주저하지 마시고 연락을 주셨으면 합니다."

목자후와 노새도 오차우에게 다가가 악수를 청했다. 진심으로 작별을 아쉬워하는 듯했다. 사람들의 눈가에는 너 나 할 것 없이 눈물이 촉촉하게 배었다.

이윽고 명주가 지시했다.

"말을 끌고 와라!"

명주의 명령에 30여 명이나 되는 수행원들이 "예!" 하는 소리와 함께 일사불란하게 자신의 자리와 역할을 찾아 움직였다. 명주는 오차우를 부축해 말 등에 태워주고는 자신도 휙 몸을 날려 올라탔다.

예포가 요란스레 세 번 울렸다. 일행은 서서히 움직이기 시작했다. 위동정은 그들의 모습이 멀리 사라질 때까지 그 자리에 선 채 움직일 줄 몰랐다.

명주는 말을 타고 가면서 수시로 고개를 돌렸다. 동직문東直門은 그럴 때마다 더욱 멀어져만 갔다. 그는 수많은 추억이 묻어 있는 북경이 곧 그리워질 것만 같은 예감을 떨치지 못했다.

'처음에 북경에 왔을 때는 누구 하나 의지할 사람이 없었지. 고독하고 가난한 데다 하마터면 얼어 죽을 뻔했을 정도였어. 그야말로 참상이 이루 말할 수 없었지. 그러나 운명의 부침이라는 것은 너무나도 묘해! 거지 행색으로 북경에 들어왔다 불과 몇 년 사이에 청마靑馬를 타고 이처럼 화려한 외출을 할 수 있게 되다니! 어쨌든 사내대장부로 태어났으면 세상에 아름다운 이름을 남기고 죽어야 해. 그래야 나중에라도 세상구경 했었다고 저승에 앉아 큰 소리로 얘기할 수 있지 않겠는가!'

명주는 이런저런 두서없는 생각을 하면서 오차우를 바라봤다. 오차우의 표정은 그리 밝아 보이지 않았다.

그는 명주가 자꾸만 쳐다보자 뒤늦게 눈치를 챘다. 하지만 아무렇지도 않다는 듯 웃음을 지어 보였다.

"밀이 풍년을 맞기까지는 여든세 번의 비가 와줘야 한다고 해. 땅을 돌려받은 농민들이 엊그제 내린 단비를 맞으면서 함성을 질렀을 것 같군."

명주가 인상을 찡그리면서 대답했다.

"맞는 말씀이에요. 하지만 백성들은 아직도 걱정이 많은 모양이에요. 우리가 삼십여 리는 지나왔을 텐데 추수하는 사람을 거의 보지 못했잖아요."

"농사지을 땅이 있어도 농사지을 사람이 없는 문제는 직예에서만 있는 것이 아니야. 우리 고향도 마찬가지지."

오차우가 한숨을 지으면서 말을 이었다.

"전쟁을 수도 없이 겪다 보니 백성들이 많이 줄어들었어. 게다가 권지 현상까지 극심해 모두들 고향을 등지고 살길을 찾아 뿔뿔이 흩어졌으니 어디든 안 그렇겠는가?"

사실 두 사람의 기분은 조금 달랐다 명주는 '추풍득의'秋風得意라는 말처럼 한마디로 잘 나가고 있었다. 반면 오차우는 중도하차했다고 할 수 있었다. 아무리 자의 반, 타의 반이라고 해도 기분이 썩 좋을 리는 없었다. 명주는 눈치 빠르게도 이런 오차우의 기분을 헤아려 황급히 화제를 돌렸다.

"형님은 민생을 걱정하고 민초들의 삶을 들여다보는 이 시대의 진정한 대학자가 되기에 전혀 손색이 없습니다. 저도 이번에 같이 내려가면서 형님에게서 보고 배우고 느낄 겁니다. 또 백성들에게 유익한 일을 많이 하고 올 것입니다."

"내가 무슨 민생을 걱정했다고 그래?"

오차우가 겸손한 어조로 덧붙였다.

"민생을 걱정하는 것은 폐하의 몫이지. 그러나 방금 자네가 했던 말은 진심의 발로라고 생각하고 지켜보겠어! 내가 보기에 더 이상 물고 뜯고 싸우지만 않는다면 이 나라는 오 년 내에 원기를 회복할 것 같아. 하지만 또다시 피비린내 나도록 싸운다면 장담 못해."

"이제 더 이상은 싸우지 말아야죠."

명주가 말을 이었다.

"이제 다시 전쟁이 일어나면 백성들뿐 아니라 조정까지 모두 다 망가지고 말아요."

"그렇기는 하지. 그러나 우리 둘이 원한다고 해서 되는 일도 아니야. 또 황제가 마음대로 할 수 있는 일도 아니고. 절반 이상은 평서왕 오삼계한테 달렸다고 할 수 있지."

오차우가 덧붙였다.

"하지만 백성들은 이제 싸움이라면 진저리를 칠 거야. '천리天理에 따르는 자는 흥하고, 거스르는 자는 망한다'順天者興, 逆天者亡는 말이 있듯 오삼계가 이 진리를 어기는 날에는 불나방 신세를 면치 못할 거야. 광기만 있었지 무능하기 그지없는 사람이 바로 오삼계잖아. 지난번 백운관을 유람할 때 그가 남긴 글을 보고 내가 그랬지. '주제파악을 못 한다'고. 이대로 나가면 오배의 전철을 밟는 것은 시간문제야."

오차우의 말에 명주는 조용히 고개를 끄덕였다.

45장

좌도어사 명주와 오차우의 동행

오차우와 명주는 나란히 말을 탄 채 얘기를 나누면서 목적지로 향했다. 그렇게 길을 떠난 지도 어느덧 열흘째가 됐다. 그러나 둘 다 피곤한 기색은 전혀 보이지 않았다.

둘은 얼마 후 창덕부彰德府(지금의 하남성河南省 안양安陽 일대)를 지나 정주鄭州 경내에 들어섰다. 오차우가 하루 종일 길을 가다 해가 뉘엿뉘엿해지자 입을 열었다.

"우리는 말을 타고 가는데도 이렇게 힘이 드는데, 걸어가는 수십 명의 병사들은 얼마나 힘들겠는가. 그러니 어디 주막을 찾아 좀 쉬어가는 게 어떻겠나?"

오차우의 말에 명주가 채찍을 들어 앞을 가리켰다.

"저기 저 앞의 시커먼 쪽이 마을의 중심부인 것 같네요. 가서 알아볼까요?"

“자네는 황제의 성지를 받들고 가는 흠차가 아닌가. 그러니 마을에 들어가면 알아보는 사람들이 많아 접대하느라 난리법석을 떨 테지. 그러나 나는 푸대접을 받을 것이 뻔해. 안 가겠네! 대신 나한테 두 사람만 붙여줘. 나는 그들과 함께 여기 이 낡은 관제묘關帝廟(관우關羽를 모시는 사당)에서 한숨 잘 테야. 자네만 가보게.”

“형님, 그렇게 말씀하시면 제가 서운하죠!”

명주가 이내 표정을 바꾸더니 싱긋 웃음을 지었다.

“저는 형님이 하자는 대로 할 거예요.”

명주가 말을 마치자마자 먼저 말 위에서 뛰어내렸다. 이어 오차우가 말에서 편히 내리도록 부축해줬다. 군사들이 나서서 쉬어 갈 자리를 마련해줬다. 두 사람은 관제묘의 정전正殿에 자리를 잡았다. 또 여러 교위와 장교 및 사병들은 복도에서 각각 머물렀다.

오차우와 명주가 편하게 쉬고 있을 때였다. 왕王씨 성을 쓰는 참장參將이 정전으로 들어오면서 명주에게 아뢰었다.

“별로 먹을 만한 게 없습니다. 대인께서 지시하시면 제가 마을에 들어가 뭐 좀 얻어올까 합니다.”

명주가 참장의 말에 대답했다.

“그럴 것 없네. 각자 먹을 것을 조금씩 가지고 있잖아. 한 끼 정도야 대충 때울 줄도 알아야지. 자기 배를 불리겠다고 백성들을 귀찮게 하는 것은 용납할 수 없어!”

오차우는 명주의 이런 일처리 방식이 정말 마음에 들었다. 명주를 아낄 수밖에 없는 이유였다. 그는 다른 사람들이 다 제자리를 찾아간 후에야 신발을 벗고 두 다리를 편하게 의자에 걸쳤다. 혈맥이 거꾸로 흐르게끔 해서 피로를 풀려고 한 것이다.

“아우, 무슨 일이든지 백성들을 먼저 생각하는 자네의 마음이 나는 너무 마음에 드네. 이대로 밥을 먹지 않아도 괜찮겠어."

"그래도 뭘 좀 먹고 자야죠. 백성들에게 얻어먹지는 않더라도 말이에요!"

명주가 보자기 하나를 가지고 오더니 풀어 젖혔다. 안에는 먹음직스럽게 생긴 과자들이 앙증맞은 그릇에 담겨 있었다. 그 외에도 땅콩, 새우튀김, 바닷가재 찜과 소금물에 삶아 말린 쇠고기도 들어 있었다. 오차우는 명주가 준비한 것을 보고는 적잖이 놀란 표정을 지었다.

"아우, 자네를 보면 가끔 이렇게 섬세하고 치밀한 면이 있더라고. 그래서 내가 놀랄 때가 많아."

두 사람은 저녁을 먹었다. 주위는 어느새 캄캄하게 어두워져 있었다. 외로워 보이는 별들이 구름 한 점 없는 하늘에 점점이 박혀 있었다. 오차우는 분위기에 젖었는지 조용히 속내를 털어놓았다.

"명주 아우, 우리는 진작 헤어졌어야 했었어. 자네가 억지로 여기까지 쫓아와주니 나야 좋긴 해. 그러나 자네는 그만큼 고생을 사서 하는 격이 됐잖아. 내일 황하黃河까지 가면 나는 동쪽으로 꺾어질 거야. 어디까지 따라올 참인가?"

명주가 오차우의 말에 머리를 숙이더니 말이 없었다. 오차우는 명주가 헤어지기 아쉬워서 그러는 것임을 모르지 않았다. 그가 덧붙였다.

"만남이 있으면 이별이 있지. 오늘 헤어지는 것은 언젠가는 다시 만나기 위한 것 아니겠어? 그러니 괴로워하지 말게. 날씨도 좋아 보이니 우리 밖으로 나가서 좀 걷다가 들어오지!"

오차우의 제의에 명주가 흔쾌히 대답하고는 따라나섰다. 둘은 수행원도 없이 사복으로 갈아 입은 채 나란히 마을로 향했다.

마을은 생각보다 아주 컸다. 저녁이기는 했으나 여기저기에서 호떡과 두부튀김, 닭구이 등을 파는 상인들의 목소리가 들려왔다. 명주는 해바라기 씨를 두 봉지 사서 한 봉지를 오차우에게 건네줬다.

"형님, 우리 이러지 말고 번화가까지 들어갔다 나오는 게 어때요?"

오차우가 머리를 끄덕이면서 해바라기 씨를 파는 노점상에게 물었다.

"노인장, 이 마을 이름이 뭐요?"

"오룡진烏龍鎭이라는 곳입니다."

노인은 친절하게 대답했다.

"이래봬도 웬만한 현縣이나 성城보다는 큽니다. 이 끝에서 저쪽 끝까지 가려면 족히 한 시간은 넘게 걸릴 걸요!"

"노인장, 사는 정도는 어때요?"

명주가 물었다.

"그저 그렇죠, 뭐."

노인이 한숨을 섞으면서 말을 이었다.

"돈 있는 사람은 사는 것이 즐거울 테죠. 반면 돈 없는 우리 같은 사람은 죽지 못해 사는 것이고."

노인은 명주가 원하는 대답을 하지 않았다. 그래도 두 사람은 마주보고 웃었다. 이어 해바라기 씨를 까먹으면서 저쪽 끝까지 걸어갔다가 다시 걸어 나왔다. 그러는 사이에 시간은 적잖이 흘렀다.

두 사람이 오던 길로 조금 걸어 나왔을 때였다. 갑자기 서쪽 방향에서 거문고 소리와 함께 왁자지껄하는 소리가 들려왔다. 거문고 소리는 정적이 깃들어가는 저녁의 밤공기를 타고 더 없이 처량하고 쓸쓸하게 느껴졌다.

거문고 연주에 일가견이 있는 오차우가 명주의 손을 잡아끌었다. 두 사람은 소리 나는 쪽을 향해 무작정 걸어갔다 얼마 지나지 않아 과연 허름한 찻집이 하나 나타났다.

안에는 예닐곱 개의 탁자가 놓여 있었다. 서른 명도 더 되는 사람들이

빼곡하게 들어 앉아 차를 마시면서 악기 연주에 한창 귀를 기울이고 있었다. 악기를 다루는 노인은 맹인이었다. 또 그 옆에서는 가벼운 화장을 한 젊은 여자가 손을 맞잡고 열심히 노래를 부르고 있었다.

삼국 이래 전란이 끊이지 않으니,
조조와 같은 간신들이 조정을 흔들어 천하가 태평하지 아니 하네.
자字가 현덕玄德인 황숙皇叔
제갈량이 있는 남양南陽에 삼고초려三顧草廬했네…….

명주는 노랫말에 흥미를 느꼈다. 때문에 자리를 찾아 남들이 눈치 못 채게 조용히 앉았다. 찻집의 종업원이 차 두 잔을 가져오더니 아예 찻주전자마저 앞에 갖다놓으면서 말했다.

"한 분당 십 문文씩만 내면 차는 마음껏 드셔도 돼요."

명주가 웃으면서 몇 냥은 충분히 되는 은전銀錢을 던져줬다.

"수고하게!"

종업원은 생각지도 않은 횡재에 연신 허리를 굽실거리면서 돌아섰다. 이어 얼굴을 닦으라면서 뜨거운 물수건까지 가져다 줬다.

두 사람은 귀를 쫑긋 세운 채 노랫말을 음미했다. 그러면서도 눈길은 노래 부르는 여자에게 붙박아놓고 있었다. 명주가 한참 동안 넋 놓고 바라보다 오차우의 소매를 잡아당겼다.

"형님, 저 여자 얼굴이 왠지 낯설지가 않죠?"

"그래?"

오차우가 잘 모르겠다는 반응을 보였다.

"죽은 취고와 닮지 않았어요?"

오차우가 그제야 노래를 부르는 여자를 자세히 뜨어봤다. 명주의 말을 들어서 그런지 눈매가 조금 닮은 것도 같았다. 하지만 취고의 얼굴에서 흘러나오는 그런 영민함이나 귀여운 면은 별로 없었다.

"자네가 취고를 너무나도 그리워해서 그런 환영이 나타난 거야. 내가 보기에는 오히려……."

오차우가 뭐라고 다음 말을 하려고 했다. 그러나 명주가 순간적으로 먼저 말허리를 잘라버렸다.

"형님이 그렇게 말씀하시니까 하나도 닮지 않은 것 같네요."

노인과 젊은 여자는 이어 《삼국연의》 중의 〈군영회〉群英會, 〈제동풍〉祭東風 등의 곡을 연주하고 노래를 불렀다. 곡은 귀에 익숙한 것들이었다. 수준도 꽤나 높았다. 때로는 느리게 때로는 빠르게, 때로는 흐느끼는 듯 때로는 하소연하는 듯했다. 두 사람의 심금을 울려주기에 부족함이 없었다. 사람들은 누구 하나 떠드는 이 없이 연주와 노래가 끝날 때까지 숨죽인 채 경청했다.

오차우는 연신 감탄을 금치 못했다.

"이런 마을에 이렇게 대단한 재주꾼이 있다니! 오늘 저녁 의외로 소득이 대단하군!"

두 사람이 머리를 가까이 한 채 얘기를 나누고 있을 때였다. 노인이 쟁반을 들고 돈을 걷기 위해 나섰다. 그러자 방금까지도 잘한다고 손뼉을 쳐대던 사람들이 슬슬 가재걸음으로 도망가기에 바빴다. 앞에 앉은 몇 명만 그나마 돈을 조금 던져 주었다.

노인은 힐끔힐끔 뒤돌아보면서 도망가는 사람들과 몇십 문밖에 안 되는 돈을 번갈아 바라보고는 깊은 한숨을 내쉬었다. 그러나 실망할 필요는 없었다. 명주가 다가가서 다섯 냥도 더 되는 은덩어리 한 개를 노인의 쟁반 위에 가볍게 올려놓은 것이었다.

"이 돈으로 아가씨 옷도 좀 사 입히고 하세요. 이런 바닥에서는 노래만 잘 불러서는 안 되죠. 옷차림도 어지간히 따라줘야 해요."

손님들이 거의 떠나간 뒤였다. 노인은 젊은 여자의 팔을 잡아끌고 가까이 다가왔다. 이어 허리를 굽혀 수도 없이 고맙다는 인사를 반복하고는 돌아서려고 했다.

명주와 오차우도 막 자리에서 일어서려고 했다. 바로 그 순간이었다. 갑자기 밖에서 어지러운 발소리와 함께 건장한 체구의 웬 사내가 뛰어들어왔다. 고슴도치의 털을 연상케 하는 빳빳이 날이 선 수염에 두루마기자락을 말아 허리춤에 쑤셔 박은 험상궂은 사나이였다.

그는 오차우와 명주는 안중에도 없는 듯 노인에게로 다가갔다. 그러더니 징글맞게 웃으면서 협박을 했다.

"오늘 저녁은 운이 썩 괜찮아 보이는데? 큰 건수 하나 올렸구먼!"

사내가 비아냥거리면서 노인에게서 명주가 준 은덩어리를 빼앗았다. 그런 다음 명주를 힐끔 쳐다봤다. 그는 은덩어리를 위로 높이 던졌다가 다시 받아 쥐는 동작을 몇 번 되풀이하더니 자기 주머니 속으로 쏙 집어넣었다.

노인은 부들부들 떨면서 사내의 앞으로 다가갔다. 그렇다고 항의를 하려는 것 같지는 않았다. 그저 황급히 읍하면서 비굴한 웃음을 잔뜩 지어보일 뿐이었다.

"둘째 어르신! 이 은덩어리는 여기 계신 두 분께서 주신 것입니다. 그렇지 않아도 어르신께 드릴까 하던 참이었습니다. 그런데 이번…… 이번만…… 딱 한 번만……."

노인은 더듬거리면서 뭘 어떻게 말해야 할지 몰라 했다. 그러자 한편에 서 있던 아가씨가 노인의 팔을 잡아당기면서 만류했다.

"아버지! 우리 목숨이 더 중요하지, 그까짓 돈이 뭐 대수예요!"

오차우는 아가씨의 말과 노인의 미적거리는 행동에서 대충 상황을 짐작할 수 있었다. 당연히 분을 삭이지 못한 채 나서려고 했다. 그러나 명주가 재빨리 오차우의 팔을 잡아당기며 좀 더 기다려보자는 눈치를 줬다.

사내가 서너 겹은 되는 턱살을 떨면서 가소롭다는 표정을 지었다.

"왜? 오늘은 순순히 내놓기 싫은가? 누가 뒤를 봐주는 사람이라도 생겼다는 얘기야? 죽고 싶지 않으면 명심해. 그 땅은 누구네 개 이름인 줄 아는가? 오백 냥으로도 살 수 없는 땅이야. 이걸로 바꾸면 또 모를까……."

사내는 징글맞게 웃었다. 그러면서 겁에 질려 있는 아가씨에게 다가가더니 이를 앙다문 그녀의 볼을 꼬집었다.

"나하고 삼 년만 같이 놀아주라, 응? 그러면 그 땅을 너희에게 그냥 줄게……."

찰싹!

사내의 말이 끝나기 무섭게 젊은 여자의 매서운 손바닥이 그의 왼쪽 뺨을 사정없이 후려쳤다.

"야! 너, 뭐하는 놈이야? 우리가 우습게 보여? 너는 우리보다 열 배는 더 천박해, 이놈아! 네 엄마가 몸 팔아 번 돈으로 네 형이 한자리 해먹은 거 다 알아. 너는 그 밑에서 앞잡이 노릇이나 하고 있고!"

그녀가 분노로 이글거리는 눈매로 사내를 쏘아보면서 마구 욕을 퍼부었다. 그리고는 바로 노인의 팔을 잡아끌었다. 그러나 곧 앙심을 품은 사내에 의해 가로막히고 말았다.

오차우와 명주가 더는 참지 못하고 나섰다. 사내가 눈을 희번덕거리면서 으르렁댔다.

"썩 꺼지지 못해! 이 병신 같은 놈들아!"

순간 명주는 화가 치밀었다. 얼굴에 분기가 탱천했다. 그 역시 과거 희봉구喜峰口에서 오갈 데 없는 거지 행색을 하면서 다닐 때 비슷한 악당을 만나 된통 당했던 적이 있었다. 때문에 그때 그 억울했던 기분을 이 사내에게 그대로 되돌려 주지 않고서는 견딜 수가 없을 것 같았다. 치밀어 오르는 분노 역시 도저히 주체할 수가 없었다. 그는 단추도 풀지 않은 채 자신의 겉옷을 거칠게 벗어던졌다. 그 바람에 단추가 후드득 떨어졌다. 그는 불끈 쥔 주먹으로 탁자를 부서져라 내리치면서 눈을 부라린 채 소리를 질렀다.

"너 이놈, 누구 힘을 믿고 함부로 설치는 거야?"

"아마 내가 입만 열어도 너는 기절할 걸!"

사내가 큰 소리로 뇌까렸다.

"순무巡撫도 알아서 설설 기고 이부吏部도 멀찌감치 비켜가는 게 바로 나라는 사람이야. 또 이 정주鄭州 땅 동서 오백 리, 남북 삼백 리를 한 손에 거머쥐고 있는 거물이다, 왜!"

사내가 게거품을 물며 바락바락 질렀다. 그러더니 손가락을 입안에 넣고 신호를 보냈다. 순식간에 사내의 휘하로 보이는 장졸들이 우르르 몰려들어왔다. 그들은 신호에 따라 일사분란하게 명주를 호시탐탐 노려보면서 공격할 자세를 취했다.

서로가 눈에 불을 켜고 일촉즉발의 분위기를 형성하고 있을 즈음이었다. 노인이 주섬주섬 앞으로 나오면서 싸움을 뜯어말리려고 했다. 자신들을 보호하려다 위기에 직면한 두 남자가 안쓰러운 모양이었다. 그의 딸도 마찬가지였다. 앞으로 나서면서 오차우와 명주에게 말했다.

"두 분 어르신, 참으십시오. 똥이 더러워서 피하지, 무서워서 피하는 것은 아니라고 생각하세요. 퉤! 하고 침 한번 뱉고 그냥 참으세요!"

명주는 그녀의 말에도 일리가 있다고 생각했다. 당장은 불리한 형국이었으니까. 그는 터져 나오는 분노를 가까스로 눌러 참았다.

"그래, 좋아. 세력이 하늘을 찌르고 막무가내인 당신을 우리가 어찌 이기겠어!"

명주가 갑자기 꼬리를 내리면서 오차우의 팔을 잡아끌었다. 그가 약한 모습을 보이자 이번에는 사내가 득의양양한 표정으로 앞길을 막고 나섰다.

"이 자식들, 완전히 종이호랑이였잖아? 왜? 내가 세게 나오니까 무서워졌냐? 방금 전까지는 하늘 높은 줄 모르고 큰소리 뻥뻥 쳤잖아!"

"그러게 말이오! 당신이 무서워서 도망가겠다는데, 못 가게 할 참이오?"

오차우가 눈썹을 치켜세우면서 대들었다. 이어 자신들을 막고 나선 사내의 팔을 밀쳤다. 그러나 그의 힘이 어찌나 센지 아무리 힘껏 밀어도 꼼짝도 하지 않았다.

"왜? 돈 많은 부자들이니 돈이나 듬뿍 내놓고 팔자걸음을 하면서 가지 그래!"

사내가 냉소를 터트렸다.

"누가 감히 내 성질을 건드려! 어림도 없지! 나를 화나게 해놓고 그냥 가겠다고? 술 한잔 화끈하게 사지 않으면 못 갈 줄 알아!"

"그런데 어쩌죠?"

명주가 갑자기 웃는 얼굴을 하면서 사내에게 말했다.

"방금 다 써버리고 돈이 하나도 없네요. 우리가 돈을 가져와서 술 한잔 사주면 안 될까요?"

명주의 말에 사내가 음흉한 표정을 지었다.

"진작 그렇게 나올 것이지!"

사내가 이어 오차우를 가리키면서 말했다.

"이 사람은 여기 남겨 놓고 혼자 갔다 와. 더도 말고 스무 냥만 가져와!"

명주는 스무 냥이라는 말에 일부러 크게 한숨을 내쉬었다. 그러면서 오차우를 향해 끔벅 눈짓을 하고는 밖으로 나갔다.

거리는 어디나 할 것 없이 어두웠다. 하나같이 폐허 같은 정적에 휩싸여 있었다. 그래서였을까, 지나가는 행인들조차 하나 없는 한적한 골목에서 명주는 등골이 오싹해지는 기분을 느꼈다.

명주는 종종걸음으로 골목길을 나섰다. 멀지 않은 곳에서 왕 참장이 열 몇 명의 교위들을 거느리고 횃불을 밝혀든 채 다가오고 있었다. 자리에 누웠다가 바람 쐬러 나간 두 사람이 들어오지 않자 걱정이 되어 직접 찾으러 나선 것이었다.

왕 참장은 명주 혼자서 허둥지둥 걸어오는 모습을 보고 놀라서 물었다.

"흠차 대인, 오 선생님은요?"

"불량배 놈들을 만나서……."

명주는 때맞춰 나타난 구원병을 보자 절로 힘이 솟았다.

"저쪽 찻집에 가서 그 안에 있는 놈들을 한 명도 빠뜨리지 말고 다 잡아들여!"

명주는 말을 마치자마자 두 명의 병사를 데리고 뒤도 돌아보지 않은 채 북쪽을 향해 걸어갔다.

오차우는 태평이었다. 다리를 꼬고 앉아 여유롭게 차를 마시면서 옆의 다섯 사내들을 곁눈질했다. 하기야 명주가 구원병을 부르러 갔으니 초조해할 필요는 없을 터였다. 반면 노인과 젊은 여자는 잔뜩 겁에 질려 있었다. 구석에 쪼그리고 앉아 무슨 큰 사달이 벌어질까봐 촉각을 곤두세우고 있었다. 주인과 종업원들은 말려봤자 헛수고라는 사실을 잘 아는 듯했다. 그저 차를 따라 주기도 하고 해바라기 씨를 더 갖다 주기도 하면서 아무 일도 일어나지 않기만을 바라고 있었다.

바로 그때였다. 탁자와 의자가 발길에 채여 넘어가는 소리와 함께 왕 참장이 부하들을 데리고 가게 안으로 들어왔다. 장검을 뽑아든 채였다. 그가 장검을 높이 치켜들면서 큰 소리로 외쳤다.

"한 놈도 빠짐없이 체포해!"

왕 참장의 명령이 떨어지자 교위들이 우르르 몰려들더니 한 사람당 두 명씩 달라붙어 결박을 했다. 심지어 노인과 여자까지도 결박하려고 했다. 오차우가 황급히 나서면서 제지했다.

"주인과 종업원들, 그리고 이 두 분은 죄가 없네!"

"뭐하는 놈들이야?"

사내가 버럭 소리를 내질렀다. 순식간에 꼼짝달싹 못하게 묶여버렸는데도 여전히 기가 살아 있었다.

"간이 배 밖에 나와도 유분수지! 내가 누군 줄 알고 함부로 까불어? 두고 봐라! 혀 깨물고 죽고 싶을 정도로 후회하게 해줄 테니까!"

"헛소리 마! 너 같은 개자식이 뭐하는 사람인지 내가 알아서 뭐하게! 이놈들을 끌고 가!"

왕 참장이 바락바락 악을 쓰는 사내를 한 손으로 확 밀쳤다. 사내가 비틀거리더니 저만큼 밀려났다.

명주는 머리채를 둘둘 감아 위로 들어 올리고는 관제묘 밖에서 서성이면서 기다리고 있었다. 장검에 손을 얹고 무거운 표정으로 왔다 갔다 하는 그의 모습은 위엄이 흘러넘치고 있었다. 횃불을 든 채 계단 위에 서서 그를 경호하는 사복 차림의 장교들 모습도 그런 분위기를 더욱 북돋우고 있었다.

이윽고 사내가 결박당한 채 명주 앞으로 끌려왔다.

"너, 우리를 어떻게 해보려고 했던 모양인데, 오늘 제대로 걸렸어!"

명주가 성큼성큼 사내 앞으로 다가갔다. 이어 삿대질을 하면서 욕설을 퍼부었다.

"이름이 뭐라고 했지? 마을을 아주 쥐락펴락하는 것 같더군!"

사내는 명주의 권위 앞에서 바로 꼬리를 내렸다. 조금 전의 살기등등한 모습과는 정반대로 오만상을 찌푸리면서 불쌍한 표정을 지었다. 상대가 결코 만만치 않다는 사실을 직감한 듯했다. 하기야 자신을 결박한 사람들 중에는 장교들도 있었으니 그럴 수밖에 없었다.

"대왕, 화만 내시지 마시고 한 번만 봐주세요! 소인은 풍응룡馮應龍이라고 하는 사람입니다. 가진 것이라고는 손바닥만한 땅밖에 없으나 여비가 필요하시면 그냥 드리겠습니다. 소인을 풀어주시면 얼른 집으로 가서 돈을 가지고 오겠습니다."

"돈? 좋지!"

명주가 너털웃음을 터트리면서 풍응룡에게 바짝 다가갔다. 그러더니 같이 결박당한 그의 부하 중 한 사람의 귀를 싹둑 잘라 땅에 내던지면서 소리쳤다.

"누구든지 허튼 수작을 부렸다가는 이것보다 더한 꼴을 당하게 될 거야. 잔꾀를 부릴 생각은 아예 하지도 마. 그리고 어서 가서 은 삼천 냥을 가지고 와!"

오차우는 명주가 눈 하나 깜빡하지 않고 배포 있게 행동하는 것에 적지 않게 놀랐다.

풍응룡은 명주 일행을 무서운 날강도라고 단정했다. 끝내 사색이 된 채 벌벌 떨기 시작했다. 얼마 후 그가 자기 부하에게 눈짓을 보냈다.

"얼른 가서 큰어르신께 급히 은자 삼천 냥이 필요하다고 말씀드려. 모자라면 빌려서라도 가지고 와. 알았지?"

"예!"

풍응룡의 부하는 대답과 함께 바람처럼 사라졌다. 명주는 그제야 사내에게 다가갔다.

"내가 강도인 줄 알았나? 천만의 말씀! 나는 녹봉을 타 먹는 엄연한 관리야!"

명주는 휘하의 병사에게 '엄숙하게 심판한다'라는 글자가 새겨진 간판을 한가운데 가져다 놓도록 명령했다. 이어 우르르 구경 나온 마을 사람들을 향해 일장 연설을 했다

"내가 알아본 바로 이 풍응룡이라는 자는 오룡진 일대의 악당이라는 것이 밝혀졌소. 여러분, 오늘은 이만 돌아가고 내일 여기에서 이 간판을 세워놓고 고소장을 받겠소. 억울한 사연이 있는 사람은 주저하지 말고 고소장을 제출하기 바라오!"

주위의 마을 사람들은 명주의 말을 듣고도 무표정한 얼굴로 서로를 번갈아봤다. 이어 귀엣말로 뭐라고 상의하는 듯했다. 그러더니 갑자기 일제히 무릎을 꿇었다.

"이 풍 어르신은 절대 나쁜 사람이 아닙니다. 뭘 잘못 알고 그러시는 것 같은데, 한 번만 봐주십시오!"

마을 사람들은 땅이 꺼져라 머리를 조아렸다. 오차우를 포함한 명주 일행은 예상치 못한 광경에 깜짝 놀랐다. 그러자 풍응룡이 머리를 번쩍 치켜들고 득의양양한 표정을 지으면서 콧구멍을 벌렁거렸다. 명주가 그런 풍응룡을 노려보면서 차갑게 내뱉었다.

"어르신이라는 주제에 꼴 한번 좋구나! 말해 봐? 어떤 자리에 앉아 있기에 이 마을 사람들이 전부 알아서 설설 기도록 만들었나?"

"나는 정주 수어소守御所 천총千總이오."

풍응룡이 눈을 희번덕거리면서 대답했다.

"그런데 천총이라는 자가 왜 정주에 있지 않고 여기에 내려와 있는가?

도대체 뭘 하고 다니는 거야?"

"아파서 휴가 내고 내려왔습니다. 왜요? 그러면 안 됩니까?"

"흥! 삶아놓은 돼지머리가 웃겠다, 웃어!"

명주가 머리를 빳빳이 쳐들고 있는 풍응룡을 쳐다보면서 이를 뿌드득 갈았다.

"그렇다면 방금 이 아가씨의 은전 다섯 냥은 왜 빼앗은 거야?"

"이 사람들이 우리 집 갱명지更名地(원래 주인에게서 받아 이름을 바꿔 빌려주는 땅) 열다섯 묘畝(1묘는 100제곱미터)를 사고 오백 냥을 빚졌습니다. 그런데 내가 왜 다섯 냥을 못 받는다는 겁니까?"

수어소의 천총은 종오품從五品 관리에 해당했다. 그러나 명주는 풍응룡의 말을 곧이곧대로 믿을 수가 없었다. 그가 큰 소리로 다시 물었다.

"갱명지는 명나라가 남겨 놓은 땅이야. 조정의 재산이지. 그런데 왜 네가 마음대로 돈을 챙기는 거야? 언제부터 이 자리에 있었던 건가?"

"재작년에 부임했습니다."

풍응룡은 생각나는 대로 대충 대답했다. 얼굴에는 꼬치꼬치 캐묻는 명주가 귀찮다는 듯한 표정이 역력했다. 나중에는 갈수록 자신감이 생기는지 인상까지 팍팍 쓰면서 되물었다.

"그러는 그쪽은 뭐하는 사람입니까?"

"그건 왜 물어?"

명주가 차갑게 쏘아붙였다. 이어 노인과 아가씨를 향해 온화한 어조로 물었다.

"그 땅에는 언제부터 농사를 지었어요?"

노인은 입을 씰룩거렸다. 그러나 풍응룡이 무서워 대답을 제대로 하지 못했다.

그럼에도 명주가 신분이 고귀한 관리라는 느낌은 받은 듯했다.

노인의 딸 역시 마찬가지였다. 하지만 그녀는 아버지와는 달랐다. 황급히 무릎을 꿇으면서 또박또박 대답했다.

"이 땅은 원래 명나라 때 복왕福王의 땅이었습니다. 그러다 순치 십 년에 저희가 이곳으로 피난을 오면서부터 그 열다섯 묘의 땅에 농사를 짓기 시작했죠. 그런데 이 파렴치한 놈이 자기 형을 등에 업고 천총인가 뭔가를 해먹으면서부터 땅값으로 무려 오백 냥을 내라고 위협했어요. 하지만 저희는 조정에 세금도 제대로 못 내는 형편인데 어떻게 그 돈을 낼 수 있겠어요? 급기야 눈덩이처럼 불어나는 이자를 못 낸다는 핑계로 제 오빠를 병사로 징집해 갔어요. 더군다나 오빠를 데려가지 못하게 말리는 아버지를 때려 눈까지 멀게 했지 뭡니까……."

그녀는 끝내 서럽게 흐느끼기 시작했다.

"명주 아우!"

오차우가 옆에서 나지막하게 말했다.

"하나를 보면 열을 안다고 했어. 백성들의 원성이 자자할 것이 틀림없네. 절대 그냥 놔줘서는 안 되겠어!"

오차우의 말에 명주가 머리를 끄덕였다.

"아가씨, 용기를 내서 말해 봐요. 억울한 일이 있으면 내가 다 해결해 줄 테니까!"

"제가 굳이 뭐라고 말할 것도 없어요!"

그녀가 무릎을 꿇고 있는 마을 사람들을 가리켰다.

"이들이 산 증인이에요. 전에 현縣에 계시던 하何 어른이 어떻게 돌아가셨는지 물어보세요!"

그러나 주위에 모여 있던 마을 사람들은 서로 눈치만 살필 뿐 누구 하나 선뜻 입을 열려고 하지 않았다. 보복당할 것이 두려운 모양이었다. 그러자 그녀가 흐느끼면서 말을 이었다.

"저놈이 무서워서 말을 못하는 거예요. 제가 다 말씀드릴게요! 하 어른은 강희 육 년에 정주의 지현知縣(현의 최고 관리)으로 부임을 했어요. 부임하시자마자 백성들에게 갱명지 땅값을 먼저 내지 말고 가능하면 뒤로 미루라고 하셨어요. 저희들은 어쩌다 우리 백성들의 손을 들어주는 관리가 왔구나 하면서 너무나 기뻐했어요. 하지만 풍응룡과 정주의 지부知府(현縣의 상위 행정구역인 부府의 최고 관리)로 있던 그의 형은 당연히 생각이 달랐어요. 자기들의 손발을 얽어맨다고 생각했죠. 그래서 그들은 오룡진에서 연회를 베푼다고 해놓고는 사람이 많고 혼란한 틈을 타 쥐도 새도 모르게 하 어른을 죽여 버렸어요! 하 어른은 말할 것도 없이 장례를 치를 돈도 모아두지 않았어요. 그래서 저희들이 한 푼 두 푼 모아 장례를 지내줬어요. 자, 여러분들, 뭐라고 말 좀 해보세요! 왜 갑자기 벙어리가 되셨어요?"

여자의 말에 따르면 문제는 보통 심각한 것이 아니었다. 그럼에도 누구 하나 그녀를 거들어 풍응룡의 죄상을 폭로하려는 사람은 없었다. 그때 멀리에서 부엉이의 울음소리가 들려왔다. 사람들은 더욱 오싹한 생각이 드는지 완전히 꿀 먹은 벙어리가 되어버렸다.

명주는 웬만하면 자신의 신분을 밝히지 않고 문제를 해결해 보려고 했다. 그러나 여의치 않았다. 그는 할 수 없이 자신의 신분을 공개하기로 결정했다.

"여봐라! 날씨가 추워지는구나. 폐하께서 하사하신 노란 마고자를 가져오너라!"

명주의 목소리는 그다지 크지 않았다. 그러나 쥐 죽은 듯한 정적이 감도는 대지에 마치 청천벽력과도 같은 울림을 줬다. 풍응룡은 엄습하는 두려움에 몸을 움찔했다. 사람들은 그제야 눈을 크게 뜨고 서로를 번갈아보면서 깜짝 놀라는 기색이었다.

한참 후 북소리, 장구소리 등이 요란하게 울려 퍼졌다. 그런 가운데 명주가 노란 마고자를 입고 붉은 모자를 머리에 썼다. 병사들은 관제묘 안에서 두껍고 큰 돌을 옮겨서 명주와 오차우가 앉을 자리를 마련했다. 마을 사람들은 눈앞에서 일어나는 그런 장면은 태어난 후로 처음 목격했다. 그럼에도 그들은 약속이나 한 듯 일제히 무릎을 꿇으면서 외쳤다.

"청천대관靑天大官!"

명주는 마을 사람들의 외침에 가슴이 벅차오르는 것을 온몸으로 느꼈다. 하기야 자신을 송나라의 유명한 판관判官인 포청천包靑天에 비유했으니 그럴 만도 했다. 그는 천천히 계단 아래로 내려서면서 좌중을 향해 두 손을 들어 인사를 했다.

"부모님, 형제자매 여러분! 다들 자리에서 일어나세요!"

명주가 이어 머리를 돌려 풍응룡을 바라보았다.

"내가 뭐하는 사람이냐고? 궁금하다고 했지? 나는 황제폐하의 일등 시위이자 좌도어사인 명주라고 하는 사람이다. 폐하의 성지를 받들고 흠차 신분으로 서쪽 지방으로 부임해 가던 길이다. 그런데 오늘 우연히 이곳에 들러 너의 죄상을 목격했다. 백성들을 위해 독초를 뽑아버릴 수 있게 돼서 정말 다행이라고 생각한다!"

마을 사람들은 명주의 말에 숨죽이고 있다 그제야 일제히 하늘이 떠나갈 듯한 환호성을 내질렀다.

"황제폐하 만세!"

"황제폐하 만만세!"

풍응룡의 얼굴은 금세 사색이 되었다. 급기야는 식은땀만 삐질삐질 흘리다 기진맥진한 듯 그 자리에서 쓰러지고 말았다. 명주는 고삐를 늦추지 않고 더욱더 거세게 몰아붙였다.

"풍응룡, 내가 너를 어떻게 개돼지 잡듯 하는지 기대해!"

명주가 쓰러진 채 죽은 듯 숨죽이고 있는 풍응룡을 가리키면서 한결 부드러운 목소리로 사람들에게 말했다.

"이놈한테 당한 모든 억울한 일들을 주저하지 말고 다 털어놓으세요. 내가 여러분들의 편이 돼주겠소!"

사람들은 그제야 서로 경쟁하듯 풍응룡의 죄상을 폭로하기 시작했다. 사람들의 입에서 터져 나오기 시작한 그의 죄상은 그야말로 엄청났다. 우선 갱명지의 돈을 챙기는 과정에서만 13명의 무고한 생명을 앗아갔다. 또 부녀자를 유린했다. 게다가 장정들을 무단으로 전쟁터로 내몰았다. 남의 재산을 마구잡이로 약탈하는 것은 더 말할 것도 없었다. 그의 죄상은 갈수록 커져만 갔다. 그 죄상이 얼마나 구구절절 많았는지 이튿날 새벽이 돼서야 백성들의 피맺힌 원한과 고발은 끝이 났다.

"천자검天子劍을 가져오너라!"

명주가 큰 소리로 외쳤다. 오차우는 분위기가 예사롭지 않은 만큼 황급히 자리를 피해줬다.

이윽고 두 명의 교위가 보검을 받쳐들고 왔다. 칼집에는 용무늬가 새겨져 있고, 칼자루에는 상아와 옥이 박혀 있는 보검이었다. 명주는 침착하게 뒤로 한 발 물러서서 삼궤구고의 대례를 올린 다음 자리에서 일어서면서 풍응룡에게 말했다.

"다른 것은 다 제쳐둘 수 있어. 그러나 열세 명의 인명을 빼앗아간 중죄는 묻지 않을 수 없다. 너는 죽어 마땅해!"

말을 마친 명주가 교위에게 지시했다.

"황제폐하의 명령을 받들어 오늘 여기 이 자리에서 백성들의 도적을 제거할 것이다. 명령에 따르라!"

"예!"

교위들은 한결같이 우렁찬 소리로 대답했다. 이어 "휘익!" 하는 호각

소리와 함께 요란한 대포소리가 세 번 연이어 울렸다. 명주가 손을 들더니 홱 내저었다. 그러자 두 명의 교위가 다가가 풍응룡을 잡아 일으켜 끌고 와서 가볍게 칼을 내리쳤다. 동시에 풍응룡의 머리는 그대로 땅으로 떨어졌다.

명주는 그제야 어느 정도 분노가 가라앉는 듯했다. 하지만 이 정도에서 멈춰서는 안 됐다. 곧이어서 추풍에 낙엽 떨듯 하는 풍응룡의 부하 세 명을 가리키면서 호통을 쳤다.

"너희들은 어떻게 할까?"

세 명의 부하들은 모이를 쪼아 먹는 닭들처럼 연신 머리를 조아리면서 살려달라고 빌었다.

"대인, 제발 저희들의 목숨만 살려주십시오. 맹세코 대인의 장검 밑에서 새로운 사람으로 다시 태어나겠습니다!"

그러나 명주는 풍응룡과 한솥밥을 먹은 그들을 결코 살려주고 싶지 않았다. 그가 이를 악물고 다시 명령을 내리려는 순간이었다. 어느새 나타났는지 오차우가 조용히 입을 열었다.

"이들은 죽을죄까지는 짓지 않은 것 같네. 적당히 혼내주고 끝내는 것이 어떻겠나."

"그래요? 그러면 그러죠!"

명주는 오차우의 말에 순순히 따랐다.

"끌고 가서 한 사람당 곤장을 사십 대씩 안겨라. 오늘을 영원히 기억하게끔 말이야!"

마을 사람들은 몇 년 동안의 원한과 억울함을 한꺼번에 말끔히 씻어낸 듯 기쁨에 겨워했다. 흥분을 참을 수 없었는지 하늘을 바라보면서 연신 절을 하는 사람이 있는가 하면 합장한 채 염불을 외는 사람도 있었다. 심지어 우르르 몰려와 명주의 관직을 묻는 사람들도 있었다. 또 어떤 약삭빠른 사람은 풍응룡의 시체를 뒤져 돈과 값나가는 물건을 찾아내기도 했다.

마을 사람들은 아침 식사시간이 다 돼서야 뿔뿔이 흩어졌다. 오차우는 찻집에서 노래를 부른 부녀에게 다시 은자 서른 냥을 꺼내 손에 쥐어줘 돌려보냈다.

"십년 묵은 체증이 쑥 내려간 것처럼 시원하고 통쾌하군!"

일을 다 처리하고 관제묘 정전으로 돌아온 명주는 자리에 털썩 앉더니 그제서야 모자를 벗었다. 이어 식어버린 찻잔을 들어 꿀꺽꿀꺽 마시고 나서는 호쾌한 웃음을 터트렸다.

"형님과 둘이서 이렇게 〈오룡진〉이라는 멋진 연극을 연출할 줄은 몰랐네요!"

"아우, 그런데 자네가 약간 실수한 것이 있는 것 같네!"

오차우가 갑자기 뭔가 생각난 듯했다. 명주가 의아한 표정을 지었다. 그러자 오차우가 덧붙였다.

"자백도 받아놓지 않고 그자의 자필 인정서도 받지 않았잖아. 그자의 형이 지부라고 했지? 아마 앞으로 찾아와서 소란을 피울 거야. 준비 단단히 하고 있으라고."

"형제끼리 밀모해 하 아무개라는 관리를 죽였잖아요. 그런데 설마 감히 나를 찾아와 앙탈을 부리겠어요?"

명주가 히죽 웃으면서 덧붙였다.

"걱정하지 마세요. 오늘 안 오면 내일 찾아오겠죠. 형님은 제가 어떻게 하는지 그냥 지켜보기만 하세요. 아까 세 사람을 놓아준 것도 사실은 가서 소식을 알리라는 뜻이었어요. 오히려 그 자의 형 풍규룡馮睽龍이 안 나타날까 봐 걱정이죠. 솔직히 조정에 편지를 띄워 죄를 물으면 지루하지 않겠어요?"

"나도 알아. 그리고 자네는 어떤 식으로 싸우든 이기게 돼 있어. 내가 장담하네."

오차우가 그에 이어 천천히 덧붙였다.

"내 말은 다른 뜻이 아니야. 아우는 아직 갈 길이 멀고 높이 올라가야 할 사람이니, 나중에라도 이런 일이 있을 때는 신중을 기하라는 뜻이네."

오차우의 말은 그야말로 버릴 것 하나 없는 구구절절 옳은 말이었다. 명주는 속으로 연신 감탄을 했다.

다음 날, 명주는 해가 중천에 뜨고 나서야 뒤늦게 아침을 먹었다. 이어 마을 사람들이 다 볼 수 있도록 포고문을 거리마다 내붙였다. 온 김에 사흘 동안 민정을 살피고 민생을 돌보겠노라고!

아무려나 명주가 악당의 목을 자른 사건은 마을을 온통 뒤흔들어 놓았다. 사람들은 너 나 할 것 없이 관제묘 앞으로 꾸역꾸역 모여들었다. 그는 병사들을 시켜 징소리를 요란하게 울리면서 크게 외치도록 했다.

"흠차 대인께서 여기에서 사흘 동안 머무를 것입니다. 아직 억울한 사연이 있는 사람들은 전부 관제묘로 모이시오!"

온 동네가 잔칫날 같은 분위기에 젖어 있을 무렵이었다. 갑자기 구름처럼 몰려 있던 사람들이 황급히 두 갈래로 나뉘면서 통로를 열어주기 시작했다. 그 사이로 네 사람이 메는 가마가 천천히 다가오고 있었다. 정주의 지부인 풍규룡이 도착했다.

풍규룡은 전날 저녁 자신의 아우가 오룡진에서 무슨 강도인 듯한 자들에게 생포됐다는 소식을 전해들은 바 있었다. 당연히 즉각 행동을 개시했다. 병영에서 200명의 병사들을 차출한 다음 한바탕 땀을 뺄 요량으로 오룡진을 찾은 것이다. 그러나 그는 오는 도중 자신의 동생이 황제의 흠차한테 죽임을 당했다는 사실을 알게 됐다. 깜짝 놀라지 않으면 그게 더 이상했을 터였다. 결국 그는 부랴부랴 병사들을 돌려보내고 혼자서 명주를 만나러 왔다.

명주는 관제묘의 정전에서 오차우와 함께 진지한 표정으로 뭔가를 의논하고 있었다. 그러다 풍규룡이 왔다는 소식을 접했다. 그가 즉각 웃음을 거둬들였다.

"들어오라고 해!"

그러자 오차우가 나지막하게 말했다.

"관리들끼리 공적인 일 때문에 만나는 자리이니 나는 잠시 빠지겠네."

"그럴 필요까지는 없어요. 그자가 뭔데 형님이 불편하게 자리를 옮기고 그래요!"

바로 그때 풍규룡이 안으로 들어섰다. 작고 땅딸막한 체구에 각이 진 얼굴을 하고 있었다. 한눈에 척 봐도 날카로운 인상이었다.

그는 우선 자신의 이름과 직무를 말하고는 얼굴을 치켜들고 긴 소맷자락을 쓸어내리며 무릎을 꿇었다.

명주는 이치대로라면 이럴 때 직접 상대를 부축해서 일으켜 세워줘야 했다. 그러나 그는 모르는 체하고 계속 제자리에 앉아 있었다. 풍규룡도 더 이상 엉거주춤하게 있지는 않았다. 말은 오가지 않았으나 두 사람은 은근히 기 싸움을 하고 있었다.

"여기 차를 올려라!"

명주가 휘하 병사들에게 지시하면서 차가운 음성으로 물었다.

"당신이 정주 지부요?"

"황송합니다."

풍규룡이 허리를 굽실거리며 대답했다.

"조정으로부터 소식은 전해 들었습니다. 그러나 흠차 대인께서 이렇게 빨리 내려오실 줄은 몰랐습니다. 미처 영접하지 못해 황송하기 그지없습니다!"

풍규룡은 의례적 인사를 마치기 무섭게 단도직입적으로 물었다.

"흠차 대인께서 어제 천자검으로 풍응룡을 주살誅殺하셨다고 하더군요. 그 사람이 무슨 죄를 범했는지 몹시 궁금합니다."

명주는 풍규룡 측에서 먼저 선수를 칠 줄은 미처 예상하지 못했다. 때문에 약간 놀랐다.

"당신은 내가 죄 없는 사람이나 마구잡이로 죽이고 다니는 살인마로 보이오?"

"그런 뜻이 아닙니다."

풍규룡이 허리를 곧게 펴면서 말을 이었다.

"풍응룡은 현직 오품 관리로서 명령을 받고 갱명지의 땅값을 받으러 다닌 것입니다. 결코 불법을 저지른 것이 아닙니다. 대인께서 사람을 죽였으면 분명한 증거가 있어야 하지 않겠습니까. 저 역시 위에서 물어오면 할 말이 있어야 하고요!"

"백성들이 입에 풀칠하기도 어려운데 돈이 어디 있어 갱명지 값을 내겠어? 나는 이미 갱명지의 땅값을 전부 면제해주시라고 폐하께 상주문을 올려놓은 상태야!"

"상주문을 올린 것은 올린 것이고요, 면제 허락의 여부와 관계없이 마음대로 관리를 죽인 것은 대단한 실수라고 생각합니다. 미안하지만 이대로 가만히 있을 수는 없습니다!"

명주는 풍규룡의 말에 순간 당황했다. 그러자 옆에 있던 오차우가 너털웃음을 터트리면서 끼어들었다.

"전임 현령 하 아무개를 독살하는 외에 열세 명의 무고한 백성들까지 죽음으로 내몰 때는 누구의 허락을 받고 한 짓인가?"

"하 아무개라뇨? 또 열세 명의 죽음이라뇨?"

풍규룡은 전혀 물러설 기미를 보이지 않고 도리어 따지고 들었다. 이어 오차우를 노려보면서 쏘아붙였다.

"내가 흠차 대인에게 여쭸지 당신에게 물었소? 당신은 누구요?"

"왜 이분이 틀린 말을 했는가? 그리고 이분이 누구인지 당신에게 왜 알려줘야 하나?"

명주가 버럭 화를 냈다.

"여봐라! 손님 나가신다. 바래다 드려라!"

명주의 말이 끝나자 곧장 두 명의 교위가 그에게 달려들었다. 이어 풍규룡을 와락 밀쳐내고 의자를 빼내버렸다. 그 바람에 풍규룡은 바닥에 그대로 내동댕이쳐졌다.

"이 사람의 모자를 벗겨라!"

명주의 불호령이 잠시도 틈을 주지 않고 이어졌다.

"잠깐만!"

풍규룡이 오른팔을 들고 반항하듯 외쳤다.

"누구 마음대로? 나는 서선관西選官이야!"

'서선관'이라는 것은 다른 게 아니었다. 평서왕 오삼계가 보낸 문무 관리를 뜻했다. 이 부류의 사람들은 조정의 이부吏部와 병부兵部 등 두 부서의 지휘를 받지 않았다. 게다가 오삼계는 50만 명의 대군과 친위병인 1만여 명의 녹기병綠旗兵을 거느리고 운남성에 도사린 채 호시탐탐 천하를 도모할 기회를 노리고 있었다. 강희가 오삼계를 두려워하는 것도 바로 이 때문이라고 할 수 있었다.

순간 명주는 선택의 기로에 놓였다. 하지만 여기서 물러설 수는 없었다. 체면도 체면이었지만 눈앞의 오만방자한 인간의 기를 꺾어놓을 절호의 기회였기 때문이었다. 명주는 잠시 생각한 끝에 눈을 딱 감고 호통을 쳤다.

“미친놈 같으니라고! 그래, 평서왕이 조정보다 우위에 있다는 말이냐? 당장 끌어내라!”

명주의 추상 같은 명령에 교위들이 우르르 달려들었다. 그러나 풍규룡도 만만치 않았다. 교위들을 밀쳐내면서 미친 듯 욕설을 퍼부었다. 그러면서 명주를 향해 덮칠 듯 달려들었다.

순간 명주가 허리춤에서 보검을 빼냈다. 이어 곧바로 풍규룡의 가슴팍을 향해 힘껏 찔렀다. 오차우는 너무나 놀란 나머지 순간적으로 눈을 감고 말았다.

칼날은 정확히 풍규룡의 가슴을 관통했다. 칼 끝의 그의 등 뒤로 반 쯤이나 빠져나왔다. 그럼에도 풍규룡은 비틀거리면서 쓰러지지 않으려고 안간힘을 쓰고 있었다. 한참 후에야 그는 두 손으로 칼잡이를 잡은 채 피를 벌컥 토했다. 이어 가쁜 숨을 몰아쉬면서 더듬더듬 내뱉었다.

“너…… 너……, 아주 악랄한 놈이로구나!”

“독한 구석이 없으면 사내가 아니지!”

명주가 당차게 대꾸를 했다.

“너 하나 죽이면 그야말로 백 명의 사람들이 환호한다! 괜히 살아남아서 시끄럽게 굴 것 없이 잘 뒈지게.”

명주는 말을 마치자마자 앞으로 다가가 풍규룡의 몸에서 장검을 확 뽑아냈다. 그러자 시뻘건 핏줄기가 길게 뿜어져 나왔다. 이어 풍규룡이 처참한 비명소리와 함께 앞으로 푹 고꾸라졌다.

풍규룡의 부하들은 눈앞의 광경을 처음부터 빼놓지 않고 모두 지켜봤다. 하나같이 사색이 돼 어쩔 줄을 몰라 했다. 왕 참장 역시 적잖게 놀랐다. 평소에 선비 기질이 다분하다고 여겼던 명주가 이토록 과감한 행동을 보일 줄은 꿈에도 생각하지 못했던 것이다.

하지만 명주는 담담했다. 시종일관 주위 사람들이야 놀라 사색이 되든 쾌재를 부르든 관계없다는 표정이었다. 그는 주머니에서 비단 손수건을 꺼내더니 보검 위에 묻은 피를 깨끗이 닦아냈다.

"앓던 이를 빼내 지붕 위로 던져버린 시원함도 이것과는 비교도 안 되겠지! 아침저녁으로 하루에 연이어 두 명의 악질분자를 제거했으니 폐하의 칭찬을 기대해도 되겠군!"

잠시 후 모여 있던 사람들이 다들 물러갔다. 오차우는 아직도 놀라서 콩콩 뛰고 있는 가슴을 진정시키면서 명주에게 말했다.

"아우, 나는 오늘부로 아우한테 두 손 두 발 다 들었네. 자네한테 이런 담력과 용기가 있을 줄은 정말 몰랐네. 자네한테 비하면 나는 무능한 겁쟁이에 불과하네!"

"담력이랄 게 뭐 있겠어요! 다급한 김에 형님이 수업시간에 황제폐하께 했던 얘기들을 떠올리면서 눈 질끈 감고 용기를 내본 거죠. 형은 어진 선비니까 말만 하고 행동을 보여주지 못하겠지만 아우는 원래 무식한 놈이어서 가르쳐주기 무섭게 행동으로 옮긴답니다."

명주가 빙그레 웃어 보였다. 오차우는 한동안 침묵하더니 다시 천천히 입을 열었다.

"통쾌하면서도 어쩐지 죽이는 방식이 너무 심하지 않았나 싶어. 군자는 피를 멀리 하라고 했는데……."

"그 정도 악랄한 면도 없이 어떻게 천하를 다스리겠어요!"

명주는 여전히 미소를 머금은 채로 말했다.

"이 모든 것이 다 형님이 간접적으로 가르쳐준 거예요. 지난번에 오배를 생포할 때도 제가 육경궁 천장 위에서 그물을 던지는 방법을 고안해내지 않았더라면 동정 형이 아무리 재주가 뛰어나다고 해도 고생 좀 했을 거예요!"

오차우와 명주는 오룡진에서 사흘 동안 머물렀다. 그러면서 그동안

풍씨 형제에 의해 자행됐던 사건을 문서로 정리했다. 이어 황궁으로 600리 긴급서찰(화급을 다툰다는 의미의 편지)을 올린 다음 결과를 기다리기로 했다.

오차우는 모든 일이 거의 마무리되자 황하를 따라 내려가 고향으로 가기 위해 서둘렀다. 그러나 명주는 계속 강력하게 말렸다.

"이번 일로 조정에서 제 공로를 인정하기는커녕 저를 어디로 유배라도 보낼지 누가 알아요. 그런 아우를 내버려두고 형은 정말이지 발걸음이 떨어져요?"

오차우도 사실은 명주와 같은 걱정이 아주 없는 것은 아니었다. 결국 며칠 더 묵은 다음 함께 떠나기로 했다.

엿새째 되는 날이었다. 드디어 기다리던 조령詔令이 내려왔다. 하나는 명발明發(흠차 등이 외지에서 지부 등을 처벌하는 문제와 관련한 조령), 하나는 정기廷寄(명발보다 더욱 비밀을 유지하는 조령)였다.

오차우가 먼저 명발의 조유를 보고 나더니 웃음을 머금었다.

"갱명지의 땅값을 면제하기로 했다는군! 정말 공덕이 무량한 업적이 아닐 수 없네! 총명한 황제의 덕이 있는 명령이 분명히 내려졌으니, 얼마나 많은 양민들이 감격의 눈물을 흘릴까!"

명주 역시 흐뭇한 미소를 지어보였다.

"형님, 너무 좋아하지 마세요. 정기도 읽어봐야죠. 저에 대한 죄를 묻지는 않았는지 두려운데요?"

명주가 떨리는 손으로 정기를 펴보더니 이내 입이 귀에 걸렸다. 강희가 친필로 보낸 편지였던 것이다.

이번 일은 원칙대로라면 어사가 사사로이 처리할 것이 아니라 조정에 알려 명령에 따랐어야 했다. 그러나 워낙 위급했던 터라 용단을 내려 과감히 처리할 수밖에 없었던 상황이라는 사실을 감안하면 오히려 그 용기를 높이 치하한다!

어사는 원래의 계획대로 계속 서행西行하면서 가는 길에 민생에 각별히 관심을 가지도록 하라. 만약 무슨 일이 있으면 상주문을 올리도록 하라. 죄를 물어 달라던 어사의 요구는 없던 일로 한다.

명주가 계속 정기를 읽어 내려가다 갑자기 흥분을 금치 못하면서 소리를 질렀다.

"형님, 폐하께서 형님의 안부를 물어오셨어요!"

오차우는 화들짝 놀랐다. 황급히 명주 쪽으로 다가가 조유詔諭를 들여다봤다. 그의 눈에 조유 뒷면의 작은 글씨 몇 줄이 들어왔다.

오 선생의 동행東行은 어찌 되었는가? 그리움이 사무치네. 만약 오 선생이 아직 정식으로 동행 길에 오르지 않았다면 내 뜻을 전해주게. 날씨가 전 같지가 않으니 감기 걸리지 않게 각별히 건강 조심하시라고 말일세. 필요하다면 내가 안휘성까지 가는 길에 힘 있는 사람 두 명을 딸려 보낼까 하니 여쭤보기 바란다. 또 짐은 이미 안휘 순무에게 스승님을 따뜻하게 맞이하도록 조치해 놓았노라.

명주는 뜻하지 않은 조유에 깊이 감동했다. 눈자위가 벌겋게 달아올라 있었다.

"폐하께서는 형님에 대한 정이 여전히 각별하신 것 같아요!"

오차우 역시 눈물이 그렁그렁한 두 눈을 들어 강희의 친필 편지를 다시 한 번 읽었다. 소맷자락으로는 끊임없이 눈물을 닦았다.

이튿날 두 사람은 아쉬운 작별을 고했다. 황하의 모래와 흙먼지는 둑

위에 서 있는 두 사람을 마치 어루만지기라도 하듯 날아와서 쓱 훑고 지나갔다. 찬바람 역시 더욱 기승을 부리면서 두 사람의 얼굴을 때렸다. 두 사람의 긴 머리채는 흐느적거리는 버드나무가지의 몸부림에 화답했다.

두 사람은 기약할 수 없는 이별을 앞두고 두 손을 맞잡은 채 서로 할 말을 찾지 못했다. 한참 후에야 오차우가 작별의 노래를 부르기 시작했다.

그대는 가고 나는 여기 있는데,
안개가 가로막혀 장안長安 길이 묘연하구나.
모래바람 세찬 황하에서 배회하던 부평초처럼
떠도는 그대는 지금 어디에 있는가.
세월의 무상함을 한탄하면서
하늘을 향해 장검을 휘두르고 있겠지.
예로부터 연燕나라와 조趙나라 비가悲歌의 주인공인 병사들은
서행 길에 청춘을 불살랐다네.
노력해 성공하는 그날에 다시 만나
술잔을 기울이면서 옛날을 돌이키세!

오차우는 노래를 부른다기보다는 눈물에 목이 메어 노랫말을 읽다시피 했다. 그런 다음 그가 드디어 애써 웃음을 지으면서 마지막 작별 인사를 건넸다.

"아우, 우리 이제 그만 여기에서 헤어져야겠네!"

오차우의 말에 명주는 끝내 어린애 같은 모습을 보였다. 펑펑 울면서 그의 발밑에 무릎을 꿇었다. 오차우는 붙잡고 울다보면 날을 새도

떠날 수 없겠다고 생각했다. 이별이 피할 수 없는 현실이라면 받아들일 수밖에 없다고도 생각했다. 그가 드디어 결연한 각오로 말 위에 올라탔다. 이어 무릎을 꿇고 앉아 있는 명주를 애써 외면하면서 천천히 동쪽을 향해 움직이기 시작했다.

명주는 뒤늦게 허겁지겁 언덕 위로 뛰어올라 오차우의 모습이 시야에서 완전히 사라질 때까지 바라봤다. 얼마 후 그 역시 눈물을 말끔히 닦고 옷매무새를 바로 잡은 다음 훌쩍 말 위에 올라탔다. 좌도어사 명주는 그 길로 서행 길에 올랐다.

〈1부 「탈궁초정」 끝, 2부 4권에 이어집니다〉